SOUS LE CIEL D'EAGLE BAY

De la même autrice aux éditions Charleston :
D'un commun accord, poche, 2023
Cherche jeune femme avisée, poche, 2023
Les perce-neige s'éveillent sous les flocons, poche, 2023
Les tortues ne fêtent pas Noël sous la neige, poche, 2022
M'asseoir cinq minutes avec toi, poche, 2022
Les étoiles brillent plus fort en hiver,
Prix Babelio du roman d'amour, poche, 2021

Ce roman a été publié précédemment sous le titre *Le Dernier Sommeil de l'ourse*, en 2023 aux éditions Charleston.

76, boulevard Pasteur
75015 Paris – France
www.editionscharleston.fr

ISBN : 978-2-38529-077-1
Maquette : Patrick Leleux PAO
Correction : Maxime Gillio

Pour suivre notre actualité, rejoignez-nous sur Facebook (Éditions.Charleston), sur Twitter (@LillyCharleston) et sur Instagram (@editionscharleston) !

Charleston s'engage pour une fabrication écoresponsable ! Amoureux des livres, nous sommes soucieux de l'impact de notre passion et choisissons nos imprimeurs avec la plus grande attention pour que nos ouvrages soient imprimés sur du papier issu de forêts gérées durablement.

Sophie Jomain

SOUS LE CIEL D'EAGLE BAY

Roman

CHARLESTON
POCHE

1

L'étendue verdoyante de la forêt primitive de Tongass s'étirait à perte de vue et semblait prendre autant de place que les eaux métalliques de l'océan Pacifique Nord. La côte de l'île du Prince-de-Galles était jonchée d'épaves de navires, les terres jalonnées de moyennes montagnes, couvertes de pins bicentenaires, et percées de lacs dont la température n'atteignait guère les quinze degrés pendant les périodes les plus chaudes. Inaccessible territoire à peine effleuré par l'homme et balayé par le vent… Brut, sauvage et enchanteur, l'Alaska était le plus vaste, le plus hostile et le plus indompté des États américains. Dix-sept ans qu'Abby n'y avait pas mis les pieds.

À travers le hublot de l'hydravion, elle baissa les yeux sur la lande de Wooden Wheel Cove et sur la bourgade d'Eagle Bay. C'était la mi-mai, le ciel était dégagé, et le village, implanté sur l'extrémité nord de l'île, parfaitement visible. Une poignée d'habitations comme sorties de nulle part, des roches, des arbres, une eau argentée et deux cent soixante-huit jours de pluie par an, une pure folie.

Quelques années plus tôt, une grande chaîne du câble avait réalisé un reportage sur Eagle Bay, Abby y avait reconnu chaque membre de la communauté. Même son père avait eu droit à sa minute de gloire. Un hymne à la nature, au courage et à la persévérance, c'est ce que d'aucuns disaient, mais Abby avait toujours pensé qu'il fallait être fou à lier pour venir s'isoler sur cette île. Il y avait une centaine d'habitants lorsqu'elle en était partie en 1998, cinquante-cinq quand le documentaire fut tourné en 2013, et moins de quarante résidents permanents désormais.

On racontait que vivre à Eagle Bay était une liberté qui se méritait, mais Abby, au contraire, avait toujours eu l'impression d'en être prisonnière. Elle se souvenait de ces longues heures passées à attendre que la pluie s'arrête, à lire et relire les mêmes romans, à écrire dans son journal intime des histoires d'adolescente qu'elle ne vivrait jamais. La télévision ne fonctionnait pas tous les jours, Internet n'était encore qu'un rêve et les visiteurs étaient si rares que, lorsqu'un touriste débarquait, elle lui posait mille questions et voulait tout savoir de la vie sur le continent.

Abby n'avait jamais compris pourquoi, bien avant sa naissance, ses parents s'étaient un jour décidés à s'installer ici et à quitter la modernité qu'ils avaient toujours connue, ils ne le lui avaient jamais dit. Ils n'avaient pas trente ans lorsqu'ils étaient arrivés à Wooden Wheel Cove. Pourquoi ici ? Vivre à Eagle Bay, c'était renoncer à tout ce qui faisait la douceur d'une vie normale. Le premier hôpital digne de ce nom était à quarante miles à vol d'oiseau. Le théâtre, le cinéma, le shopping, boire un café en terrasse, faire un bowling entre amis, manger des fruits et des légumes frais en hiver ou simplement aller voir un dentiste quand on en avait besoin, Abby n'avait rien connu de cette vie avant l'adolescence, lorsqu'elle avait pris la poudre d'escampette pour rejoindre sa grand-mère à Paris. Sans Régine, Abby était certaine qu'elle aurait fané comme une plante dont personne ne s'occupe, parce que la tendresse que ses parents avaient vouée à cette île les aveuglait. Ils n'avaient pas vu combien elle la tuait à petit feu.

— Ça dépayse, pas vrai ? lui lança le pilote de l'hydravion en se tournant vers elle. Il paraît qu'on va avoir un bel été.

— Ça ne m'a pas manqué, ne put-elle s'empêcher de répondre.

— Ah ça ! C'est splendide, mais je ne viendrais me paumer ici pour rien au monde ! On amerrit bientôt, rattachez votre ceinture, ça secoue un peu.

Elle obéit, s'empara du magazine qu'elle avait acheté à l'aérodrome de Ketchikan, et lut pour la énième fois le titre racoleur consacré à sa mère.

« La célèbre romancière Emma Kart
atteinte d'une maladie incurable.
L'annonce booste ses ventes.
Intox marketing ou réalité ? »

Peu importe d'où on venait, la presse *people* était toujours aussi nauséabonde… La seule vérité dans tout ça ? Emma Kart était bel et bien malade, mais depuis dix ans déjà. Les journalistes avaient un sacré temps de retard. Leucémie myéloïde chronique, c'étaient les mots barbares pour qualifier ce dont elle souffrait. Personne n'aurait dû être au courant, mais quand on était aussi connue qu'Emma Kart, on avait beau vivre sur une île presque déserte, tout finissait par se savoir.

— Petit imprévu ! cria le pilote.

Le moteur fit un bruit sourd avant d'entamer un virage au-dessus du village. Abby fronça les sourcils.

— Un problème ?

— J'attends que le rafiot sorte de la trajectoire. Encore cinq minutes !

Sa remarque lui arracha un sourire. Les bateaux, comment aurait-elle pu les oublier ?

À Eagle Bay, les habitants avaient l'électricité, l'eau courante, le téléphone et Internet, mais leurs biens les plus précieux restaient leurs embarcations. Ils s'en servaient chaque jour, sauf pendant les mois d'hiver, où la neige et la pluie n'en finissaient pas de tomber, et où les épisodes arctiques étaient si fréquents qu'aucune livraison, aucune sortie par les airs ou par les eaux n'était possible des semaines durant. Plus de bateau, plus rien. C'était l'immobilisation la plus totale, une autosuffisance presque entière. Alors, ici, on chassait et on pêchait tout l'été pour remplir les congélateurs. On troquait, réparait, bâtissait de ses mains, il en allait de la survie de la communauté. Tout le monde le savait et chacun jouait son rôle de fourmi sans ciller.

Abby ne les enviait pas, elle n'avait jamais été une fourmi.

— On y va ! cria le pilote en s'apprêtant à manœuvrer.

L'appareil amerrit sans encombre dans un bruit assourdissant et glissa sur l'eau jusqu'à l'embarcadère réservé aux hydravions. Abby retint sa respiration. Elle avait beau espérer ne pas regretter d'être revenue, elle connaissait la triste réalité : sa mère ne lui ferait pas bon accueil.

— Dites, mademoiselle, l'arrêta le pilote alors qu'elle rassemblait ses affaires pour sortir de l'habitacle, vous êtes Abigail Lompré, la fille d'Emma Kart, pas vrai ?

— Tout à fait.

— Je connais le vrai nom de famille de votre mère, alors je me disais bien en voyant votre fiche de vol… J'ai lu tous ses polars, continua-t-il en fouillant dans un sac à dos pour en ressortir un livre de poche corné. J'adore ce qu'elle écrit. Ça vous ennuierait de lui faire dédicacer celui-ci au nom de Matt ? C'est mon préféré. Je le récupérerai lors de votre trajet retour, ou à l'occasion d'une de mes livraisons, je passe tous les mardis en quinze.

The Mystery Writer. Il s'était vendu à des millions d'exemplaires, comme la plupart des romans d'Emma. Elle avait été traduite dans plus de trente langues, plusieurs de ses histoires avaient été adaptées au cinéma, en BD, en séries, en jeu vidéo, c'était l'une des romancières américaines les plus lues dans le monde… Mais être la fille d'Emma Kart n'avait offert à Abby que très peu d'avantages, si ce n'était rencontrer une majorité de gens qui voulaient être amis avec elle juste parce qu'elle était la progéniture de leur idole.

— C'est vrai ce qu'on raconte sur elle ? demanda le pilote en jetant un œil au magazine qu'Abby avait abandonné derrière elle.

Elle ne put s'empêcher d'être cinglante.

— Qu'elle est malade ou qu'elle s'invente une maladie pour se faire du fric ?

— Non, je... Désolé, mademoiselle, je ne voulais pas vous offenser, s'excusa le pilote. Profitez bien de votre séjour sur l'île.

Abby mit le livre dans son sac et hocha la tête, consciente d'être bien trop tendue. C'était l'effet que lui faisait cet endroit dès qu'elle y revenait.

Piquée par la bise du matin et l'air iodé si particulier de l'Alaska, elle se retrouva sur l'embarcadère avec une valise pour plusieurs semaines. Elle avait vu grand, alors qu'elle ne savait même pas si sa mère et elle survivraient à une seule journée en présence l'une de l'autre.

La première chose qu'elle vit en posant les pieds sur le ponton fut la grosse balise flottante rouge à une centaine de mètres, au beau milieu de l'eau. Quatre phoques absolument pas dérangés par le bruit de l'hydravion s'y reposaient et la regardaient avec dédain. Abby soupira. Ça y est, elle y était.

Eagle Bay.

— Hé, bienvenue chez toi, gamine !

Abby tourna la tête et aperçut Jerry Farmer. Il mesurait presque deux mètres. Le géant d'Eagle Bay l'attendait sur la plateforme avec un large sourire. Il avait cinquante ans la dernière fois qu'elle l'avait vu, et à part son épaisse barbe devenue blanche, il n'avait pas changé. Les mêmes yeux bleus, les cheveux toujours aussi hirsutes, et un ventre bedonnant comme dans son souvenir. Jerry et sa femme Mary étaient pêcheurs, et très amis avec les parents d'Abby lorsqu'elle avait quitté l'île. Elle aurait parié que rien n'avait changé depuis.

— Ah, c'est bon de te voir ! dit-il avec cet accent traînant qu'elle avait presque oublié.

Il la serra contre lui comme s'ils étaient restés en contact tout ce temps. Abby venait d'avoir quinze ans quand elle avait quitté l'île, ses parents et tout ce qu'elle avait connu jusqu'alors, et sans jamais se soucier des habitants d'Eagle Bay. Mais sur l'île, on était moins froid que le climat, et la communauté était une véritable famille. Jerry donnait un peu l'impression d'accueillir la fille prodigue, alors qu'Abby revenait en Alaska plus sûre d'elle et plus forte qu'elle ne l'avait jamais été.

Elle le repoussa gentiment, se cala une mèche de cheveux derrière l'oreille, lissa son pull en laine et sourit.

— Bonjour, Jerry, merci d'être venu me chercher.

— Bon sang, Abby, mais qu'est-ce que c'est que cet accent ? C'est la France qui t'a fait ça ?

Elle sourit, et trouva la seule explication possible à la question de Jerry.

— Je suis à moitié française…

En vérité, Abby ne parlait plus trop l'anglais depuis des années et son vocabulaire s'était réduit comme peau de chagrin. Sa psy disait qu'on oubliait plus vite ce qui nous paraissait peu important, et Abby le reconnaissait sans trop de mal : jusqu'à l'adolescence, sa vie ne semblait avoir d'intérêt pour personne et peut-être encore moins pour elle. Paris avait sans doute un peu trop développé sa moitié française, mais elle l'avait surtout épanouie. Accomplie.

— Et pourquoi t'es habillée comme en hiver ? On est presque en été, il fait chaud !

Certes, le ciel de mai était d'un bleu clair et sans nuages, mais avec onze degrés à 9 heures du matin, elle pensait évidemment qu'il n'y avait rien de plus relatif que l'affirmation de Jerry.

Il s'empara de sa valise et l'invita à le suivre.

Eagle Bay s'était construit à flanc de colline, le long d'une crique qui la préservait des caprices impitoyables de la mer et de la houle. Dans cette zone précise, il n'y avait pas de voitures, aucune route n'aurait permis aux habitants de circuler. Pour aller et venir dans le village, la communauté avait installé une large passerelle sur pilotis, le long de la baie. Une jolie balade au bord de l'eau qui, par endroits, passait sous les arbres à l'orée de la forêt, et frôlait les rochers. La première route forestière se trouvait à 2,5 km au sud-ouest d'Eagle Bay, à Labouchere Bay, et il fallait s'y rendre en bateau. De là, on suivait un passage caillouteux à travers les pins, au bout duquel attendaient les 4 × 4 et les pick-up souvent dans un état de délabrement avancé. Quant à la route, elle était régulièrement fermée en hiver. Des semaines entières parfois. Eagle Bay n'était pas l'endroit le plus isolé du monde, mais il y ressemblait.

Abby et Jerry empruntèrent le cheminement de bois, alors que le port semblait désert. Ils n'entendaient que le craquement de leurs pas et le souffle du vent à travers les arbres.

— Il n'y a personne ? demanda Abby.

— Si tu t'attendais à un comité d'accueil, tu dois être déçue. Il est tôt, tout le monde est encore à la pêche à cette heure, mais l'épicerie est ouverte si tu veux aller saluer les Walker. Ils ne font plus bar depuis longtemps, mais ils pourront nous servir un café. Ils vont être contents de te voir.

Abby leva les yeux vers l'habitation surélevée au toit rouge qui se trouvait au bout du quai. Eagle Bay

Trading Post, *aka* Jim's Place, était le cœur névralgique d'Eagle Bay, le seul endroit pendant longtemps où les rares touristes pouvaient dormir, et là où toutes les décisions de la communauté étaient prises. Jim et Janice Walker en étaient propriétaires depuis une éternité. C'était même le seul commerce, bureau de poste et relais pour le ravitaillement en fioul et gasoil à des kilomètres à la ronde. Sans cet endroit, Eagle Bay n'aurait pas pu exister. Quand Abby était plus jeune, elle y prenait souvent des petits déjeuners avec son père avant d'embarquer dans un hydravion pour Juneau et sa semaine de pensionnat en *middle school.* C'était l'unique endroit du village où on pouvait manger des gaufres et regarder la télé sans interruption, la plus grosse antenne-relais du coin était juste derrière l'établissement. Ici, tout le monde venait au moins deux fois par semaine pour faire quelques courses, papoter, assister à la livraison hebdomadaire et se rassurer sur le fait qu'Eagle Bay n'était pas totalement coupé du monde. De toute évidence, ça n'avait pas changé.

— Ils sont encore là ? s'étonna-t-elle.

— Et où veux-tu qu'ils aillent ? C'est le paradis, ici ! En plus, c'est chez eux qu'on trouve les meilleurs clous et qu'on boit les meilleures bières ! Un café ? réitéra Jerry.

Abby secoua la tête.

— Un peu plus tard. Le voyage a été long, je préfère ne pas tarder.

— Ah, je comprends. Et puis ta mère t'attend avec impatience !

Le sourire d'Abby était crispé, elle n'aurait pas parié là-dessus.

Depuis longtemps, avec Emma, elles avaient une relation compliquée, c'était même en grande partie la raison pour laquelle Abby était partie vivre en France. Entre elles, tout s'était envenimé après le drame qui avait privé Emma de ses jambes, Abby allait avoir quinze ans.

C'était la veille des vacances de Noël et la météo avait permis à Abby de rentrer de Juneau pour deux semaines. À cette époque, ses parents habitaient encore dans la anse, au cœur d'Eagle Bay. C'était Jerry qui l'avait accueillie sur l'embarcadère, Emma venait d'avoir un grave accident. Elle avait glissé dans un ravin en partant se promener avec leur chien Bobby. Il marchait toujours à côté d'elle, il était mort sur le coup.

Les premières neiges étaient les plus dangereuses, et les températures étaient trop douces pour la saison, Emma avait manqué de prudence, le sol s'était dérobé sous ses pieds. À partir de ce jour, elle devrait passer le reste de sa vie en fauteuil roulant.

Tout ce qui arriva ensuite allait pousser Abby à quitter l'île.

Tout le monde dans la communauté savait que la naissance d'Abby avait rendu Emma plus nerveuse et irritable, mais cet accident l'avait davantage transformée, elle était devenue quelqu'un d'autre, une femme agressive et qui ne supportait plus personne, Abby particulièrement. Tout était prétexte aux cris et aux larmes, elle en voulait à la Terre entière. Abby ne comptait pas le nombre de plateaux-repas qu'Emma avait jetés contre les murs quand elle les lui apportait.

Pierre, le père d'Abby, avait alors décidé d'emménager dans une maison de plain-pied, un peu au nord de Labouchere Bay, au milieu des bois, pour faciliter la vie d'Emma, et aussi parce que de là, la route était accessible. Énergies solaire et éolienne, générateur, source d'eau pure sous la maison, ç'aurait dû améliorer les choses, mais ce fut pire. Abby ne pouvait rien demander à sa mère sans déclencher des hurlements, des crises de colère parce qu'elle faisait trop de bruit ou essayait tout simplement de continuer à vivre.

Le jour de ses quinze ans, Emma avait oublié de lui souhaiter son anniversaire ; elle l'ignorait à table les rares fois où elle les rejoignait pour manger, son père et elle ; Emma lui tournait le dos quand elle essayait de lui parler, elle faisait semblant de ne pas la voir. C'était comme si Abby n'avait plus sa place dans leur famille, et qu'elle était responsable de ce qui était arrivé à Emma. Abby s'était d'ailleurs longtemps demandé si c'était parce qu'elle marchait encore et pas sa mère, qu'Emma lui en voulait autant.

Pendant toute cette période, Pierre avait été un réel soutien pour Abby, mais son impuissance devant la colère et l'amertume de sa femme le rendait aussi malheureux que sa fille. Juste avant les vacances d'été, il avait offert à Abby un billet pour la France. Elle allait passer un mois et demi à Paris, chez Régine, et ce séjour avait signé son départ définitif d'Eagle Bay. Abby refit le voyage sur l'île trois années de suite pendant l'été, mais elle ne revint jamais vivre en Alaska. Elle ne revint pas tout court, jusqu'à ce jour.

Abby devint avocate, indépendante, et ne manqua jamais à sa mère. Alors que Jerry ait pu imaginer qu'Emma était pressée de la voir était bien sûr tout sauf vrai.

Sans croiser personne, Abby et Jerry marchèrent à flanc de colline, sous les arbres, jusqu'à la passerelle où était amarré le bateau à moteur de Jerry. Ils y grimpèrent et passèrent les quelques minutes de trajet avec le vent et les embruns en plein visage. Arrivés à Labouchere Bay, ils parcoururent à pied la distance qui les séparait des voitures, puis Jerry déposa la valise d'Abby sur le plateau rouillé du pick-up et démarra dans un bruit sourd, presque incongru dans un lieu pareil.

Abby savait que la route était plutôt bonne jusqu'au chemin qui menait aux bois, mais elle était bordée de gigantesques pins, si bien que même en plein jour, on avait toujours l'impression d'être aux confins de la nuit, et il n'était pas rare d'y croiser des animaux sauvages. Son père détestait qu'elle s'y promène seule, alors elle n'avait jamais connu les balades à vélo ou les randonnées en solitaire. Ici, un ours pouvait vous surprendre à n'importe quel moment et vous faire savoir que vous étiez chez lui.

— Alors, pas trop dépaysée ? demanda Jerry.

Si. Trop.

Eagle Bay devait être l'un des rares endroits du globe où la nature semblait vous faire comprendre que l'humain n'avait rien à y faire. C'était d'ailleurs un acquis pour tout le monde : sur l'île, il y avait bien plus de quadrupèdes que de bipèdes, et y revenir raviva chez Abby des tas de souvenirs sensoriels oubliés. Les odeurs puissantes de mousse et de terre mouillée, la sensation d'immensité, le picotement de l'air humide sur sa peau, tout ce vert qui éclatait partout… Abby en étouffait presque.

— Ça va… mentit-elle.

Jerry embraya et lui parla de la communauté, de ce qu'elle était devenue, de ce que le reportage télévisé avait changé. Les gens vieillissaient, le village se désertifiait, l'école avait fermé en 2016, l'épicerie n'avait plus assez de clients pour servir des repas en salle, le climat avait beaucoup évolué, et même si les hivers étaient toujours aussi rigoureux, beaucoup de touristes achetaient des maisons secondaires pour y venir à la moindre occasion. Pour Jerry, la vie à Eagle Bay n'était plus la même.

Abby l'écouta poliment, et essaya de se remémorer les bons moments, les quelques amis qu'elle avait, les sorties en pleine nature et les feux de camp, les soirées de Noël tous ensemble au coin du feu. Ça lui arracha à peine un élan de nostalgie, elle ne pensait qu'aux centaines de mètres qui défilaient et la rapprochaient chaque seconde un peu plus de sa mère. Elle avait la gorge nouée, et lorsque la longère bleue tout en bois apparut enfin au bout du chemin caillouteux, au milieu d'une clairière entretenue depuis vingt ans, elle retint son souffle.

— Et voilà, ma grande ! Tu es arrivée à bon port.

Lorsqu'elle descendit du pick-up, ses jambes tremblaient un peu.

Tout était comme dans son souvenir. Les volets bleus qu'ils avaient peints avec son père, le toit en planches huilées de paraffine, la terrasse en pin et sa rambarde qui contournait la maison, la rampe d'entrée pour le fauteuil roulant d'Emma, le garage, le composteur en bois. Dix-sept ans, et rien n'avait changé.

— Je t'accompagne ?

— Non merci, Jerry, ça va aller.

Il se frotta la barbe et sourit.

— OK ! Je suis attendu au dock, alors je repars tout de suite. Passe le bonjour à ta mère. On n'ose pas trop la déranger, avec Mary, elle n'a envie de voir personne. Tu sais comment elle est…

Abby hocha la tête. Oui, elle savait.

— Je n'y manquerai pas. Et mes amitiés à Mary. Merci pour tout.

— À ton service, c'est chouette que tu reviennes au pays.

S'il savait à quel point elle aurait aimé être partout ailleurs sauf ici, et combien elle avait envie de pleurer de ne pas y retrouver la seule personne qu'elle aurait voulu voir.

— Hé, gamine… la retint-il alors qu'elle s'apprêtait à tourner les talons. Désolé pour ton papa. On l'aimait tous, ici.

Abby acquiesça et s'efforça de sourire, l'estomac plus lourd qu'une chape de plomb. Elle aussi, elle l'avait aimé. De tout son cœur.

Elle avait envie de pleurer, son père allait tellement lui manquer. Mais elle ne trouverait aucune consolation ici, ce n'était pas ce pour quoi elle avait traversé l'Atlantique. Elle était revenue, non pas pour honorer la mémoire de son père, mais parce qu'il n'aurait jamais voulu qu'Emma reste seule. D'où il se trouvait, Abby voulait qu'il sache qu'elle était là pour prendre soin de celle qu'il avait le plus aimée.

Elle prit une profonde inspiration avant de frapper à la porte de son ancienne maison. Celle où elle avait vécu, il y avait de ça une éternité. Celle où rien ne serait plus jamais pareil.

2

La femme qui se tenait devant Abby était presque une inconnue. Elle avait passé la moitié de sa vie sans la voir et à si peu lui parler qu'elle ne savait plus rien d'elle. Pourtant, à la vue de sa mère très amaigrie, de son regard intensément bleu, de ses cheveux gris remontés en chignon et de son corps tassé dans ce fauteuil roulant, son cœur se serra. Pendant très longtemps, Emma n'avait pas fait son âge ; désormais, elle en avait presque soixante-douze et on aurait pu lui en donner dix de plus. Ce visage fermé, qui avait fait fuir Abby des années plus tôt, la toucha, car il était empreint d'une tristesse profonde et pure.

Pierre devait terriblement lui manquer. Ils avaient été mariés pendant quarante-huit ans et s'étaient rencontrés alors qu'ils en avaient à peine vingt-deux. Malgré leurs divergences, ils étaient liés comme les doigts d'une main, incapables de vivre l'un sans l'autre, mais à présent, Emma y était contrainte.

— Tu vas rester longtemps sur le pas de porte à me regarder comme ça ? cingla Emma de sa voix autoritaire. Entre, je ne m'échine pas à aller chercher des bûches dehors et à garder la cheminée allumée pour que la chaleur s'échappe. Il fait froid le matin.

Abby ne s'attendait pas à un accueil différent, sa mère était telle qu'elle avait toujours été : froide, directe et hostile, comme cet endroit. Abby soupira et referma derrière elle.

— Bonjour, maman…

— Bonjour, Abigail.

Emma avait toujours été la seule à l'appeler comme ça. Pour tout le monde, Abigail était Abby, mais Emma avait toujours trouvé que c'était un peu trop familier, ce qui faisait rire Pierre. Il pensait qu'il n'y avait justement rien de plus approprié pour une mère que de prendre ce genre de liberté. Mais Emma avait-elle seulement déjà éprouvé la moindre fibre maternelle ? Abby n'en avait jamais été certaine. Emma aurait préféré qu'elle ne l'appelle pas maman, mais par son prénom. Pierre s'y était fermement opposé, pour lui, c'était inconcevable. Emma était une femme indépendante et solitaire. Depuis toujours, elle n'aimait pas les gens. Et de son point de vue, Abby faisait partie des gens.

Elle abandonna sa valise sur le sol et s'approcha pour lui déposer un simple baiser sur la joue. Sa peau était douce et un peu duveteuse. Emma ne réagit pas. Il allait falloir qu'Abby s'y fasse, la mort de son père ne suffirait pas à réduire la distance abyssale qui les séparait, Emma et elle. Elle s'y attendait.

— Tu as maigri, lui fit remarquer Emma. Pourtant, je pensais qu'on mangeait bien en France.

Abby ne prit pas la peine de répondre. Qu'Emma lui fasse ce genre de réflexion, alors qu'elles ne s'étaient pas vues depuis dix-sept ans, n'avait rien d'étonnant. Elle ne savait pas quoi dire d'autre à sa fille, et Abby non plus. Quant à pleurer ensemble la mort de Pierre, ce n'était pas le genre d'Emma. Elle cachait tout, la moindre émotion qui aurait pu lui donner l'impression d'être faible. Abby explosait de l'intérieur en réalisant qu'elle ne verrait plus jamais son père dans cette maison, mais elle se contrôla elle aussi, Emma n'aurait pas non plus apprécié que sa fille se laisse aller.

— Je peux me faire un thé ? demanda Abby. Je n'ai pas bu une goutte d'eau depuis plusieurs heures et je suis morte de froid. Il va falloir que je me réhabitue au climat.

Emma haussa un sourcil.

— Parce que tu comptes rester longtemps ?

Elle soutint son regard sans ciller. Emma n'était pas contente qu'elle soit là ? Abby non plus.

— Je ne l'espère pas, répondit-elle du tac au tac.

— Alors tant mieux. Il y a du thé au jasmin dans la cuisine, merci de m'en apporter une tasse dans mon bureau.

Abby acquiesça et la regarda rouler jusqu'au bout du couloir, si peu concernée par sa présence.

Elle soupira et se dirigea vers la cuisine. Elle se pétrifia un instant devant le désordre chaotique qui y régnait. Il devait y avoir deux semaines de vaisselle dans l'évier, et aussi de vieilles épluchures de légumes sur la table, des miettes, des taches de café partout sur le sol, des casseroles sales sur la cuisinière… De toute évidence, aucun rangement ni nettoyage n'avaient été faits depuis la mort de Pierre, et les fenêtres n'avaient pas non plus dû être ouvertes, l'air était irrespirable. Abby était certaine qu'Emma avait dû refuser toute aide de la communauté.

Elle trouva deux mugs propres dans un placard, remplit celui de sa mère, et fouilla dans son sac pour récupérer le livre que le pilote lui avait donné. Quand elle pénétra dans le bureau d'Emma, elle préféra ignorer qu'ici aussi c'était un véritable capharnaüm.

— Le pilote de l'hydravion demande s'il est possible que tu lui signes son livre, il s'appelle Matt.

Emma hocha la tête tandis qu'Abby le posait à côté de l'ordinateur.

— Et voilà ton thé. Tu as besoin d'autre chose ?

— Tu peux faire revenir ton père ? rétorqua Emma d'une voix cinglante sans quitter son écran d'ordinateur des yeux.

— Maman…

— Dans ce cas, ne me pose pas la question. Tu peux refermer derrière toi. Si tu vas dans le centre, les clés du bateau sont dans la boîte à gants du pick-up.

Abby serra les dents et quitta la pièce.

Elle se servit un thé et, tasse à la main, entra dans le salon où les Lompré passaient toutes leurs soirées avant qu'Abby s'en aille. C'était une jolie pièce, aux murs de pierre et au sol plaqué de planches de pin, chauffée par une imposante cheminée et ouverte sur une véranda qui donnait sur l'arrière de la longère. Il y avait une table à manger, une grande bibliothèque, un canapé en velours et deux fauteuils. Rien d'extraordinaire. Malgré leur situation financière très privilégiée, Emma et Pierre avaient toujours vécu modestement. La majorité des revenus d'Emma étaient placés sur des comptes en banque qu'ils touchaient à peine. Vivre ici les avait coupés de tout, y compris de l'envie frénétique de dépenser.

Abby se positionna devant la bibliothèque que son père avait lui-même fabriquée avec l'aide de Joe Porter, l'unique ébéniste d'Eagle Bay décédé depuis. Tout un rayonnage était rempli des nombreuses éditions des quarante-deux romans qu'Emma avait écrits. Pierre en faisait sa fierté, et les exposait ici pour que tout le monde les voie.

Abby en prit un au hasard et l'ouvrit à la première page.

Pour Pierre, avec tout mon amour.

Son père se faisait dédicacer chaque livre, et disait en riant qu'un jour ils vaudraient de l'or et que si Emma le quittait, il deviendrait riche.

Abby avait finalement passé plus de la moitié de sa vie sans voir ses parents ensemble, mais elle savait combien leur amour avait été inébranlable. Il suffisait que l'un exprime un besoin pour que l'autre accoure sans jamais se poser de questions. Dans les difficultés les plus insurmontables, les disputes dont l'issue aurait été inéluctable pour la plupart des gens, les assiettes qui avaient pu parfois finir contre les murs, ils s'étaient toujours accrochés sans jamais pouvoir se passer l'un de l'autre. Ils avaient pu se dire des choses épouvantables, se détester, et la minute d'après se demander pardon avec sincérité.

Emma et Pierre s'étaient aimés infiniment.

Abby sourit avec tristesse, reposa le livre et se rendit dans la véranda.

Devant la baie vitrée, le paysage était aussi calme que magnifique et laissait deviner les kilomètres de bois qui parcouraient le nord de l'île. Quand on ouvrait la vitre, on entendait juste le bruissement des feuilles et celui des insectes. Pierre aimait particulièrement se reposer sous la verrière, été comme hiver. Il y avait aménagé un tout petit potager d'intérieur où poussaient des tomates cerises et plusieurs herbes aromatiques, quelques plantes et un citronnier qui n'avait jamais donné de fruits.

Rien n'avait bougé. Derrière la maison non plus. Abby y retrouva le même fil à linge qu'il y a vingt ans, la même cabane à outils, les mêmes arbres. Tout était parfaitement identique à un détail près : la tombe de son père était là, tout au fond du jardin, au pied d'un grand pin. Elle refoula un sanglot, elle n'était pas prête à affronter cette stèle. Abby ferma un instant les paupières, respira calmement et tourna le dos à la véranda.

Son regard se posa sur le journal déplié dans le hamac où s'installait son père, et sur la table haute. À côté d'une photo d'elle sur laquelle elle avait six ans, se trouvait encore une tasse de café avec sa cuillère à l'intérieur.

Abby avala la boule d'épingles qui se forma dans sa gorge. Elle aurait dû revenir plus tôt, le revoir une dernière fois, le serrer dans ses bras… Mais comment aurait-elle pu savoir ? Son père était décédé d'une crise cardiaque en allant couper du bois quinze jours plus tôt. Il avait pourtant de l'énergie à revendre, et détestait rester inoccupé. Il faisait cent choses à la fois, se démenait chaque année pour ne manquer de rien et préparer l'hiver. Parce que c'était essentiellement ce qu'on faisait ici, prévenir le froid. Son hyperactivité avait eu raison de lui. Il avait soixante-douze ans.

Chaque été, Pierre passait trois bonnes semaines à Paris, et, cette même année, il aurait dû y aller en août. Une part d'Abby savait que la destinée ne prévenait pas et qu'elle n'aurait pas pu deviner qu'elle ne le reverrait plus jamais, mais une autre partie d'elle l'accusait d'avoir été cette fille qui, parce qu'elle s'était un jour sentie abandonnée par sa mère, n'avait fait aucun effort pour traverser l'Atlantique et réduire la distance entre elle et le seul homme qui l'avait jamais vraiment aimée. Pas une fois en dix-sept ans. Pourquoi ? Parce qu'elle avait trop mal lorsqu'elle revenait ici pendant l'été, parce qu'elle se heurtait chaque fois à un mur de glace qui la broyait de l'intérieur. C'était la raison pour laquelle un jour Abby avait décidé que si sa mère voulait la voir, handicapée ou non, ce serait à elle de se déplacer. Ça n'était jamais arrivé, et Abby avait préféré s'enfermer dans ses certitudes et n'avait pas su profiter de la présence de son père comme elle crevait d'envie de le faire.

Il avait pourtant fait partie de chaque étape importante de sa vie. Il était venu à Paris quand elle avait eu son bac, et aussi lorsqu'elle avait prêté serment au barreau et qu'elle était devenue maître Abigail Lompré. Il lui avait fait envoyer un bouquet de roses immense, des chocolats et du champagne quand elle avait fêté son passage en tant qu'associée dans le cabinet qui l'employait depuis presque six ans, et il était resté avec elle plusieurs semaines lorsque Régine était décédée et qu'Abby s'était retrouvée aussi désemparée qu'elle l'était aujourd'hui. Il avait toujours été là, et Abby n'avait même pas pu assister à ses funérailles…

Pierre disait qu'il ne servait à rien d'avoir des regrets, qu'il fallait avancer, mais même s'ils ne se voyaient pas souvent, marcher sans lui dans son sillage s'avérait plus dur qu'Abby l'aurait imaginé.

Elle ferma les yeux et pensa à sa mère. Comment Emma allait-elle réussir à surmonter l'absence de son mari, son compagnon de toujours, son roc ? Pierre savait trouver les bons mots pour canaliser la colère d'Emma, se mettre à sa place et deviner ce qui l'apaiserait. Abby savait qu'Emma ne pourrait pas continuer à vivre seule ici, et qu'il fallait qu'elle retourne sur le continent ou qu'elle la suive en France. Comment allait-elle réussir à la convaincre, alors qu'elle n'avait jamais pesé très lourd dans la balance de sa vie ?

La seule certitude qu'Abby avait, était qu'elle venait de mettre sa carrière en stand-by pour persuader sa mère de repartir avec elle. Emma ne survivrait jamais à la rudesse de l'île sans quelqu'un auprès d'elle, et Abby savait qu'elle ne serait en aucun cas cette personne.

Elle s'assit sur le canapé et regarda les flammes s'agiter.

Ça allait être difficile, très difficile.

Abby s'était installée dans son ancienne chambre, surprise de voir que rien n'avait bougé. Elle avait eu l'impression de faire un gigantesque bond en arrière. Le poster des Red Hot Chili Peppers était toujours accroché au mur, la collection de mini bouteilles de parfums que sa grand-mère lui envoyait de Paris se trouvait encore sur l'étagère murale, et le petit bureau sur lequel trônaient encore ses cahiers de dernière année en *middle school* n'avait pas changé de place. Elle avait ouvert les deux fenêtres qui donnaient de chaque côté de la maison, aéré la pièce, changé les draps, rangé ses affaires dans l'armoire et pris le temps de se réhabituer à tout ça.

Elle retrouva des photos de famille, d'elle et son père alors qu'elle n'avait que six ans. Elle pleura un long moment, enfermée dans cette pièce, puis elle se ressaisit et passa une grande partie de la journée à remettre la maison en ordre, à lancer des lessives, à remplir le compost de tout ce qui aurait dû être jeté depuis quinze jours, et à faire l'inventaire du frigo. Il n'y avait plus rien à manger.

Depuis qu'elle y était entrée en début de matinée, sa mère n'était pas sortie de son bureau une seule fois, même pas pour déjeuner l'omelette qu'avait préparée Abby avec les trois pauvres œufs qu'elle avait trouvés dans un placard. Le livre du pilote, Emma l'avait dédicacé et posé devant sa porte, à même le sol. Le signe était très clair : la présence d'Abby l'importunait. Faire comme si elle n'était pas là était la stratégie qu'elle avait choisie, sans doute pour qu'elle parte plus vite, car Emma n'était pas idiote, elle savait pourquoi sa fille était revenue. Elle pouvait faire comme elle l'entendait, Abby venait d'arriver et avait besoin de souffler, mais tôt ou tard, il faudrait qu'elles parlent.

Comme Emma n'avait toujours pas montré le bout de son nez, vers 15 h 30, Abby s'habilla chaudement, s'empara du livre pour le pilote et sortit par la porte de la cuisine qui donnait dans le garage. Le vieux pick-up rouge de son père était toujours là, et les clés se trouvaient sur le contact. Il l'avait déjà quand Abby était partie pour la France, il était tout rouillé, le capot tenait par l'opération du Saint-Esprit, mais ici on recyclait jusqu'à l'épuisement, c'était un principe.

Le réservoir serait bientôt sur la réserve, Abby ne s'en inquiéta pas, elle en avait bien assez pour faire quelques allers-retours. Elle roula dans un fracas de tôle assourdissant jusqu'au début du chemin de Labouchere Bay, fouilla dans la boîte à gants et trouva les clés du bateau à moteur, incertaine de savoir encore piloter ce genre d'engin. Pourtant, quand elle était adolescente, avec son amie Romy, elles empruntaient souvent l'embarcation de ses parents pour aller jusqu'à l'extrême nord de l'île. Même si c'était à un jet de canette d'Eagle Bay, on leur interdisait strictement ce trajet à cause des dangers qu'il représentait, sauf qu'à Point Baker se trouvait un café qui servait des chocolats chauds aux marshmallows à mourir et il y avait toujours quelqu'un pour discuter. Le risque en valait la chandelle.

Abby regarda les clés en espérant que les gestes lui reviennent…

Elle sortit du pick-up et essaya d'ouvrir le hayon de la benne pour en extraire la petite charrette en bois que son père laissait toujours à l'intérieur, mais il était tellement rouillé qu'elle avait beau tirer dessus, rien ne bougea.

— Je peux vous aider ?

Abby se tourna vers une femme au regard aussi bleu que l'azur. Elle avait pris quelques rides et des cheveux blancs, mais elle l'aurait reconnue entre mille. Grande, solide et bien charpentée, il s'agissait de Bonnie Locklear. Avec son mari, Peter, ils louaient un lodge sous les arbres, sur le versant ouest d'Eagle Bay, quand Abby avait quitté l'île.

Ainsi emmitouflée dans des vêtements de chasse, un fusil à la main et trois pigeons ramiers dans l'autre, Bonnie n'avait pas l'air commode. Elle sondait Abby avec méfiance car, à cette saison, les touristes étaient encore rares, et ceux qui fouillaient dans le pick-up de son père encore plus.

Abby tenta un sourire avenant.

— Bonjour, Bonnie, je suis Abigail Lompré.

La sexagénaire ouvrit de grands yeux.

— Abigail ? Abby, la fille de Pierre ?

— Elle-même.

Bonnie sembla ne pas en revenir.

— Ça alors ! Je ne savais pas que tu revenais dans le coin ! Comme tu as grandi !

Abby ne put s'empêcher d'être amusée. Entre l'âge de dix-huit ans lors du dernier été où elle était venue, et ses trente-cinq d'aujourd'hui, changer et prendre quelques rides étaient des choses qui arrivaient.

— On est tous tellement désolés pour ton papa… lui dit Bonnie avec toute la compassion du monde.

Abby hocha la tête. Cette phrase, elle l'entendrait très souvent.

— Ainsi va la vie…

— Tu as besoin d'un coup de main ?

— Le hayon est tout rouillé, il lui faudrait un bon coup d'huile dégrippante.

Bonnie posa son fusil et son butin de chasse, s'approcha et retira le loquet avec autant de facilité que s'il s'était agi d'une simple ouverture de boîte aux lettres. Puis elle s'empara du chariot qu'elle posa sur le sol.

— C'est bien que tu sois revenue, ta mère se sentira moins seule. Elle ne veut plus voir grand monde depuis que ton père est parti. On s'inquiète tous pour elle.

Abby acquiesça sans avoir l'intention de développer le sujet. Comme dans n'importe quel village, ici, tout se savait. Elle ne ferait part de ses projets à personne tant qu'elle n'aurait pas d'abord parlé avec Emma.

Elle se racla la gorge et montra à Bonnie la petite clé qu'elle tenait dans la main.

— Est-ce que tu sais où se trouve le bateau de mon père ?

— Oui, bien sûr ! Il est amarré à côté du mien, suis-moi.

Le chariot faisant un barouf de tous les diables contre les cailloux, elle marcha avec Bonnie jusqu'à la rive sur laquelle un court quai en bois avait été aménagé. Bonnie souleva la bâche et libéra un zodiac blanc semi-rigide de sept mètres, comprenant une cabine dans la coque et plusieurs assises autour d'un espace destiné au stockage. Sans doute la seule folie que s'était octroyée son père depuis des années. Une folie capitale, toutefois, quand on habitait dans un tel endroit. Ici, avoir un bateau de qualité était plus important que posséder une bonne voiture.

— Ton père l'avait acheté il y a six mois à peine, dit Bonnie, désolée. Tu sais t'en servir ?

Comme Abby faisait la moue, Bonnie posa ses affaires à quai et grimpa sur le bateau.

— Monte, je vais te montrer, il n'y a rien de sorcier. Mais il faudra te dépêcher de faire l'aller-retour, la marée commencera à descendre dans deux heures.

Abby hocha la tête, elle avait clairement perdu ce genre de réflexe et ne s'était même pas posé la question en quittant la longère.

Il y avait beaucoup de place à bord, alors elle parvint à caler le chariot sans problème et à s'installer à côté de Bonnie qui dénoua la corde de fixation et démarra aussitôt avant de s'arrêter une vingtaine de mètres plus loin.

Le zodiac était plus gros que ce qu'elle avait déjà conduit. Il fallut un petit quart d'heure d'entraînement à Abby pour raviver les vieilles habitudes. C'est même elle qui ramena Bonnie à quai.

— Passe le bonjour à ta mère pour moi, lui demanda cette dernière. Et si tu as besoin de quoi que ce soit, n'hésite pas. J'habite au même endroit que quand tu es partie.

— Vous avez toujours votre chambre d'hôtes ?

— Pour sûr ! Et c'est complet tout l'été. Tu n'imagines pas combien le village est devenu populaire depuis le reportage à la télé.

Elle lui sourit.

— J'imagine sans mal. Merci pour tout, Bonnie, et à bientôt.

Abby prit la direction du centre et accosta à deux pas d'Eagle Bay Trading Post. Les bateaux de pêche absents ce matin étaient désormais tous à quai, mais pas un chat en vue. Elle grimpa sur le chemin de bois et respira à pleins poumons. Ici, l'air était plus pur que nulle part ailleurs, ça sentait l'iode partout et ce jour précisément, le ciel était d'un bleu exceptionnel… Les journées de la belle saison étaient les plus longues, et la météo plus clémente. Durant cette période, l'ensoleillement revêtait quelque chose de divin. Les collines de pins resplendissaient d'un vert intense auquel tous les reportages télévisés du monde ne pourraient jamais rendre hommage. Et cette mer, qui pouvait être aussi placide qu'un lac et semblable à une coulée d'argent, lui rappela que si, toutes ces années, l'Alaska ne lui avait pas manqué, elle n'avait jamais oublié son silence. Ici, Abby entendait ses pas et son souffle, c'était aussi magique qu'effrayant.

Elle tira son chariot, fit s'envoler les goélands qu'elle croisa, le laissa en bas des escaliers et poussa la porte de l'épicerie. Un tintement de carillon l'accueillit quand elle entra. Rien n'avait vraiment changé, un sol en bois, un comptoir, trois tables et leurs chaises utilisées pour les réunions du village, quelques rayonnages alimentaires, de bricolage et de produits d'entretien, des vêtements aussi. « À Eagle Bay Trading Post, on trouve de tout, sauf ce qu'on n'a pas ! » C'est ce que disaient toujours les Walker quand un étranger entrait chez eux.

— Bonjour, je peux vous aider ?

Elle fit face à une femme d'à peu près son âge sortant de l'arrière-boutique. Salopette en jean, queue-de-cheval et teint clair typique de l'Alaska : c'était Romy Walker ! Romy et Abby avaient trois mois d'écart, alors quand elles étaient gosses, c'était à la vie à la mort. Elles faisaient les quatre cents coups, chipaient des bonbons sur le comptoir des parents de Romy, mélangeaient les boîtes de conserve pour faire râler Janice Walker et collaient des boulettes de papier mâché sous les tables. C'était aussi avec elle qu'Abby avait grillé sa première et dernière cigarette. Lorsqu'elles étaient petites, il y avait encore une école à Eagle Bay, ils étaient seulement huit élèves, et avec ce drôle de climat, la classe commençait tard et finissait tôt. Romy et Abby profitaient de l'absence des Walker pour aller piquer de la nourriture dans le magasin qu'elles jetaient aux phoques. Elles avaient même adopté un blanchon en cachette. Il leur avait coûté de longues heures de pêche et des quantités astronomiques de poissons. Puis un jour, il était parti, comme Abby et beaucoup d'autres... Mais en se retrouvant en face de Romy, Abby eut l'impression que toutes ces années d'absence n'avaient duré que quelques heures. Elle n'aurait jamais cru qu'elle serait restée ici.

Abby lui sourit à s'en décrocher la mâchoire.

— Hé...

Le visage de Romy s'éclaira soudain.

— Abigail ? Abigail Lompré ?

— C'est bien moi !

Romy fit le tour du comptoir et lui tomba dans les bras.

— T'aurais pu prévenir ! Bon sang ce que je suis contente de te revoir ! Ça fait une éternité !

Elles se serrèrent l'une contre l'autre, incapables de se détacher pendant de longues secondes, puis Romy recula pour mieux la regarder.

— Tu as l'air en forme.

— Toi aussi, Boucle d'or ! se moqua Abby en enroulant une mèche de cheveux de Romy autour du doigt.

Elle détestait qu'on l'appelle comme ça, mais Romy avait les cheveux si blonds et bouclés que personne n'y résistait jamais.

— Bon sang, Abby, t'as pas changé !

Puis elle tendit la main pour lui ébouriffer la tignasse. Abby était à l'opposé de Romy : brune et sans aucune ondulation capillaire.

— Est-ce que ça va ?

Abby haussa les épaules.

— C'est dur, mais il faut avancer.

— Forte comme ta mère, dit-elle très sérieusement. Tu restes longtemps ?

— Je ne sais pas encore.

Eagle Bay et ses environs se vidaient de ses habitants d'année en année, et la communauté faisait son possible pour que les membres restent, alors Abby ne voulait pas lui dire que ça dépendrait du temps qu'Emma mettrait à accepter de la suivre. Mais Romy la regarda de cette façon qui semblait vouloir dire qu'elle avait compris.

— On a proposé à ta mère de venir s'installer chez nous, mais elle refuse de bouger, tu sais comment elle est… Elle ne veut voir personne.

— Hé… tu n'as pas à te justifier, la rassura Abby en posant une main sur son épaule.

— Bah… On est comme une grande famille, on ne peut pas s'empêcher de s'inquiéter pour elle.

— Je suis là, maintenant, ça va aller.

Romy lui sourit.

— Ce que c'est bon de te voir ! Je te sers un café ?

— Volontiers !

Elle s'installa à une table et attendit qu'elle revienne avec deux mugs. Puis Romy prit place en face d'elle.

— Ça alors, je n'en reviens toujours pas… Tu es devenue avocate, il paraît ?

— C'est vrai. Droit des affaires internationales.

Romy siffla.

— Rien que ça ? Tu as toujours eu le sens de la justice, de toute façon ! Tu es mariée ?

— Pas mariée, pas d'enfants. Et toi ?

Elle se passa les doigts dans les cheveux, un peu gênée.

— Pas mariée, un enfant. Il s'appelle Tobias, Toby, et il a six ans. Depuis l'année dernière, il vit avec son père à Petersburg. Comme il n'y a plus d'école à Eagle Bay, c'est mieux pour lui.

Abby hocha la tête sans savoir quoi dire. Romy ne devait pas souvent voir son fils, Petersburg était à plusieurs heures de bateau, et l'hydravion coûtait très cher.

— Les grandes vacances commencent vendredi, Toby arrive ce week-end pour deux mois. Tu pourras le rencontrer.

— Ce sera avec plaisir !

Abby fouilla dans la grande poche intérieure de sa parka et posa le livre d'Emma sur la table.

— C'est pour le pilote de l'hydravion qui m'a déposée hier, tu pourrais le lui remettre quand tu le verras ? Il a été dédicacé.

Romy hocha la tête, se leva et resserra sa queue-de-cheval.

— Ce sera fait ! Bon, allez, on aura d'autres occasions de parler, mais là, j'ai un travail fou. Mes parents sont partis à Ketchikan, ils ne rentreront que dans plusieurs jours. Tu as besoin de quoi ?

Abby lui sourit et regarda autour d'elle.

— De tout !

3

Il n'y avait pas grand-chose à l'épicerie, mais Abby revint avec un chariot plein. Des fruits et des légumes frais livrés quelques jours plus tôt – une denrée rare par ici –, de la viande séchée, un peu de poisson, du chocolat, deux kilos de farine, des œufs, des biscuits préparés par Janice Walker, de la lessive et quelques produits ménagers.

Lorsque Abby arriva chez sa mère, il y avait un 4 × 4 bleu marine garé devant la maison, et en bien meilleur état que tous ceux qu'elle avait vus à Labouchere Bay. Elle rentra le sien au garage et déposa les courses dans la cuisine, étonnée de ne voir personne dans le salon.

— Maman ?

Comme elle n'avait pas de réponse, elle longea le couloir jusqu'au bureau vide, puis jusqu'à la chambre d'Emma. La porte était entrouverte. Sa mère était allongée sur son lit, en tee-shirt et culotte, un homme d'une bonne quarantaine d'années, aux cheveux bruns et à la barbe abondante, lui massait les jambes. Il remarqua Abby et leva vers elle un regard profondément bleu.

— Bonjour, dit-il sans sourire. Je suis William Taylor, le médecin de votre mère.

Passé la surprise, Abby remarqua une mallette médicale posée sur le sol.

— Oh, enchantée. Abigail Lompré.

— Ça t'aurait écorchée de me dire que tu étais partie ? aboya Emma sans préambule. Tu crois que tu peux entrer et sortir comme dans un moulin ? Heureusement que le Dr Taylor est arrivé, je m'égosillais à t'appeler pour venir m'aider à quitter mon fauteuil !

Emma Kart, cet être aimable et délicat. Abby la défia du regard, déterminée à ne pas se laisser faire.

— Comment faisais-tu les autres jours ? À en croire tout le monde, tu donnes plutôt l'impression de n'avoir besoin de personne. Je suis devenue indispensable ou tu as juste décidé d'être désagréable ?

Le Dr Taylor se racla la gorge pour les interrompre.

Abby ne put s'empêcher d'avoir honte. Quelle image venait-elle de renvoyer à cet homme ? Toutefois, elle ne se faisait aucune illusion, à en croire la franche hostilité d'Emma envers elle, Abby était certaine qu'elle n'avait pas dû attendre son arrivée pour dépeindre un portrait d'elle au vitriol. Elle n'était de toute façon qu'une étrangère ici, aucun des nouveaux habitants ne viendrait contredire Emma. Elle réalisa même avec amertume que cet homme qui massait les jambes de sa mère et qu'elle n'avait jamais vu, était finalement mieux traité et plus proche d'Emma qu'Abby ne l'avait jamais été

Elle ravala sa rancœur et sourit poliment.

— Je vous laisse terminer vos soins, docteur, si vous avez besoin de moi, je suis dans la cuisine. Maman, je peux t'apporter quelque chose ?

Emma se contenta de regarder ailleurs, alors Abby referma la porte derrière elle, bien assez crispée pour se provoquer un torticolis si elle n'y prenait pas garde.

Dans la cuisine, elle rangea les courses, les mains tremblantes.

Sa mère n'avait pas changé, Emma était toujours aussi agressive et imprévisible. Au cours de toutes ces années en France, Abby avait oublié ces situations où elle se demandait s'il lui arrivait de faire quelque chose de bien, et l'espace d'un instant, elle avait cru y avoir replongé. Mais elle refusait de se laisser avaler une nouvelle fois par l'aigreur de sa mère. Elle était devenue plus forte que ça, la vie avait pris un autre sens pour Abby, elle était désormais certaine de sa valeur.

Elle s'assit à table avec un café pour tâcher de rassembler ses esprits quand son téléphone émit une sonnerie qu'elle connaissait par cœur : les premières notes de la marche impériale de *Star Wars*. Elle les avait attribuées à l'un de ses associés qu'elle détestait autant qu'elle l'aimait. Ludovic était un excellent avocat, généreux, avec un sens de la repartie extraordinaire et un humour fabuleux, mais il était ce genre de personne avec qui on avait du mal à discuter. Quand il avait une idée bien précise des choses, il n'en démordait jamais. C'était l'homme le plus obtus qu'elle n'avait jamais rencontré.

Elle lut le résumé de son message sans l'ouvrir.

Bien arrivée ? Le cabinet est vide sans toi, j'espère que ça ne durera pas trop.

Elle soupira, désactiva ses données mobiles et prépara une réponse qu'elle enverrait dans quelques heures, histoire de justifier le gros mensonge derrière lequel elle préférait se cacher. Elle avait besoin de faire un break, un vrai, et de se concentrer sur d'autres priorités.

Oui, merci. Désolée si je ne suis pas rapide à répondre, pas beaucoup de réseau. Bon courage à Marc et toi pour les dossiers.

Quitter Paris et le cabinet n'avait pas été une décision prise sur un coup de tête. À force de se heurter, Ludovic et Abby avaient élimé leur conscience professionnelle. Leurs prises de bec étaient de plus en plus fréquentes, ça avait duré des mois et Abby avait réalisé qu'il était temps qu'elle s'éloigne. L'ambiance au bureau était devenue chaotique, tendue, même devant les clients, alors Marc, l'associé principal, leur avait demandé de prendre leurs responsabilités et de trouver des solutions. Abby était prête à partir. Mais Ludovic s'était insurgé, il voulait qu'elle reste. Finalement, la mort de Pierre avait fini par précipiter les choses. Marc et Ludovic s'occuperaient des dossiers d'Abby en attendant qu'elle revienne. Quand ? Elle ne savait pas.

— Votre mère se rhabille.

Abby sursauta et se tourna vers le Dr Taylor qui se tenait dans l'embrasure de la porte, sa parka déjà sur le dos.

— Oh, très bien, merci. Je vous offre un café ?

Il secoua la tête.

— Non, merci, je dois aller voir un autre patient un peu plus bas que Labouchere Bay avant que la marée se mette à descendre.

— Je comprends. Vous habitez Eagle Bay ?

— Oui.

Elle attendit qu'il en dévoile un peu plus, mais il se contenta d'aller se laver les mains dans l'évier. De toute évidence, le Dr Taylor n'était pas un homme bavard.

— Je ne savais pas qu'il y avait un médecin à Wooden Wheel Cove, insista Abby. Lorsque je suis partie, il fallait prendre l'hydravion pour en trouver un.

— C'est plus facile maintenant, répondit-il en enfilant un épais bonnet en laine. Si vous avez besoin de quoi que ce soit, mon numéro de téléphone satellite est aimanté sur le réfrigérateur, vous pouvez me joindre à n'importe quelle heure. Je serai là dans les trente minutes, pour peu que la marée le permette et que je ne sois pas occupé.

Comme il était déjà en train de partir, Abby le rattrapa au moment où il mettait la main sur la poignée de la porte.

— Docteur Taylor, comment va ma mère ?

Il se frotta la barbe. Il avait des mains solides et rugueuses, surprenantes pour un médecin, mais pas étonnantes quand on vivait ici.

— Aussi bien que son état le permette.

— Son état général habituel, ou il y a autre chose ?

Il regarda par-dessus son épaule en direction du couloir. Abby se retourna, Emma venait de sortir de sa chambre.

— Je dois y aller, conclut-il. Bonne fin de journée, mademoiselle Lompré.

Il tourna les talons sans rien ajouter et grimpa dans son 4 × 4.

Abby le suivit du regard jusqu'à ce qu'il disparaisse au bout du chemin. Impossible de savoir s'il cachait quelque chose ou s'il était seulement très à cheval sur le secret médical. Mais leur bref échange laissa une drôle d'impression à Abby.

— Ferme la porte, il fait froid, tonna Emma.

Abby obtempéra et s'approcha d'elle, passablement irritée.

— Je peux te poser une question ?

— Pas sûre que j'aie envie d'y répondre, mais essaie toujours.

Abby allait lui demander si le fait d'être aussi détestable avec elle était un traitement de faveur ou si elle était devenue comme ça avec tout le monde, mais elle se ravisa en voyant le regard déterminé de sa mère. Ç'aurait été inutile. Emma faisait partie de ces gens que rien ne déstabilisait vraiment. Elle se moquait bien de ce que sa fille pouvait penser.

— J'ai acheté des fruits et des légumes à l'épicerie. Tu n'as rien mangé à midi, je vais préparer une soupe. Est-ce que tu aimes ça ? s'enquit Abby à la place. On peut dîner tôt si tu le souhaites.

Elle s'attendait à ce qu'Emma lui réponde qu'elle n'avait pas faim, mais sa mère la regarda d'une étrange façon, presque surprise, et acquiesça tout en se dirigeant vers la cheminée pour y remettre une bûche.

— J'ai tout le temps froid, ça me fera du bien.

Qu'elle lui parle sans montrer d'animosité procura à Abby un sentiment d'apaisement bienvenu.

Parce qu'au fond, qu'elles soient d'accord ou pas, tout ce que désirait Abby était que sa mère et elle parviennent à communiquer normalement.

Tandis qu'Emma s'installait dans le salon avec un livre, Abby jeta un œil sur le canapé, s'empara du vieux plaid à carreaux et alla le déposer sur ses épaules.

— Merci, chuchota Emma.

Au moment où cette dernière voulut resserrer les bords de la couverture, ses doigts effleurèrent ceux d'Abby. Au lieu de les retirer, elles se regardèrent sans bouger.

— De rien…

***

Abby avait oublié que sa mère et le soleil se levaient aussi tôt en été. Elle n'avait pas fermé ses volets en se couchant, il était à peine 5 h 30 et la chambre baignait déjà dans une lumière aveuglante. Elle se résolut à sortir du lit et rejoignit Emma, laquelle était en train de boire son café. Abby fut très surprise en voyant un croissant en train de chauffer dans le four, elle ne se souvenait pas qu'Eagle Bay et les environs offraient un tel luxe.

— C'est Janice Walker qui a appris à les faire. Ton père en achetait toujours quelques-uns chaque semaine pour les mettre au congélateur. Ils ne sont pas miraculeux, mais au lieu de les jeter, je t'en ai fait chauffer un.

— Tu n'en prends pas ?

— Je ne mange jamais le matin et je déteste les croissants.

Puis Emma sortit un pilulier du tiroir sous la table. Il y avait dix comprimés par case, et pour trois jours. Emma en préleva deux et les avala avec un grand verre d'eau.

— Est-ce que le médecin te rend visite tous les jours ?

— Oui. Mais parfois, à cause de la marée, il décale, répondit Emma. Il vient pour me masser, avant c'était ton père qui s'en chargeait.

— Tu prends ces médicaments quotidiennement ? Il y en a beaucoup.

Le visage d'Emma se crispa.

— Ils ne sont pas là pour faire joli.

— Je m'en doute, maman.

Emma claqua la langue, très agacée.

— Je n'ai pas l'habitude qu'on me pose des questions et je préfère que ce ne soit pas ce que tu fasses d'entrée de jeu, tu es là depuis à peine vingt-quatre heures. Gardes-en pour plus tard ou notre temps ensemble va être encore plus compliqué que prévu. Je me débrouille, tout va bien, d'accord ?

— Oui, j'ai vu que tu étais très autonome et je m'en réjouis pour toi.

Emma haussa les épaules, ça lui importait peu.

Lorsque Abby avait quitté Eagle Bay, sa mère commençait à peine à apprivoiser son corps martyrisé. Pierre s'occupait beaucoup d'Emma, lui faisait faire de l'exercice, la stimulait. Elle avait dû beaucoup progresser, depuis, mais ces dix-sept ans d'absence ne permettaient pas à Abby de se rendre compte de tout ce que Emma était capable de faire seule, et d'une certaine façon, elle comprenait que sa mère puisse être agacée.

La veille, lorsque Abby était venue lui demander si elle avait besoin d'aide pour se coucher, Emma lui avait répondu sèchement que si elle avait attendu qu'on lui prête main-forte pour se mettre au lit, elle n'aurait pas beaucoup dormi depuis quinze jours. Ce qui avait bien prouvé que le petit esclandre devant le Dr Taylor était juste destiné à être désagréable avec Abby qu'elle considérait comme une intruse.

Mais Abby devait reconnaître que même après une journée ici, elle avait vu combien sa mère avait progressé. Pour qu'elle soit la plus autonome possible, Pierre et Emma s'étaient fait livrer, et sûrement à prix d'or, un lit électrique dont la hauteur des pieds s'ajustait d'un simple bouton. Emma collait son fauteuil au matelas, le bloquait, relevait l'accoudoir, basculait et se laissait glisser sur le lit. Le matin, comme son bassin n'était pas paralysé, elle faisait plus ou moins la même chose en sens inverse. Ça lui demandait une force considérable dans les bras, mais elle s'en sortait bien.

En réalité, presque chaque pièce de la maison lui était adaptée, la salle de bains, les toilettes, les meubles du salon suffisamment espacés, la cuisine et ses placards bas, même la terrasse et le balcon tout autour de la maison, cependant, tout ne lui était pas accessible. Avant d'aller au lit, Emma avait demandé à Abby de lui remplir une bassine d'eau chaude et de la poser par terre pour qu'elle puisse se laver les pieds. Elle avait trop mal au dos pour le faire elle-même. Pierre avait fait de son mieux pour offrir un maximum de liberté à sa femme, mais la vie qu'ils avaient choisie n'était désormais plus adaptée à une personne seule dans sa situation. Abby était persuadée que sa mère le savait, même si elle faisait tout pour demander le moins d'aide possible.

Abby s'installa à table, se servit un mug de thé et se racla la gorge.

— Maman…

— Pas maintenant, l'interrompit-elle d'un ton péremptoire. Je ne suis pas d'humeur à avoir une conversation, d'autant que je sais très bien de quoi tu veux parler.

Abby fronça les sourcils. Était-elle aussi prévisible que ça ?

— Soit, mais il faudra pourtant qu'on discute. Tu imagines bien que je n'ai pas fait tout ce voyage pour rien.

— C'était ta décision, pas la mienne.

Abby ne put s'empêcher un ricanement amer.

— Ah ça, c'est sûr, s'il n'en avait tenu qu'à toi, tu aurais oublié depuis longtemps que tu as une fille.

Le regard d'Emma se fit glacial.

— Tu serais priée de garder pour toi ce genre de considération, Abigail. Si tu veux t'amuser à penser à ma place, essaie au moins de ne pas imaginer n'importe quoi. Je dois rendre mon prochain roman dans un mois et demi. Dans l'intervalle, et pour ta sérénité comme pour la mienne, essayons de ne pas trop être dans les pattes l'une de l'autre. Quand j'aurai terminé, nous pourrons peut-être avoir cette conversation, mais tu risques d'être déçue.

— Je ne crois pas que…

— Abigail ! Je ne veux pas parler maintenant. Si tu n'es pas capable de respecter ma demande, fais tes valises et rentre chez toi dès aujourd'hui, je n'ai pas de temps à perdre à me disputer avec toi. Je gère ma vie comme je l'entends, que tu le veuilles ou non et ce n'est pas ta venue qui va m'obliger à tout chambouler, j'espère que c'est compris.

Abby allait lui répondre qu'on n'avait pas idée d'avoir un si mauvais caractère, mais elle préféra se taire, ça n'aurait sans doute fait qu'aggraver les choses.

— Très bien, nous attendrons que tu aies terminé ton roman.

Le visage pincé, Emma regarda le panier de fruits et légumes qu'Abby avait apporté la veille.

— Et puisque tu es là, rends-toi utile en commençant par oublier tes attitudes de bourgeoise à dépenser de l'argent inutilement, et va ramasser ce qu'il y a dans le potager du jardin. Ton père ne se donnait pas tout ce mal pour rien.

Emma était devenue une peau de vache, c'était acté.

Abby n'avait plus faim. Elle quitta la table du petit déjeuner sans même avoir avalé son thé et alla se doucher.

Un mois et demi… Que le Ciel lui vienne en aide pour rester calme jusque-là.

Pierre était le spécialiste des jardins à l'anglaise, il y en avait un derrière leur première maison sur la baie, à flanc de colline. Il n'y avait jamais une seule mauvaise herbe et il en était très fier, mais surtout, le jardin produisait suffisamment de légumes, même peu variés, pour les nourrir tout l'hiver. Avant l'accident d'Emma, ils faisaient des bocaux, et, lorsque la récolte était généreuse, ils distribuaient le surplus à la communauté. C'était ainsi que les habitants d'Eagle Bay fonctionnaient. Par exemple, Abby se souvenait que son père n'avait jamais voulu avoir de poules, trop contraignantes à élever sous un tel climat, mais avec Jerry, ils avaient aidé un voisin à construire une basse-cour faite de tôles, de planches et de grillage récupérés, qu'ils avaient troqués contre plusieurs semaines d'œufs. À l'époque, les Walker n'arrivaient pas toujours à en avoir, alors les Lompré avaient apprécié.

Cette année-là, même s'il faisait encore froid, les températures étaient bien au-dessus des normales saisonnières, et le soleil avait parfois tapé très fort dans la clairière, si bien qu'Abby ramassa une quantité impressionnante de courgettes jaunes dans le jardin sur l'un des côtés de la longère. Son père en aurait automatiquement fait profiter les voisins, c'est pourquoi elle décida d'aller en offrir à Mary et Jerry. Si sa mémoire était bonne, leur maison était au cœur de la baie, presque sous les arbres et ils n'avaient pas de jardin.

Aussi, un peu avant 11 heures, elle laissa un plateau-repas à sa mère avec la soupe de la veille et des tartines de crème de fromage. Elle toqua discrètement à sa porte pour l'avertir, mais Emma était toujours d'une humeur de chien et lui répondit à peine.

Abby décida que ce n'était pas très important et qu'il valait mieux arrondir les angles, sans quoi la situation entre elles serait intenable. Elle enfila sa parka, chargea le pick-up et, quand elle sortit du véhicule pour refermer la porte du garage, elle s'immobilisa un instant et respira à plein nez.

Perdu au milieu des bois de Wooden Wheel Cove, l'expérience olfactive était inévitable. Il était possible de fermer les yeux pour ne pas voir l'ombre des pins tordus parfois pesante, de se boucher les oreilles pour ne pas entendre le cri perçant du pygargue à tête blanche, de garder les mains dans ses poches pour ne pas toucher l'eau glacée de la mer, mais il était difficilement possible de se soustraire à une odeur. Particulièrement en Alaska où la nature vous renvoyait des senteurs minérales, de chlorophylle et d'humidité d'une puissance extraordinaire. Sur l'île, comme partout dans le monde, les expériences sensorielles étaient quotidiennes, Abby avait oublié à quel point ici, privées de la modernité, elles étaient pures et amplifiées.

La douceur de la journée de la veille était déjà derrière eux, le temps s'était rafraîchi. Abby remonta le col de sa parka et grimpa dans le pick-up pour rejoindre la baie.

Les Farmer formaient un couple adorable et authentique. Si Jerry était imposant avec ses 130 kilos, ses mèches longues emmêlées et sa grosse barbe, Mary était tout le contraire. Frêle, à peine un mètre soixante, elle portait des cheveux si courts que jamais une mèche n'était en bataille. Les Farmer disaient avoir eu un coup de foudre l'un pour l'autre. Mary avait suivi Jerry sur l'île et avait voulu tout apprendre de la pêche. Aujourd'hui, et depuis près de quarante ans, ils naviguaient, vidaient des saumons et fabriquaient des leurres ensemble. Ils vivaient de trois fois rien, possédaient l'une des maisons les plus modestes de la baie, rafistolée avec ce qui leur tombait sous la main, mais ils semblaient plus heureux que n'importe qui sur Terre.

En discutant avec eux, Abby réalisa que toutes ces années, elle n'avait cessé de clamer qu'elle détestait Eagle Bay, alors que la communauté n'était presque constituée que de gens comme Mary et Jerry, et eux, elle les aimait énormément.

— On est bien contents que tu sois là ! lui dit Mary de sa voix traînante en lui servant un café et une énorme part de tarte. Ça va faire du bien à ta mère.

Impossible pour Abby de s'empêcher de grimacer.

— Ce n'est pas l'impression qu'elle donne, marmonna-t-elle.

— Oh, c'est parce qu'elle est en train de terminer un de ses textes. C'est toujours pareil, tu sais bien.

— Et encore, s'amusa Jerry en regardant Mary. Tu te rappelles l'hiver où votre générateur est tombé en panne pendant dix jours ? Elle a ressorti sa vieille machine à écrire et nous a rendus fous parce qu'elle n'avançait pas aussi vite qu'elle voulait.

— Oui, c'est vrai ! Mais ne t'inquiète pas, Abby, pendant ses périodes d'écriture elle est à prendre avec des pincettes, et après ça va mieux.

Abby sourit. Finalement, comme sa mère écrivait au moins deux romans par an, ça laissait peu de marge au meilleur côté de sa personnalité…

— À ce sujet, reprend Mary, il va falloir remplir le congélateur pour l'hiver. Ton père a bien rapporté un peu de gibier, mais comme d'habitude, il a d'abord voulu partager la viande entre les Cox et les Tucker qui ne peuvent pas chasser eux-mêmes. Nous, on a bien proposé des conserves de saumon et de hareng à ta mère, mais tu sais comme moi qu'elle n'apprécie pas trop le poisson s'il n'est pas fumé, et ça, ce ne sera pas fait avant la mi-juin. En attendant, il faut vous faire des provisions.

Abby baissa les yeux dans son assiette. Il n'était donc évident pour personne qu'Emma ne pouvait pas rester ici et que, la concernant, elle n'en avait pas davantage l'intention ?

— Dimanche, il y aura une battue, tu n'as qu'à venir avec nous, proposa Jerry.

Abby manqua s'étrangler avec son verre d'eau.

— Moi, chasser ? La bonne blague ? Je ne suis pas sûre que ce soit une bonne idée.

Jerry se mit à rire à gorge déployée.

— Il faut vraiment venir de la ville pour penser ça ! Bien sûr que c'est une bonne idée, essentielle même ! Je te rappelle qu'ici, l'hiver ne pardonne pas.

Abby déglutit.

— Mary, Jerry… Je ne suis pas certaine que ma mère sera encore là cet hiver.

Voilà, c'était lâché.

Mary la dévisagea sans comprendre.

— Comment ça ?

— Je suis venue pour la ramener avec moi.

Jerry la regarda, statufié.

— Tu ne peux pas faire ça, sa vie est ici !

— Et elle n'acceptera jamais, renchérit plus calmement Mary.

Agacée, Abby soupira.

— Que voulez-vous que je fasse ? Elle ne veut aller vivre chez aucun d'entre vous et je n'ai pas prévu de m'installer ici.

— Et pourquoi pas ?

— J'ai une vie à Paris, Jerry, un travail, des amis, un appartement.

— Oui, et ta mère est ici, avec *son* travail, *ses* amis, et *sa* maison. Celle de ton père.

— Tu lui en as déjà parlé ? demanda Mary.

Abby secoua la tête.

— Non.

Mary sembla soulagée.

— Alors inutile de mettre la charrue avant les bœufs.

Mais Jerry revint à la charge.

— Non, parce que tu ne peux pas la déraciner comme ça. Ça fait quarante-cinq ans qu'elle vit ici, elle ne supportera jamais. Vous devez trouver une autre solution.

Mary lui posa une main apaisante sur le bras.

— Elle a compris, Jerry. Pas besoin de tirer sur la corde sensible, Abby fera ce qu'elle a à faire. Allez, ma grande, n'en parlons plus pour le moment. Mange ta part de tarte aux noix de pécan. Les Walker ont réussi à en avoir. Tu m'en diras des nouvelles !

Abby se força à lui sourire, elle savait qu'ils voulaient le meilleur pour sa mère. Comme elle. Mais au fond, Abby en avait conscience plus que personne : les problèmes ne faisaient que commencer.

4

Coincée à l'avant d'un pick-up entre Mary et Jerry, Abby avait du mal à croire qu'ils aient réussi à la convaincre de les accompagner à la chasse, elle qui détestait tant ça.

Il était 5 heures du matin, le soleil commençait tout juste à se lever, et ils se trouvaient à environ 7 km au sud-ouest d'Eagle Bay, sur une vieille route chaotique traversant les bois. Trois véhicules les suivaient, la battue serait conséquente, mais sans doute n'y aurait-il qu'une seule prise. À Eagle Bay, on pêchait plus qu'on ne chassait et les animaux étaient parfois trop malins pour l'homme.

Une grande partie de la forêt pluviale était protégée de la construction de nouvelles routes. Abby repensa à son père qui disait toujours que Tongass était le poumon de l'Amérique du Nord, le dernier sanctuaire climatique du pays et qu'il fallait le préserver. Toutefois, le gouvernement Trump avait évoqué l'idée de lever ces interdictions au profit d'exploitations forestières pour lesquelles il faudrait aménager plusieurs accès dévastateurs pour les bois. Alors, même si ici on avait l'impression que rien ne pouvait arriver, la menace pesait aussi lourd qu'une épée de Damoclès. Les habitants avaient parfaitement conscience de l'impact écologique de chacune de leurs actions. La chasse en faisait partie.

— Pour bien faire, il nous faudrait tuer deux cerfs-mulets, dit Mary. À huit, ça nous permettrait d'avoir au moins huit kilos de viande chacun, de quoi tenir un bon bout de temps cet hiver…

Abby fit la moue, bien que lucide sur la réalité de la vie à Eagle Bay.

— Tuer n'est pas une partie de plaisir, lui rappela-t-elle, mais c'est essentiel ici.

— Il n'y a pas de place pour les faibles ! renchérit Jerry.

Abby en avait froid dans le dos, mais il avait hélas raison. Dans ce coin de l'Alaska, tout le monde était à la merci de la nature et du climat. Dire que la vie des habitants pouvait être mise en péril par les éléments était loin d'être exagéré. Une année, après une tempête monstrueuse, une partie de la communauté s'était retrouvée sans électricité, les générateurs ne fonctionnaient plus à cause du froid, ils n'avaient plus d'eau chaude, de téléphone, ils devaient économiser le bois sec pour passer les quatre dernières semaines de l'hiver. Au printemps, quand la neige avait fondu et que les routes furent de nouveau praticables, ils avaient retrouvé deux habitants morts d'hypothermie dans une maison éloignée de la baie. Une longère isolée dans les bois, du même type que celle dans laquelle Emma vivait seule depuis la mort de Pierre. « La liberté, c'est l'autosuffisance », disait-il, mais ici, contrairement à la ville, il n'y avait pas d'accès aux secours d'urgence. En pleine tempête, même un hélicoptère ne pouvait venir aider les habitants. Alors c'était dans ces moments qu'on se rendait compte que chasser, pêcher et rentrer du bois pendant l'été était essentiel. Abby comprenait très bien ce que Mary voulait dire.

— Ça va ? Tranquille, p'tit père ! s'exclama Jerry en ralentissant jusqu'à s'arrêter.

Abby leva les yeux. Un ours noir était en train de traverser devant eux, pas perturbé le moins du monde par le pick-up.

— Sympa, hein ? s'amusa Mary.

Elle avait oublié qu'il n'y avait qu'ici qu'on pouvait voir ça…

Depuis vingt ans, Abby ne croisait que des chats, des chiens, des rats et des pigeons dans les rues de Paris, et elle avait presque omis que si l'Alaska était sauvage, les animaux qui la peuplaient aussi… Quand ils avaient emménagé dans la longère au milieu des bois, avec ses parents, des loups curieux tournaient autour de la maison. Pourtant, enfant, Abby n'en avait jamais eu peur, elle les voyait parfois depuis la fenêtre de sa chambre. Ses souvenirs de la faune de Tongass avaient beau être intacts, ça ne l'empêchait pas de trouver le spectacle de cet ours très impressionnant.

Jerry attendit quelques secondes pour s'assurer qu'il n'y avait pas un autre de ses congénères, car ici, les ours pouvaient se montrer très agressifs, même envers les voitures. Celui qu'ils croisèrent avait été amaigri par son long sommeil hivernal. Il s'arrêta au bord de la route, les regarda brièvement et s'engouffra dans la forêt.

— Le vent tourne, fit remarquer Jerry en levant le nez. On ne va pas pouvoir passer la journée dehors comme prévu, il va falloir être organisés et rapides si on ne veut pas revenir les mains vides !

Ils s'arrêtèrent dans une clairière, quelques kilomètres plus loin. Tout le monde était là. Le plan de chasse prit une dimension presque militaire : talkies-walkies, GPS, feux de détresse, sacs à dos, fusils à lunette et tenues de camouflage. Abby était la seule à porter de la couleur. Une paire de baskets, un jean bleu, un sweat mauve et une parka jaune, c'est sûr, elle détonnait. À sa décharge, elle n'avait pas prévu une telle expédition en préparant sa valise... Elle mit les jumelles de son père autour du cou, regarda le fusil que Mary lui avait demandé de prendre et soupira. Elle ne s'en servirait jamais et se faisait l'effet d'un éléphant dans un magasin de porcelaine.

Timothy Leah, alias Tim, le grand spécialiste de la chasse à Eagle Bay, un gars immense avec des épaules de rugbyman et un regard déterminé, commença à expliquer la stratégie qu'il faudrait adopter. Ils avanceraient quatre par quatre, pas plus, pour être les plus discrets possible, et chaque groupe partirait à au moins quinze minutes d'intervalle pour ratisser large. Les cerfs n'avaient pas une très bonne vue, mais un odorat et une ouïe redoutables, et comme ils craignaient la présence de l'homme, ils ne se laissaient pas attraper aussi facilement. Les chasseurs devraient avancer dans un silence parfait.

Abby se retrouva avec Mary, Jerry et William Taylor, le médecin de sa mère. Leur groupe partirait en deuxième. Comme Mary et Jerry étaient occupés à rassembler leurs affaires, Abby s'approcha du médecin et de l'épais bonnet en laine qu'il était le seul à porter.

— Bonjour.

Il leva vers elle des yeux incroyablement clairs.

— Mademoiselle Lompré…

— Appelez-moi Abby.

Il acquiesça sans rien dire, alors elle continua :

— Vous avez l'habitude de chasser ?

— Uniquement quand c'est nécessaire.

À peine quelques mots et il se refermait déjà comme une huître.

— Vous habitez Eagle Bay depuis longtemps ? insista-t-elle.

— Six ans.

— Et vous venez d'où ?

— New York.

Abby fit mine d'ignorer qu'il ne répondait que par politesse.

— Ça doit sacrément vous changer !

Il hocha la tête et se tourna vers Jerry qui s'approchait d'eux.

— Allez, on y va ! Tout le monde est OK ?

William Taylor et Abby acquiescèrent. La minute d'après, ils étaient partis.

Ils s'enfoncèrent dans les bois touffus et humides, jonchés de broussailles, de roches et de troncs couverts de mousse. Abby n'était absolument pas chaussée pour une pareille expédition, mais elle n'aurait pas pu faire mieux et n'avait eu aucune envie de demander à sa mère les bottes qu'elle utilisait quand elle marchait encore, et qu'elle avait probablement gardées.

Les arbres étaient si grands et pour certains si vieux, qu'ils se sentaient minuscules.

Perdue au milieu de cette flore indomptée par l'homme, respirant les odeurs si familières de l'humus et des pins, quelque chose de très profondément enfoui en Abby lui rappela que c'était ici que se trouvaient ses racines, quoi qu'elle ait pu en penser, quoi qu'elle ait pu renier. Paris était tout ce qu'elle aimait, mais elle ne connaissait nul endroit aussi bien que l'Alaska.

Chaque pas était difficile et revigorant. Abby avait le bout du nez rouge, les doigts frigorifiés dans ses gants, et tout en avançant, elle ne put s'empêcher de se rappeler qu'elle n'avait pas que de mauvais souvenirs sur l'île. Ils partaient souvent se promener en forêt avec son père et leur chien Bobby lorsqu'elle était petite. Elle adorait leurs balades et leurs pique-niques au bord des lacs encerclés par la forêt. Pierre lui avait enseigné à reconnaître les arbres, les insectes, à différencier les oiseaux mâles des femelles, à ramasser les champignons comestibles et à ne pas toucher aux plus toxiques. Elle avait la gorge un peu serrée de tenir son fusil sans qu'il soit là pour lui dire de ne pas oublier de casser la crosse ou de moins s'agiter parce qu'elle allait faire fuir le gibier. Elle avait toujours détesté chasser, mais elle n'avait rien tant aimé que se retrouver avec son père. Aujourd'hui, elle lui en voulait presque, parce qu'il lui avait tout appris, sauf à vivre sans lui.

Alors qu'ils marchaient à la queue leu leu depuis une bonne demi-heure, le Dr Taylor en bout de file, Jerry leur demanda de s'arrêter sans faire un bruit. Il arracha une feuille d'un jeune bouleau, s'agenouilla au pied d'un pin jaune et, en la portant entre ses lèvres, il souffla sur la feuille pour imiter le brame d'un cerf. Le son qui en sortit était si ridicule qu'Abby se retint pour ne pas pouffer de rire.

— Arrête tes conneries ! lui lança Mary. Tu t'es pris pour Indiana Jones, ou quoi ? Allez, on continue.

Jerry bougonna. C'était le meilleur pêcheur de la communauté, personne n'aurait jamais affirmé le contraire, mais pour la chasse, Pierre disait toujours que si on voulait manger, il valait mieux lui confier sa besace que son fusil.

Ils avancèrent encore un peu, jusqu'à ce que cette fois, William Taylor émît trois petits claquements de langue pour leur faire signe de s'arrêter.

Il prit ses jumelles pour regarder à l'ouest et suggéra à Abby d'en faire autant. À une centaine de mètres, un grand cerf de Sitka à queue noire était en train de brouter un carré de mousse, inconscient du danger, majestueux avec ses bois immenses et son pelage brillant.

— Il n'y a rien de plus difficile que repérer un cerf, chuchota Mary pendant que Jerry le mettait en joue, nous avons de la chance.

Puis soudain, l'animal les sentit. Jerry tira, mais trop tard. Il ne fallut pas deux secondes au cerf pour détaler comme un lapin.

— Merde, j'y étais presque !

— Fait chier… renchérit Mary, bien plus attristée qu'Abby par l'occasion manquée. Cette dernière eut même envie d'applaudir de soulagement.

— C'était peut-être un Kushtaka !

William Taylor fronça les sourcils en regardant Abby.

— Un Kushtaka ?

— Vous n'en avez jamais entendu parler ? C'est une légende à laquelle croient les natifs d'Alaska. Ce serait un métamorphe, un homme capable de se transformer en animal. Il habiterait les bois.

— C'est p't'être pas une légende, grommela Jerry. La forêt est imprévisible et il s'y passe des choses étranges, moi je vous le dis.

Mary leva les yeux au ciel.

— Tu ne vas pas recommencer ! Dans cinq minutes, il va nous dire que s'il a raté sa cible, c'est parce que le Kushtaka était là !

— Mais c'était peut-être le cas ! se défendit Jerry.

Pour la première fois, Abby vit William Taylor esquisser un sourire et son regard en fut illuminé. Elle aurait presque aimé lui dire que ça lui allait très bien et qu'il devrait s'y essayer plus souvent, mais elle n'en fit rien. Il aurait pu prendre ça pour un reproche. Pire, du rentre-dedans !

Amusée, Abby continua la traque avec ses compagnons d'infortune, posant régulièrement un œil sur le médecin pas aussi bourru qu'il en avait l'air…

Bien sûr, ils informèrent les autres de leur position afin qu'ils sachent où le cerf pourrait potentiellement se diriger, mais au bout de deux bonnes heures de patience et de défaite à tourner en rond, le vent commença sérieusement à se lever. Les feuilles tourbillonnèrent et des branches cassèrent et volèrent dans les frondaisons. Le changement était impressionnant.

Jerry parut inquiet.

— La tempête arrive, il ne faut pas rester ici.

Abby se souvint que son père aussi était très prudent quand il s'agissait du climat et de ses caprices, particulièrement lorsqu'ils se trouvaient en mer ou en forêt. La nature savait être impitoyable et pouvait reprendre ses droits en un rien de temps.

Ils rebroussèrent chemin au milieu de rafales aussi violentes qu'inattendues. Difficile de ne pas être déstabilisé, mais tandis que ça soufflait de plus en plus fort et que l'air s'habillait de bruine, Mary et Jerry, qui connaissaient bien les bois, suivaient leur GPS sans aucune hésitation.

— Restez groupés ! On n'est plus qu'à vingt minutes de la clairière.

Abby avait au contraire l'impression qu'ils en étaient à cent mille lieues ! En file indienne, entre Mary et William Taylor, bousculée par des bourrasques d'une puissance effrayante, elle avançait avec grande difficulté. À un moment, elle perdit même l'équilibre et son pied se retrouva coincé sous une racine saillante. Elle s'étala de tout son long en criant.

— Abby ! cria Mary.

William Taylor se pencha aussitôt sur elle.

— Vous vous êtes fait mal ?

— Je crois que oui. Au poignet en me cognant contre une pierre…

Il lui retira son gant avec précaution, la main était déjà en train de virer au rose profond.

— Vous allez réussir à vous lever ?

Elle hocha la tête et, de sa main valide, accepta la sienne tandis que Mary la retenait par la taille.

— Ça va, gamine ?

— C'est douloureux, mais allons-y. J'aime mieux pas traîner ici.

Ils furent les premiers à rejoindre la clairière. Jerry envoya un message à l'aide son talkie-walkie, les deux autres groupes seraient là d'ici une quinzaine de minutes.

— Doc, vous êtes venu avec Tim, c'est ça ? lui demanda Jerry.

— Oui, tout à fait.

— Très bien. Mary et moi devons attendre que tout le monde soit revenu. Vous n'avez qu'à prendre notre pick-up pour ramener Abby. On repartira avec les autres.

William Taylor acquiesça tandis qu'Abby s'empressait de grimper sur le siège passager. Son poignet la faisait terriblement souffrir.

— On se retrouve chez vous, doc ! cria Jerry derrière la vitre. Soyez prudents, la pluie va se mettre à tomber d'un coup !

Lorsqu'ils arrivèrent à Eagle Bay, il pleuvait à verse, si bien que le trajet en bateau à moteur jusqu'à la baie ressembla à une excursion sous les chutes du Niagara.

Ils accostèrent sans encombre devant chez William Taylor. Sa maison se trouvait à quelques mètres de celle des Farmer, non loin de la base aéronautique. Un labrador noir les accueillit, bien content de voir son maître rentrer.

— Je vous présente Rizzo. C'est un roublard, mais c'est mon plus fidèle compagnon. Doucement, mon grand, l'arrêta-t-il alors qu'il s'apprêtait à sauter sur Abby pour lui faire la fête.

— Il a l'air gentil.

— Il l'est. Allez, Rizzo, laisse-nous un peu de place !

Le chien, obéissant, alla aussitôt se coucher dans son panier, à proximité du poêle à bois. William Taylor retira son bonnet et libéra son épaisse chevelure brune. Ils accrochèrent leurs affaires dégoulinantes au portemanteau, puis, confuse, Abby ôta ses baskets pleines de boue.

— Ne vous en faites pas, le parquet en a vu d'autres. Vous êtes trempée. Enlevez votre jean, je reviens avec de quoi vous sécher et ma trousse médicale.

Abby jugea inutile de jouer les saintes-nitouches. D'abord, elle n'avait jamais été pudique, et ensuite, il était médecin. Grelottante, elle s'installa dans le canapé, les jambes repliées pour tenter de se réchauffer.

La maison n'était pas très grande, mais le médecin jouissait d'une terrasse exceptionnelle, sur pilotis, de presque la moitié de la superficie de sa maison, protégée par les arbres et donnant sur l'anse. Depuis la baie vitrée, on voyait les bateaux amarrés qui ballottaient sous la violence des rafales. Le vent devait atteindre les cent kilomètres-heure au moins et les vagues étaient impressionnantes. Qui aurait pu croire à un tel changement climatique ? Mais à Eagle Bay plus qu'ailleurs, les prévisions météo n'étaient jamais acquises. On pouvait passer d'un ciel lumineux à l'apocalypse la plus totale. C'était déroutant.

— Ce n'est pas près de s'arrêter, dit-il en revenant avec un mug de café, un peignoir difforme qu'Abby s'empressa d'enfiler, une grosse paire de chaussettes et sa valise de Mary Poppins. Allez, montrez-moi ça.

— Il faudrait peut-être que j'aille à l'hôpital ? suggéra Abby.

Il haussa un sourcil.

— Le centre médical le plus proche est à Petersburg, je ne vous apprends rien, et vu le temps qu'il fait, aucun avion ne viendra vous chercher avant demain au moins. Mais je vous rassure : je suis médecin.

Abby sentit le rouge lui monter aux joues.

— Oh, je n'ai pas voulu dire que… désolée…

Il prit place à ses côtés et lui souleva délicatement le poignet pour l'inspecter.

— Ne vous en faites pas. Essayez de bouger les doigts et faites tourner votre poignet.

Ce qu'elle fit sans problème.

— Ce n'est pas cassé ? demanda-t-elle.

— Non, je ne pense pas.

— Mais il y a un vilain hématome, c'est déjà tout bleu…

— Uniquement sur la paume et le bas du pouce, vous voyez ? Vous avez tapé fort en essayant de vous rattraper. On va nettoyer tout ça et je vais vous poser une attelle pour vous immobiliser la main. On verra ce que ça donne dans deux ou trois jours, vous êtes d'accord ? Mais d'après moi, ce n'est pas grave du tout.

Abby hocha la tête.

— Vous supportez le paracétamol ? l'interrogea-t-il.

— J'en ai dans mes affaires.

— Très bien, alors vous en prendrez 500 mg trois à quatre fois par jour. S'il vous en manque, je vous en donnerai davantage.

— D'accord, merci. Ça vous ennuierait de m'apporter mon téléphone portable qui est resté dans ma parka ? Je vais prévenir ma mère.

Abby n'était pas certaine qu'Emma s'inquiète pour elle, mais elle préférait éviter de se reprendre une volée de bois vert comme lorsqu'elle était allée faire des courses sans prévenir. Horrifiée, elle se rendit compte qu'elle n'avait pas du tout réutilisé son téléphone depuis qu'elle avait mis le réseau en *off* pour éviter les messages de Ludovic. Lorsqu'elle le réactiva, les SMS pleuvaient. Tous de Ludo, évidemment. Son portable n'arrêtait pas de sonner.

— Vous êtes très demandée, fit remarquer le Dr Taylor.

Embarrassée, elle les consulta rapidement.

Tout va bien ?

Tu ne lis pas mes messages ou tu n'as pas de réseau ?

Bon. J'espère qu'il ne t'est rien arrivé de fâcheux… Donne des nouvelles dès que possible STP.

J'hésite entre deux options : tu as été dévorée par un ours ou tu es en train de me ghoster. L'un comme l'autre ne me réjouit pas. Tu fais chier.

Le dernier datait d'il y a deux heures.

Putain ! Il faut qu'on saute dans un avion pour nous assurer que tout va bien ?

Oh, mon Dieu, non, surtout pas ! Pas qu'il en serait capable, mais le seul fait qu'il le dise lui hérissa les poils sur les bras. Elle lui envoya tout de suite le message qui n'était jamais parti.

Oui, merci. Désolée si je ne suis pas rapide à répondre, pas beaucoup de réseau. Bon courage à Marc et toi pour les dossiers.

Puis, réalisant qu'il était tout de même un peu formel, elle en réécrivit un autre.

Mon téléphone est resté sans réseau jusqu'ici et c'est très aléatoire, désolée. On va avoir du mal à se joindre, ici, l'idée de *no man's land* n'est pas loin. Besoin de faire le vide, c'est moi qui te recontacte. Bises.

Elle envoya un autre message à sa mère pour lui dire qu'elle se trouvait chez le Dr Taylor avec une légère blessure à la main, que tout allait bien et qu'elle rentrait le plus vite possible. Puis elle désactiva son réseau aussi sec, convaincue que Ludovic allait la relancer dans les cinq minutes – contrairement à sa mère qui ne prendrait pas la peine de répondre, c'était certain.

— Tout va bien ?

Abby leva les yeux et sourit.

— Oui. Docteur Taylor, je me demandais depuis…

— Appelez-moi William, l'interrompit-il tandis qu'il lui passait un linge humide sur la main.

Leurs regards se croisèrent et Abby remarqua qu'il avait à peine quelques rides autour des yeux. Sous cette énorme barbe brune, il avait l'air plus jeune qu'il n'y paraissait.

— D'accord… William, depuis quand vous occupez-vous de ma mère, précisément ?

— Je lui ai rendu visite presque tout de suite lorsque je suis arrivé à Eagle Bay.

— Vous savez qu'elle est leucémique, donc ?

Il hocha la tête.

— Pardonnez-moi, vous allez peut-être considérer que je me mêle de ce qui ne me regarde pas, mais… j'ai remarqué qu'elle prenait énormément de comprimés. Dans mon souvenir, mon père ne m'a jamais dit que son traitement était aussi lourd.

— La chute qui a rendu votre mère paraplégique était d'une rare violence. Elle souffre d'un tassement vertébral et d'une cyphose dorsale. Sans morphine, elle ne supporterait pas la douleur. Ne bougez pas, ajouta-t-il en faisant glisser une attelle noire le long de la main d'Abby. Il ne faudra pas l'enlever la nuit. Plus vous la garderez, plus vite vous vous remettrez.

Elle le regarda droit dans les yeux.

— Vous ne répondez qu'à moitié à ma question. Qu'en est-il de son traitement pour sa leucémie ? Tous ses comprimés n'étaient pas que des antalgiques, je suppose ?

— Mademoiselle Lompré…

— Abby.

— Abby, se reprit-il, j'entends votre questionnement, il est légitime, mais comprenez que sans l'accord de votre mère, je ne suis pas en mesure de divulguer des informations médicales à son sujet.

— Vous me parlez de sa cyphose dorsale, mais sa leucémie pose un problème ? Pourquoi ?

Il pinça les lèvres.

— William, insista-t-elle, je suis sa fille.

— Loin de moi l'idée de vous offenser, Abby, mais si j'en crois votre mère, vous avez été absente pendant dix-sept ans. Alors essayez de replacer les choses dans leur contexte. Elle n'apprécierait pas que je passe outre le secret médical.

Piquée au vif, elle redressa le cou comme pour prendre de la hauteur. Il se passait bel et bien quelque chose.

— Très bien, je verrai donc ça avec elle, mais j'ai une autre question.

— Si je peux y répondre…

— Verriez-vous un inconvénient à ce que je la ramène avec moi en France ?

Cette fois, ce furent des yeux arrondis par la surprise qu'il posa sur elle.

— Quitter Wooden Wheel Cove ?

— Allons, docteur, si Jerry, Mary et les autres refusent de voir la réalité en face, vous, vous ne pouvez pas vous aveugler. L'hiver est rude par ici, les routes sont impraticables, l'accès à la baie possible uniquement en bateau, sans compter les épisodes arctiques qui coupent régulièrement toute énergie et communication. Ça fait peut-être six ans que vous êtes sur l'île, mais moi j'y ai grandi et j'ai été témoin de drames que je préférerais éviter à ma mère. Elle ne tiendra jamais toute seule dans un endroit pareil et vous le savez aussi bien que moi.

Il la dévisagea plusieurs secondes sans rien dire, comme pour évaluer le sérieux de ses intentions.

— Écoutez, Abby, si vous voulez avoir mon avis de médecin, je vous dirai que moi aussi je préférerais voir votre mère partir pour le continent ou pour la France, et qu'elle accède aux soins dont elle a besoin et qu'elle mérite. Mais si je dois vous donner mon point de vue personnel, je vous dirai que ses amis, sa maison, ses souvenirs, toute sa vie sont à Eagle Bay. La forcer à partir la tuerait plus vite que prévu, c'est aussi simple que ça.

Une douche froide ne l'aurait pas autant fait réagir.

— Comment ça, plus vite que prévu ?

Il claqua la langue.

— J'imagine que vous avez une vie bien établie à Paris ? Un travail, un appartement, un compagnon peut-être ?

— Je suis célibataire.

— D'accord. Mais vous n'envisagez pas de quitter la France, je suppose ?

Elle ne voyait pas où il voulait en venir.

— Non, mais…

— Alors, sachez qu'il en va de même pour votre mère et qu'elle n'est pas différente de vous. Vous, vous avez décidé de quitter l'île quand vous étiez jeune, et vous avez fait votre vie ailleurs, mais la sienne est ici. Il faut que vous compreniez qu'elle ne quittera jamais cette île autrement que sous la contrainte. Et vu son état de santé, ce serait une très mauvaise idée, c'est tout ce que j'ai à dire à ce sujet.

Abby prit une profonde inspiration. Cette situation était infernale.

— Vous rendez-vous compte de l'ultimatum qu'on me pose ?

— Personne ne vous pose d'ultimatum, mais vous connaissez les faits.

— Alors à quoi suis-je condamnée ? À tout abandonner pour m'établir ici et m'occuper d'elle ? Et si je ne le fais pas, à la voir mourir de froid dans sa maison un jour de tempête ? Ce sont là les seuls choix que j'ai ?

Parce qu'elle tremblait soudain comme une feuille, il posa une main apaisante sur son épaule.

— Pour le moment, j'ai bien peur que oui. Mais si je peux me permettre, pour prendre une décision, quelle qu'elle soit, vous avez besoin d'avoir toutes les cartes en main. Parlez à votre mère.

Elle était à deux doigts de pleurer.

— Vous savez qu'elle ne s'est jamais vraiment souciée de moi et qu'à partir du moment où elle a eu son accident, ça a été pire et que j'ai dû partir ?

— Je suis sûr que vous vous trompez.

Elle ne put s'empêcher un rire cynique.

— Croyez-moi sur parole, en dix-sept ans, ma mère ne m'a jamais témoigné le moindre intérêt ni n'a laissé entendre ou montré la plus petite volonté de me revoir.

Il l'observa plusieurs secondes sans rien dire et reprit la parole :

— Puis-je me permettre une question ?

Elle acquiesça, la gorge douloureuse.

— Pourquoi êtes-vous revenue ? Qu'est-ce qui vous a vraiment motivée ? La responsabilité ou la culpabilité ? Dites-le-moi.

Il venait de toucher un point sensible.

— Elle est la seule famille qu'il me reste, avoua-t-elle d'une toute petite voix, étonnée elle-même d'avoir prononcé ces mots alors que depuis le début, elle prétendait être venue pour honorer le vœu de son père.

— Alors posez-vous la question de ce que vous êtes prête à faire pour conserver ces liens, aussi ténus soient-ils. Réfléchissez et assumez vos décisions sans jamais les regretter, quelles qu'elles soient.

Abby ne pensait pas que cet homme puisse être aussi prolixe. Elle aurait cependant préféré qu'il se taise, parce qu'il avait raison, et que ça faisait mal.

Elle baissa les yeux sur ses mains et pensa à son père.

Qu'était-elle censée faire ?

5

Deux heures plus tard, Abby était toujours chez William Taylor. La tempête n'avait pas cessé et ils n'avaient aucune nouvelle de Mary et Jerry. Elle réactiva le réseau sur son portable et réalisa qu'aucun des messages qu'elle avait envoyés plus tôt n'était parti.

— Les lignes sont coupées…

— Pas étonnant. Ça reviendra, ne vous en faites pas.

— Mais Mary, Jerry et les autres ? On ne sait même pas s'ils ont eu le temps de s'abriter.

William sortit du coin cuisine avec une cafetière et remplit une nouvelle fois la tasse d'Abby.

— Ne vous inquiétez pas, les membres de la communauté sont aguerris.

Dehors, les bourrasques faisaient tanguer toujours plus fort les bateaux et créaient des vagues impressionnantes, à tel point que le chemin de bois autour de la baie était violemment frappé. Abby se demanda par quel miracle il arrivait à tenir.

— Ma mère est seule à la maison, s'il y a une urgence, on ne peut joindre personne.

— Abby, ce genre de temps est habituel ici, je vous assure. Ce n'est pas une grosse tempête, votre maman ne risque rien.

— D'accord…

— Ça va aller ? demanda-t-il parce qu'elle blanchissait à vue d'œil.

— Non, je… Écoutez, mon père a toujours été là pour pallier le moindre problème et maintenant qu'il est… Pardon, c'est ridicule. Je ne peux pas m'empêcher d'imaginer un arbre tomber sur la maison.

William se voulut encore plus rassurant.

— Votre mère est plus en sécurité chez elle où les rafales sont atténuées par la forêt. Tout va bien se passer.

Comme s'il sentait l'angoisse d'Abby, Rizzo vint se coucher à ses pieds en gémissant. Elle lui caressa la tête de sa main valide et tenta de se ressaisir. William avait forcément raison.

— Il est bientôt midi, je vous sers quelque chose à manger ? lui proposa-t-il.

— Je n'ai pas très faim…

Il ignora sa remarque et disparut derrière le comptoir de la cuisine pour fouiller dans son frigo.

— J'ai des pickles aigres, du fromage insipide, du hareng saur, du cerf en gelée trop salé et des fruits secs périmés, vous êtes sûre que vous ne voulez rien ? Oh, et j'ai de la soupe de potiron. Elle date de l'automne dernier, mais elle est en bocal.

Elle ne put s'empêcher de sourire.

— D'accord, va pour un bol de soupe.

Le pot fit « floc », le micro-ondes « bip », et William revint avec une tasse brûlante et une tranche de pain beurrée.

— Merci.

La soupe chaude était réconfortante. Elle en but plusieurs gorgées et posa les yeux sur William.

— Qu'est-ce qui pousse un médecin encore jeune à venir s'installer dans un endroit comme celui-ci ?

Il s'assit en face d'elle, dans un fauteuil en tissu élimé et hésita à répondre. Pas qu'il semblât chercher ses mots, mais Abby eut l'impression qu'il n'était pas tout à fait décidé à expliquer.

— Laissez-moi deviner, continua-t-elle. Une histoire de cœur ?

Elle parvint à lui décrocher un léger sourire en coin.

— Pourquoi faut-il qu'un homme se soit forcément fait plaquer pour venir vivre loin de ce qui rend la société détestable ?

— Vous trouvez la société détestable ?

— Ce qu'elle représente en tout cas. La surconsommation, le stress, l'autodestruction, la superficialité.

— Vous avez une vision très pessimiste de notre monde.

— Réaliste. Les gens sont bruyants de ce qu'ils n'ont pas. Ils râlent, pleurent, se plaignent et pensent toujours être les victimes du système, alors qu'en réalité, ce sont eux qui le fabriquent de toutes pièces.

Elle ne put s'empêcher un sifflement.

— C'est hautement philosophique, mais la vraie raison, c'est quoi ? Il y en a toujours une. Mary et Jerry, par exemple. Jerry croulait sous les dettes après que la société de pêche qui l'employait a mis la clé sous la porte. Ils sont venus ici pour vivre de leur propre travail. Les Walker ? C'est parce qu'ils ont hérité de la maison d'un vieil oncle qu'ils ont voulu tenter l'aventure. Timothy Lee ? Il a fait de la prison et quand il en est sorti, il a fait table rase et cherché un endroit où personne ne poserait de questions. Le vieux Joe, l'ébéniste qui vivait de l'autre côté de la baie ? Il rêvait d'un endroit où le bois serait de grande qualité. Bonnie et Peter Locklear ?

— Vous allez me donner le pedigree de chaque membre de la communauté ? l'interrompit-il.

Elle lui sourit.

— Je ne les connais pas tous. Certains sont partis, d'autres morts, il y a aussi des nouveaux, vous le savez aussi bien que moi, et ce n'était pas vraiment ça le sujet. Vous m'avez demandé quelle était ma vie à Paris, tout à l'heure, et je vous ai répondu. Puisque vous détestez tant notre société nombriliste, à votre tour, expliquez-moi pourquoi vous êtes ici.

— Vous devez être une avocate redoutable.

— C'est vrai, mais sachez que je ne plaide jamais. Alors ?

Le regard de William se fit intense. Il allait lui répondre.

— J'ai perdu mon fils unique.

Refroidie, Abby ouvrit la bouche sans qu'aucun son n'en sorte, elle ne s'attendait pas à ça.

— Je n'aurais pas dû vous poser la question, je vous prie de m'excuser.

— La curiosité des gens fait partie des raisons pour lesquelles je ne regrette pas d'être venu ici.

Elle accusa le coup, s'avouant avoir un peu poussé les limites du raisonnable. William et elle se connaissaient à peine. Elle plongea le nez dans sa tasse, bien décidée à ne plus initier la moindre conversation.

— Le vent s'est calmé, fit remarquer William.

Elle regarda par la baie vitrée. C'était vrai, même s'il pleuvait toujours très fort, les bateaux étaient nettement moins secoués. Abby vérifia avec espoir le réseau de son téléphone, mais il n'y avait toujours pas d'accès.

— Il est fort probable que l'antenne relais ait été touchée, ça arrive tout le temps.

— Qui la répare, dans ce cas ?

— Le premier qui a envie de s'y coller ! C'est souvent Jim Walker qui gère ça. Et s'il n'y arrive pas lui-même, il fait venir un technicien. Mais ça prend du temps, il nous est arrivé de rester un mois entier sans aucun réseau de communication, même en plein été.

Elle hocha la tête.

Puis soudain, ils virent apparaître au loin les bateaux à moteur de Jerry, Timothy et les autres.

— Oh, mon Dieu, les revoilà !

— Je vous l'avais bien dit…

William lui rappela son père, toujours serein face aux intempéries. En dix-sept ans, Abby avait appris à s'habituer au calme du climat continental, l'Alaska la stressait. Pourtant ici, on ne s'offusquait pas pour un épisode arctique, une tempête de neige ou des trombes d'eau, Eagle Bay se vivait au jour le jour. On apprenait à marcher sous la pluie comme sous le vent, on s'adaptait à l'humidité.

Encore quinze minutes et les Farmer frappèrent à la porte. Ils étaient trempés quand William leur ouvrit, et leurs joues étaient rougies par le froid.

— Tout va bien ? s'inquiéta Abby.

Jerry s'ébroua tandis que Mary sauta sur la couverture que William lui tendait. Elle grelottait.

— On a voulu revenir jusqu'à Labouchere Bay, mais impossible. On n'y voyait rien avec toute cette flotte, et le vent cassait des branches qui tombaient sur la route. On a trouvé refuge dans l'ancienne cabane de chasse du vieux Joe. On s'est gelé les miches, mais au moins, dans les bois, on ne risquait rien.

— Et toi, ma grande ? demanda Mary à Abby. Ton poignet ?

Elle lui montra son attelle.

— Un petit cadeau de bienvenue sans trop de conséquences. William dit que ce n'est pas très grave.

— Oui, enfin, si vous restez tranquille, précisa-t-il.

Elle leva sa main valide d'un geste solennel.

— Je le jure !

— Bon, c'est pas tout ça, mais on n'est pas contre un café ! lança Jerry.

Au contact des Farmer, William sembla animé d'une bonne humeur palpable. Il tapa dans le dos de Jerry et l'invita à s'asseoir.

— Alors, commença Mary d'un ton jovial, est-ce que vous avez eu le temps de faire connaissance ?

Abby était complètement ankylosée par la douleur lorsque Jerry la ramena à la longère en début d'après-midi. Il ne s'attarda pas, le temps était encore trop mauvais et il ne voulait pas risquer de rester coincé ici. Il s'assura qu'Emma et Abby avaient assez de nourriture pour tenir deux ou trois jours, au cas où, puis il s'en alla.

Fait exceptionnel, Emma n'était pas dans son bureau quand Abby entra dans la maison, elle la découvrit devant l'une des fenêtres du salon.

— Que t'est-il arrivé ? demanda Emma en regardant la main de sa fille.

— Je suis tombée, rien de grave. J'ai essayé de t'envoyer un message, mais le réseau ne passe plus. Le Dr Taylor ne viendra pas aujourd'hui, ça souffle encore trop.

— Je n'ai plus de morphine.

— Il m'en a donné pour cinq jours.

Elle fouilla dans la poche de sa veste et lui remit le flacon.

— Je ne savais pas que tu souffrais à ce point.

Emma la regarda d'une drôle de façon.

— Il y a beaucoup de choses que tu ne sais pas de moi.

— Nous pourrions peut-être en parler ?

Emma fit rouler son fauteuil au milieu de la pièce, puis se tourna face à l'ouverture qui menait au couloir.

— Il reste des sandwiches dans la cuisine, si tu as faim, mais tu devrais plutôt aller te coucher, tu as une sale tête.

Abby était fatiguée, elle ne chercha pas à insister, mais juste avant qu'elle ne quitte la pièce, elle arrêta Emma.

— Maman, tu m'attendais, n'est-ce pas ?

— Oui, répondit-elle sans se retourner.

— Pourquoi ?

— La chasse est dangereuse et ne tue pas que des animaux, surtout en pleine tempête.

Abby était soufflée.

— Tu t'inquiétais pour moi ?

Un silence se fit, puis Emma le rompit.

— Va te reposer, je vais travailler. À plus tard.

Abby se réveilla de la sieste à 17 heures. Emma était toujours enfermée dans son bureau, alors Abby ne la dérangea pas. Il restait bien des sandwiches dans le frigo, elle en prit un et le mangea en sortant le linge de la machine à laver. Elle était là depuis plusieurs jours, avait astiqué la maison de fond en comble, mais il y avait encore et toujours à faire.

L'été, les coupures de courant étaient relativement rares, alors elle profita que ses parents avaient fait l'acquisition d'un sèche-linge pour le remplir, et rapporta la panière de draps propres dans la chambre de sa mère quand ils furent secs.

Le lit d'Emma n'était pas fait. Il pleuvait encore beaucoup, et le vent tempêtait toujours, mais Abby aéra un peu la pièce et tira la couette. Le pyjama de son père était toujours sous son oreiller. Elle n'osa pas y toucher et frissonna. Il y avait beaucoup de ces petits témoignages qui attestaient la présence de Pierre dans la maison encore deux semaines et demie plus tôt, une tasse, un journal, une pipe non vidée. Elle voyait ces vestiges comme la manifestation du désespoir de sa mère, et celle d'une partie d'elle-même, qui pensait que tant qu'elle ne s'en séparait pas, Pierre n'était pas vraiment parti.

Abby ne put s'empêcher d'éprouver un malaise. Ériger cette maison en mausolée rendrait le départ d'Emma encore plus difficile, car elle aurait l'impression d'être séparée de Pierre une seconde fois.

D'une main, Abby refit soigneusement le lit, plia les draps propres et ouvrit l'imposante armoire en bois brut où était disposé le linge de maison. Le tiroir sous l'étagère centrale lui arracha un sourire et la ramena à un souvenir qu'elle avait presque oublié. Lorsqu'elle était enfant, elle adorait fouiller à l'intérieur. Il y avait les bijoux de sa mère, de vieilles photos de famille, les lettres d'amour que

Pierre écrivait à Emma. Abby essayait les bagues, les colliers, lisait les mots tendres que ses parents avaient échangés, et remettait tout minutieusement en place. Tant d'années plus tard, elle ne parvint pas davantage à résister, la tentation était trop grande. Elle ouvrit le tiroir, envahie par un délicieux goût de transgression.

Rien n'avait bougé, tout était là, comme avant. Le pendentif en aigue-marine qu'Emma ne portait jamais, son collier de perles, ses boucles d'oreilles en or blanc, Abby retrouva même le louis d'or rapporté de France que Pierre lui avait offert pour ses trente ans, et elle vit les lettres, rassemblées par un joli ruban rose. Elle caressa le paquet en se remémorant le feu qui lui montait aux joues lorsqu'elle lisait que son père éprouvait un désir ardent pour sa mère.

Elle détacha le nœud et s'empara de la première lettre pour se rendre compte qu'il ne s'agissait pas des correspondances que Pierre envoyait à Emma. Abby tenait une liasse d'enveloppes qui avaient voyagé de Paris à Eagle Bay, et à en croire l'adresse qui se trouvait au dos, elles avaient toutes été écrites par Régine, sa grand-mère. Le cachet de la Poste datait du 22 décembre 1998, à cette date, Abby était en France depuis cinq mois déjà.

Son cœur accéléra la cadence comme pleinement conscient qu'il aurait mieux valu ne pas chercher à en savoir plus. Mais parce que Abby savait que sa mère et sa grand-mère ne communiquaient jamais et qu'elles n'étaient pas particulièrement proches, elle fut incapable d'en rester là. Elle ouvrit l'enveloppe.

Il y avait trois lettres à l'intérieur, toutes écrites en français.

Chère Emma,

Nous arrivons bientôt à la période de Noël, et Abby est plus épanouie que jamais. Je ne peux que me féliciter d'avoir autant insisté auprès de Pierre pour qu'elle me rejoigne à Paris, comme je peux affirmer avec assurance que rien à Eagle Bay ne lui manque. À part son père, peut-être. Mais je crois savoir que tu ne lui en tiendras pas rigueur et que tu es très certainement sur la même longueur d'onde qu'elle.

Abby et moi allons faire du shopping, nous nous promenons dans les jardins du Luxembourg, nous nous rendons au théâtre et au cinéma, tout ce que la vie sur ton île ne lui offrait pas. L'éloigner d'Eagle Bay était la meilleure décision à prendre, cet endroit dans lequel tu as choisi de te terrer en entraînant mon fils la tuait à petit feu.

Elle m'a confié ses angoisses, vos nombreuses disputes, tes crises de nerfs pourtant compréhensibles vu ton état. Tu en as bien sûr conscience, c'est la raison pour laquelle je tiens à te remercier de l'avoir laissé partir.

Mais je crois qu'il est important que tu ailles encore plus loin. Nous savons, toi et moi, que tu n'as jamais eu la fibre maternelle, ce pourquoi je pense que tu ne devrais pas accompagner Pierre quand il viendra nous voir en France. Ce serait délicat pour toi et douloureux pour Abby, qui a besoin de calme et de stabilité. Cela dit, tu en as tout autant la nécessité pour travailler. D'ailleurs, Abby m'a dit que tu avais recommencé à écrire, c'est une excellente nouvelle.

La vie n'a pas été tendre avec toi, ma chère Emma, alors connaissant ton désir profond de rester concentrée sur tes aspirations, je pense que cette lettre te soulagera. Il est grand temps pour nous, adultes, de prendre nos responsabilités dans l'intérêt d'Abby. C'est pourquoi je te prierai de ne pas compliquer les choses et de garder pour toi cette correspondance, mon fils ne comprendrait pas.

Bien entendu, Abby rentrera chaque été, comme il a été convenu entre vous. Vous vous verrez deux mois durant, ce qui vous donnera peut-être davantage l'envie d'être ensemble. Je vous le souhaite, en tout cas.

Chère Emma, je clôture cette lettre en te souhaitant la meilleure santé possible, ainsi qu'un excellent rétablissement, et bien sûr, un joyeux Noël.

Bien à toi,

Régine

La lettre tomba des mains d'Abby, elle dut s'asseoir sur le rebord du lit pour ne pas perdre l'équilibre. La raison de l'absence de sa mère durant toutes ces années lui sauta au visage avec une violence indescriptible, et les larmes lui montèrent aux yeux.

Comment Régine avait-elle pu faire une chose pareille ? Et pourquoi Emma ne s'était-elle jamais rebellée ? Pourquoi avoir accepté une telle demande ?

Abby ouvrit les deux autres correspondances, elles étaient du même acabit, brutales, lapidaires, tranchantes. L'une datait d'avril 2008, dans laquelle Régine demandait à Emma de ne pas venir pour le serment d'avocate d'Abby, qu'elle en aurait été perturbée. L'autre avait été écrite fin 2014, peu de temps avant le décès de Régine. La grand-mère d'Abby avait-elle pressenti son départ prochain ? Dans ce courrier, elle avait demandé à Emma de ne pas venir à ses funérailles quand elle serait morte, qu'elle ne le préciserait pas dans son testament, par respect pour Pierre, mais qu'elle voulait que sa volonté soit respectée.

Déboussolée, Abby n'entendit pas les roulements du fauteuil de sa mère. Quand Emma se positionna devant elle, son regard était plus noir qu'une eau goudronneuse.

— Qu'est-ce que tu fais là ? hurla-t-elle en lui arrachant la lettre des mains. Tu n'avais aucun droit de fouiller dans mes affaires, ça ne te regarde pas !

Abby était dans un tel état d'hébétude que d'abord, elle ne trouva pas les mots. Puis elle avala sa salive et se ressaisit.

— Je... j'ai besoin que tu m'expliques...

Emma se pencha et étira le bras pour tenter de ramasser une lettre tombée par terre et n'y parvenant pas, elle se redressa, pleine de fureur.

— Il n'y a rien à expliquer du tout !

— Ah non, maman, c'est trop facile ! Que tu le veuilles ou non, tu as des comptes à me rendre.

Abby ne parvint pas à étouffer ses sanglots, elle avait l'impression que l'Univers s'était enroulé autour d'elle pour l'avaler tout entière. Elle étouffait.

— Toute mon adolescence j'ai cru que je n'étais pas assez bien pour toi... Tu réalises ce que ça fait ? Je n'étais qu'une gosse ! Tu as bousillé mon existence.

Emma sembla s'être pris une gifle. Sa poitrine se souleva, et, dans son regard sévissait une tempête où se mêlaient colère et chagrin. Qu'était-elle en train de penser ? N'allait-elle pas lui parler ? Abby avait envie de la secouer, elle avait besoin de savoir.

— Comment grand-mère a-t-elle pu te demander une chose pareille, et toi l'accepter ? Comment avez-vous pu être aussi horribles toutes les deux ?

Emma lissa les plis de sa jupe, comme si ça avait une quelconque importance. Toute la peine, la rage et le sentiment d'abandon qu'Abby avait engrangés toutes ces années et tâché d'oublier étaient en train de resurgir. Elle la détestait de nouveau.

— Mais parle, nom d'un chien !

— Abigail… Je suis devenue mère sans jamais en avoir les qualités. Régine le savait aussi bien que moi, je n'étais pas faite pour ça. À cette époque, je me suis confortée dans l'idée que je pourrais faire pire que mieux si je n'écoutais pas ses conseils.

— Tout ce que tu dis est faux. C'est faux ! J'aurais donné n'importe quoi pour attirer ton attention, pour te voir, pour t'entendre me dire que je te manquais. Mais je ne t'ai jamais manqué !

Emma ne démentit pas et Abby pleura de plus belle.

— Est-ce que je t'ai un peu manqué ? demanda-t-elle par désespoir.

Les grands yeux bleus d'Emma étaient presque translucides.

— Parfois. Ton rire, ton parfum, ton insouciance. Mais ton père a comblé ce vide.

Emma avait décidé d'être honnête, de ne pas enrober ce qu'elle pensait dans de vaines paroles, mais Dieu que ses mots faisaient mal à Abby, mal de savoir qu'elle n'avait jamais été l'un des piliers de l'existence d'Emma et que, sans elle, la vie avait continué aussi bien.

— Pourquoi a-t-elle fait ça ? Pourquoi nous empêcher de nous voir ?

Le regard d'Emma se fit fuyant, mais elle répondit :

— C'était une vieille dame, elle redoutait d'être seule.

— Et tu m'as sacrifiée pour ça ?

— Oui, parce que je savais que Régine t'apporterait plus d'affection et de tendresse que je n'aurais pu t'en offrir.

— Mais c'était de toi dont j'avais besoin ! Comment as-tu pu me faire ça ? Je voulais une maman !

Emma ferma les yeux un instant, et quand elle les rouvrit, son regard était implacable.

— Abigail, je n'ai jamais été programmée pour être mère, je n'ai jamais su faire, n'y ai jamais pris de plaisir. Est-ce que je ressens de l'amour pour toi ? Oui, mais pas à la façon d'une mère telle que la société l'exige. Dois-je m'excuser pour ça ? Non. Je ne le ferai pas, c'est qui je suis.

— Alors pourquoi ? Pourquoi m'avoir mise au monde ? Pourquoi m'avoir conçue si tu étais à ce point incapable d'aimer comme un enfant le mérite ?

À ces mots, le souffle d'Emma se remplit d'émotions, mais pas pour les raisons qu'Abby était en droit d'espérer. Elle aurait presque pu répondre à sa place tant elle savait ce qu'Emma allait dire.

— Parce que ton père voulait un enfant et que je lui aurais tout donné.

Abby baissa les yeux sur ses mains. Elle n'aurait su dire à quel moment elle avait capitulé, quand exactement avait-elle admis qu'elle n'avait jamais eu de maman. Pendant des années, elle avait stocké des milliers de souvenirs imaginaires. Elle se rappelait une situation partagée avec Pierre, et son inconscient y mêlait sa mère, alors qu'elle n'avait jamais été là. Les parties de cache-cache, de colin-maillard, d'un deux trois soleil, de cartes, les séances de chatouilles, c'était avec son père qu'elle les avait vécues. Pendant des années, elle avait cherché, creusé, exhumé des souvenirs qui n'avaient jamais existé et quand elle le comprit, elle cessa d'être malheureuse, elle vécut sa vie, jusqu'à ce que celle-ci la mène une nouvelle fois à Emma. Cette mère, qui n'avait jamais su l'aimer.

— Je t'en veux, lui dit-elle avec un calme qui provenait d'une certitude profonde. Je t'en veux, et en même temps, tout ceci est d'une telle évidence…

Comme Emma gardait son masque de froideur, la jeune femme poursuivit :

— Je ne me suis jamais sentie spéciale à tes yeux. Bien sûr, tu m'assumais, mais tu agissais comme une automate qui aurait lu un guide sur le bon comportement à avoir en tant que mère. Je ne t'ai jamais entendue me dire que tu m'aimais, je n'ai presque jamais senti ta main dans mes cheveux ou une caresse sur ma joue, ou même de la fierté quand je ramenais les félicitations de l'école. C'est papa qui m'apportait tout ça, et en acceptant de ne pas te battre, en refusant de parler avec lui de ces lettres et en me sacrifiant à Régine, c'est de sa présence dont tu m'as privée, de sa tendresse. Tu comprends ça ?

— Tu ne l'as jamais perdue… il t'aimait de toute son âme.

Une colère sournoise était en train de monter en Emma.

— C'était donc ça la vraie raison ? Tu étais jalouse ?

— Non ! cria Emma. Non…

Elle baissa la tête, et pour la première fois depuis que cette conversation avait commencé, Abby sentit se fissurer l'armure infranchissable qu'Emma portait en permanence.

— Je n'étais plus bonne à rien, j'avais perdu ce qui me permettait de rester debout au sens propre comme au sens figuré. Quand tu étais là, je ne voyais que tes jambes. Elles me hantaient, je les détestais. Le bruit de tes pas me brûlait.

— Maman…

— Régine avait raison, ta place était là-bas et c'était la meilleure que tu puisses avoir. Il n'y avait rien pour toi ici, l'affection seule de ton père n'aurait pas suffi à te rendre heureuse.

Abby ferma les yeux. Cette discussion, elle l'avait attendue pendant des années, pour comprendre, pour se construire, pour se dire qu'elle avait de la valeur, et maintenant qu'elle arrivait, elle la haïssait. Sans doute parce que tout était vrai, parce que l'honnêteté d'Emma la faisait souffrir comme jamais.

— Papa savait tout ça ? Ce que tu ressentais ?

— Nous n'en avons jamais parlé, mais peut-être s'en doutait-il.

Il se passa de longues secondes dans le silence, Abby à essayer de digérer ce qu'elle venait d'entendre, et Emma, peut-être à se demander comment cette conversation avait pu arriver.

— Pourquoi m'attendais-tu devant la fenêtre, cet après-midi ? demanda Abby

Emma pinça les lèvres dans une ébauche de sourire.

— Ce matin, alors que la tempête faisait rage, je me suis souvenu du jour où ton père est mort, du matin où il s'est levé, comme d'habitude. Il m'a préparé un café, m'a beurré des tartines, puis il est parti couper du bois sans que je puisse lui dire qu'il était l'homme de ma vie, mon soutien et que sans lui je ne serais arrivée à rien. Tu étais là, sous le vent, la pluie, la colère du temps, tu aurais pu ne pas revenir et ne jamais savoir.

— Savoir quoi ?

— Que je ne regrette pas d'avoir été celle que j'ai été, mais que je regrette que tu en aies souffert.

Abby écarquilla les yeux, interdite.

— Je rêve… C'est ça que tu ruminais ? Tu voulais que je sache que tu étais désolée de m'avoir fait souffrir, mais pas d'avoir été une mère lamentable ? Je suis venue pour toi, maman, parce que tu es la seule famille qui me reste, mais tout ce que tu viens de me dire me donne envie de sauter dans le premier avion pour la France.

— Alors, fais-le.

— Nom d'un chien ! hurla-t-elle en se levant pour lui imposer toute la hauteur de sa colère. Ce n'est pas ça que j'ai besoin d'entendre ! Je veux entendre que tu es contente que je sois là, que tu n'es pas parfaite, mais que je compte pour toi d'une façon ou d'une autre. Maman ! Sois une mauvaise mère si tu ne sais pas faire autrement, mais sois une mère !

Abby se prit la tête entre les mains et fondit en larmes. Elle pleura comme elle n'avait encore jamais pleuré. Elle pleura la trahison de sa grand-mère qu'elle avait tant aimée, la lâcheté de sa mère, la mort de son père. Elle pleura toutes ces années à essayer de comprendre pourquoi elle n'était pas la fille idéale, pourquoi la femme qui l'avait mise au monde se fichait d'elle. Elle pleurait et la détestait.

Elle releva la tête, pleine de colère.

— Je ne peux pas rester ici, et toi non plus… Je me fous de ce que tu viens de me raconter. Tu n'as peut-être aucun sens de la famille, mais moi oui. Par respect pour papa, je ne te laisserai pas t'enterrer ici vivante.

Emma garda la tête froide.

— Arrête de te torturer. Que je reste ou que je vienne avec toi, je ne serai jamais la mère que tu souhaites. Abigail, je ne quitterai pas Labouchere Bay, pas plus pour vivre chez les Farmer, les Lee, les Walker que sur le continent ou en Europe. Ma vie n'est nulle part ailleurs que sur cette île, dans ces bois et cette maison. Quoi qu'il arrive, c'est ici que je finirai mes jours.

Abby essaya de se reprendre pour la raisonner.

— Je sais que tu aimes cet endroit et que tous tes souvenirs y sont imprimés, que chaque pierre, herbe ou arbre te rappelle papa et que partir serait en un sens le voir mourir une seconde fois, mais tu dois voir la réalité en face… Sans lui, cette maison et même Eagle Bay, entourée de tes amis, ne sont plus adaptés pour toi. L'hiver est rude, impitoyable, tu te retrouverais seule ici, à la merci du froid et…

— Je vis dans cette communauté depuis quarante-cinq ans, tu crois que je ne suis pas au fait de ce qui se passe ? Que penses-tu pouvoir m'apprendre de cette île, toi qui l'as quittée il y a vingt ans pour le luxe et la modernité ?

— Maman…

— Abigail, je suis mourante. Je ne quitterai pas cette île.

Les secondes se suspendirent, elles se regardèrent. Abby n'était pas sûre d'avoir compris.

— Quoi… ?

— J'ai atteint la phase blastique de la maladie. Je ne survivrai pas.

Le choc fut d'une violence insurmontable. Abby posa la main sur ses lèvres, réalisant la portée de ce qui venait d'être dit.

— Mais… ton traitement, tu le prends depuis des années, il fonctionnait.

— Ce n'est plus le cas. Deux, trois, quatre mois, c'est le temps maximum qu'il me reste et je veux les passer ici.

Les mots restèrent dans la gorge d'Abby. C'était trop, trop d'un coup. Elle eut l'impression que des milliers de vaisseaux sanguins étaient en train d'exploser sous son crâne et faisaient un bruit insupportable. Oui, elle avait lu l'annonce de l'évolution de la maladie dans la presse, mais elle avait cru que c'était une intox.

Seigneur…

— Tu… tu me l'aurais dit si je n'étais pas revenue ?

— Non…

Parce qu'elles n'étaient plus proches, parce qu'elles n'avaient plus rien en commun, peut-être même parce qu'elles pensaient ne jamais se revoir. Abby devrait lui en vouloir, hurler, pleurer, lui cracher toute sa colère et ce cruel sentiment d'injustice d'avoir perdu toutes ces années, mais elle en fut incapable, la lettre de Régine lui semblait peu de chose face à cette implacable réalité. Sa mère était là, devant elle, frêle et plus fragile qu'elle n'avait jamais voulu le montrer, assise dans ce fauteuil sur lequel elle était clouée depuis vingt ans, seule et dévastée par la mort du seul être qui avait jamais compté pour elle. Abby n'éprouva alors qu'une immense tristesse pour sa mère.

— Papa le savait ?

Les yeux d'Abby se posèrent sur les mains d'Emma. Elle tremblait.

— Tu es la seule au courant avec le Dr Taylor.

Abby ouvrit les lèvres, elle aurait voulu lui demander pourquoi elle s'imposait ça, et ne le fit pas. À quoi bon ? Elle n'avait plus envie de poser de questions.

Elle réalisa soudain qu'elle était revenue en Alaska pour ramener sa mère avec elle, mais qu'elle allait devoir rester pour la voir mourir. Seulement, si vingt ans d'incompréhension et d'indifférence les avaient séparées, Abby n'était pas prête à la voir partir aussi vite.

L'effroi suffisait-il à réaliser ? La mort à vouloir se rattraper ? Abby ne savait pas, mais elle voulait que sa mère vive, elle le voulait désespérément et elle se moquait du reste.

Les joues d'Abby étaient baignées de larmes, celles d'Emma étaient livides.

— Maman…

Abby avala sa salive.

— Je peux te prendre dans mes bras ?

Sa mère, si dure, si froide, sembla retenir sa respiration, puis la digue céda.

— Oui… s'il te plaît, oui.

6

La tempête avait cessé pendant la nuit. Elle était partie d'un coup, laissant derrière elle un soleil éclatant et une douce bise, comme si quelques heures plus tôt, les éléments ne s'étaient jamais déchaînés. À Eagle Bay, les choses se passaient toujours ainsi, imprévisibles et déstabilisantes. La soirée de la veille en était témoin.

Passé le choc, Abby n'avait plus été capable de pleurer, mais tout s'était emballé dans son esprit. Que faire ? Comment ? Pourquoi ? En l'espace de quelques secondes, tout ce en quoi elle avait cru, ses certitudes, ses motivations, ses blessures aussi avaient volé en éclats. À l'instant où elle avait su, plus rien n'avait d'importance si ce n'est la femme qui se tenait devant elle et la dernière chance qu'elle avait de marcher à ses côtés.

Lorsqu'elle était arrivée sur l'île, elle se disait que renouer avec son passé était parfois plus difficile que faire des projets irréalisables. Maintenant qu'elle se trouvait à la croisée des chemins, Abby ne pouvait plus reculer, revenir en arrière et essayer de faire mieux, elle n'en aurait jamais plus l'occasion.

Avant de se coucher, la mère et la fille avaient débouché une bouteille de vin. Elles l'avaient bue en entier sans même s'en rendre compte, oubliant les médicaments d'Emma. Elles avaient beaucoup parlé, sans pleurer, et regardé des photos de Pierre, d'Abby petite, d'Emma en maillot de bain, debout sur une plage de Wooden Wheel Cove alors qu'il faisait à peine dix-huit degrés dehors, que l'eau était encore plus froide et que leur chien Bobby s'en moquait. Elles s'étaient remémoré, en souriant, des souvenirs d'avant l'accident, conscientes qu'ils avaient formé le fil délicat et fragile qui les avait liées en dépit de tout, ces vingt dernières années. Sans eux, il ne serait rien resté.

Abby avait essayé de comprendre comment elles en étaient arrivées là, pourquoi sa mère était devenue cette femme solitaire et rude au fil du temps. Elle voulait en savoir davantage sur son passé, mais comme chaque fois qu'elle abordait le sujet, Emma s'était refermée.

Abby ne savait presque rien d'Emma. Née en Alabama, élevée par une mère dépressive qui n'avait jamais su en sortir, un père absent, elle s'était construite seule. Emma avait des facilités intellectuelles, son professeur de littérature l'avait remarquée, c'est là que tout avait commencé. Une bourse d'études, puis la France où elle avait rencontré Pierre, son premier succès littéraire à vingt-deux ans à peine. Abby n'en savait guère plus.

Elle avait très peu dormi, pensé au passé, au présent, à l'avenir, sans savoir par quel bout recommencer et continuer.

Puis le réseau mobile était revenu comme par miracle à 5 heures du matin. Ludovic lui avait répondu.

Merci pour ton message. J'espère que tout ira bien. Donne des nouvelles de temps en temps.

Ce qu'elle ne ferait pas, ou peu.

Abby était venue ici avec des certitudes, elle n'en avait plus aucune. Maintenant, elle devait se reconstruire.

Il était à peine 7 heures lorsqu'elle frappa à la porte de William. Il était certes très tôt, mais elle ne connaissait personne ici qui se levait après 6 heures en été.

— Abby ?

Elle se tourna sur Mary qui sortait juste de chez elle.

— Si tu cherches William, il est allé acheter des hameçons chez les Walker.

— D'accord, merci ! Je file, je ne veux pas le rater !

Elle courut sur le chemin de bois, à travers un bout de forêt, et arriva au magasin au moment où il en sortait, accompagné de son chien Rizzo. Emmitouflé dans un ciré bleu, des bottes de pluie très hautes et protégé par son bonnet qui lui cachait presque les yeux, William était à peine reconnaissable.

Le labrador vit Emma et courut vers elle pour lui faire la fête.

— Hé, salut, toi…

— Vous êtes bien matinale, lui dit William. Comme le temps s'est calmé, je comptais aller voir votre mère à 15 heures et m'assurer que vous alliez bien. Vous avez une petite mine, votre poignet vous fait souffrir ?

Elle grimaça.

— Mon poignet, non… enfin, ce n'est pas pour ça que je voulais vous voir.

— Ah… D'accord. Écoutez, je m'apprêtais à sortir pêcher, si vous voulez, je vous rejoins chez vous lorsque j'ai terminé. Je devrais en avoir pour deux petites heures.

— Non !

Surprise par son propre cri du cœur, Abby se ravisa.

— Je préfère vous parler sans la présence de ma mère. Je peux venir avec vous ?

— Eh bien, si vous voulez, répondit-il, surpris. Mon bateau est juste là.

Du doigt, il désigna l'embarcation à moteur qui avait appartenu au vieux Joe. Il l'avait nommée *Adelaïde*, comme sa défunte femme. La peinture était tout élimée, la coque devait bien avoir trente ans.

— Il ne date pas d'hier, dit William, mais il est très bien pour ce que j'en fais. Grimpez, on discutera pendant que je prépare les hameçons et la ligne de fond.

Rizzo et Abby prirent place au centre, tandis que William détachait la corde et démarrait dans une odeur épouvantable d'essence.

Ils quittèrent très vite la baie sans toutefois trop s'éloigner. Ici, l'eau paraissait encore plus métallique si c'était possible, et après les vagues qui s'étaient déchaînées la veille, la mer était aujourd'hui semblable à un lac d'huile.

D'où ils étaient, le village avait l'air encore plus minuscule avec ses maisons nichées au creux des arbres, et sa terre bordée de plages de cailloux et parsemée de forêts de conifères. Et les phoques étaient toujours là, sur leur balise rouge, régnant en maîtres sur la baie.

En mai, Wooden Wheel Cove était encore très calme, mais de juillet à août, il y aurait un pic de touristes journaliers, des propriétaires de maisons secondaires qui viendraient pratiquer la pêche sportive dans le détroit de Sumner à proximité de l'anse. Les eaux étaient riches en poissons à cette période de l'année. Gamine, Abby avait toujours trouvé le spectacle grandiose, on y voyait souvent des rorquals, des dauphins et des baleines à bosse. Depuis le reportage télévisé sur Eagle Bay, la saison touristique appelait à la curiosité et donnait de la vie au village. Mais les membres de la communauté ne l'affectionnaient pas particulièrement, car pour eux, la chasse et la pêche n'étaient pas un jeu. Ils fuyaient les artifices auxquels la plupart des gens aimaient s'adonner.

William sortit un sac en toile de jute étanche d'une caisse. Abby manqua défaillir quand il l'ouvrit.

— Bon sang, mais qu'est-ce que c'est ? L'odeur est épouvantable.

— Des appâts pour attirer le flétan, dit-il en les vidant dans un seau. C'est un charognard, il adore le poisson pourri. Vous allez m'aider pendant que vous me racontez ce qui vous chiffonne.

Elle soupira.

— Ça se voit tant que ça ?

Il lui sourit et Abby ne put s'empêcher de le trouver rassurant.

— Pour m'accompagner sur une coque en si mauvais état, c'est que ça doit être important.

— C'est vrai…

— Tenez, dit-il en lui tendant le seau. Vous en accrochez un morceau par hameçon, tout le long de la ligne de fond. Même avec votre blessure vous devriez y arriver, mais je ne vous promets pas que ça laissera une odeur de rose à votre attelle.

Elle enfila un gant en caoutchouc sur sa main valide et le regarda faire.

— Vous prenez un bout, comme ça, expliqua-t-il en joignant le geste à la parole, et vous le transpercez avec l'hameçon. Pas trop près du bord, qu'il reste bien accroché, ni trop loin, pour ne pas abîmer le poisson.

Elle obtempéra, plus écœurée qu'elle ne voulait bien l'admettre par l'odeur putride et les boyaux sanguinolents qui pendouillaient, mais William avait l'air ravi.

— C'est parfait, vous avez le coup de main !

Abby en avait des frissons.

— Allez, l'encouragea-t-il, je vous écoute. De quoi voulez-vous me parler ?

Elle prit une profonde inspiration, mais inutile de faire durer.

— J'ai décidé de rester.

Il leva la tête et fit se croiser leurs regards.

— C'est une sage décision et je sais combien elle vous coûte.

— Nous nous sommes parlé… avoua-t-elle en baissant les yeux. C'est irrémédiable, n'est-ce pas ?

Le long silence que William imposa était douloureux parce qu'il fit se fracasser les illusions d'Abby contre la réalité de la situation. Elle n'avait osé poser aucune question médicale à sa mère pour laisser la place à un moment d'accalmie entre elles dont elle ne savait pas combien de temps il allait durer, mais ce matin, si elle se retrouvait sur cette coquille de noix, c'était pour en avoir le cœur net, elle ne reculerait pas devant la réserve du médecin.

— Docteur… William, s'il vous plaît, répondez-moi.

— L'échéance ne pourra pas être évitée, répondit-il sans formalité.

Abby refusait cette réalité, alors elle lutta encore.

— N'existe-t-il aucun traitement qui ralentirait la maladie ? Une admission dans un hôpital, un jeûne, des rayons, un autre protocole, que sais-je ?

William prit la ligne de fond garnie de poissons pourris et la jeta par-dessus bord. Elle fit un gros flop en touchant la surface de l'eau, et coula.

— Non, mais sachez que je préférerais qu'elle aille sur le continent ou dans n'importe quel endroit du globe lui permettant d'avoir de meilleurs soins pour gagner quelques semaines ou tout simplement pour souffrir moins, mais elle refuse et c'est son droit. Vous devez le respecter aussi, Abby, aussi douloureux soit-il.

Elle offrit son visage au ciel et ferma les yeux.

— Je sais, je sais tout ça… C'est une tête de mule.

— C'est comme ça qu'on l'aime, dit-il.

Elle rouvrit les yeux pour le regarder. Elle était touchée d'apprendre que leur relation allait au-delà de celle d'un patient à son médecin et qu'il avait de l'affection pour sa mère, parce que ça signifiait qu'Emma ne pourrait pas être entre de meilleures mains.

— La morphine, c'est aussi pour l'aider à mieux endurer les effets de la leucémie, n'est-ce pas ?

Il hocha la tête.

— Pour qu'elle puisse écrire, aller jusqu'au bout de son objectif.

— Elle souffre beaucoup ?

Il acquiesça.

— Votre mère est anémiée et affaiblie par une défense immunitaire presque nulle. Elle fait régulièrement des malaises, elle a tout le temps froid, saigne du nez et des gencives et a de plus en plus de mal à récupérer. L'accumulation des blastes dans la moelle hématopoïétique provoque des douleurs osseuses et articulaires qui viennent s'ajouter à celles de son tassement de vertèbres. Les différents traitements possibles ne font plus effet ou sont insuffisants, le stade est trop élevé.

Abby avait le cœur en miettes.

— Combien de temps ? osa-t-elle enfin demander, espérant qu'il rallonge l'estimation faite par sa mère.

La voix de William se fit si sombre qu'elle sentit qu'elle allait s'écrouler.

— Sans être hospitalisée en milieu protégé, elle ne passera probablement pas l'hiver. Et si elle l'était, elle ne gagnerait que quelques semaines.

Abby ferma les paupières.

Si la vie avait décidé de les séparer en faisant mourir Pierre, elle s'échinait désormais à vouloir les réunir. Mais pourquoi pour si peu de temps ? Toute la douleur qu'Abby ressentait semblait stagner au creux de son estomac.

— Je ne suis pas prête…

— Personne ne l'est jamais, dit William d'une voix douce, sachant parfaitement de quoi il parlait.

Des fils, des filles, des pères, mères, femmes, maris dans cette situation, il avait dû en voir des tas.

D'après sa confession de la veille, il en avait même fait l'expérience.

Abby était au milieu de l'eau, avec pour seuls témoins un médecin, un chien et un seau de poissons pourris, alors elle éclata en sanglots.

William se rapprocha et passa un bras autour de ses épaules, tandis qu'elle posait une main poisseuse sur ses lèvres pour essayer de ne pas pleurer davantage. Mais ça ne fonctionna pas. Alors, elle laissa jaillir toute sa peine. Les larmes ruisselèrent sur ses joues, dans son cou, Abby avait l'impression qu'elles atteignaient sa poitrine et lui transperçaient le cœur.

— Je suis désolé, murmura William.

— Vous n'y êtes pour rien.

Son bras la serra un peu plus contre lui.

— Non, mais je le suis quand même.

Emma était encore dans son bureau quand Abby rentra. Elle sentait la poiscaille, les embruns et la tristesse. Elle ne prit pas la peine de se changer ni de frapper à la porte de sa mère avant d'entrer. Emma fit tourner son fauteuil, surprise, tandis qu'Abby s'en approchait pour tomber à ses pieds et poser sa tête sur ses genoux.

Était-il possible qu'une mère sache sans demander ? Qu'une mère sente sans se tromper ? Sans doute était-ce un secret que toutes les mamans du monde portaient en elles. Alors Abby pleura sans faire un bruit, tandis qu'Emma lui caressait les cheveux d'une main douce et réconfortante.

— Tout va bien se passer, murmura-t-elle. Tout ira bien.

7

Abby n'avait pas encore eu le courage de se rendre sur la tombe de son père. Il lui fallut deux semaines et demie pour passer le cap, elle pensait ne jamais y parvenir. Depuis la fenêtre de sa chambre, elle la voyait et s'en était détournée chaque fois, prise de nausées. C'étaient les cendres de Pierre qui y reposaient, et si on pouvait considérer qu'une sépulture fût jolie, celle-ci l'était. Au fond du jardin, sous le pin jaune bicentenaire que son père affectionnait tant, il y avait une stèle en calcaire, toute simple, et sur laquelle étaient gravés son nom, sa date de naissance et de décès, ainsi qu'un dernier message d'Emma pour lui : *To my beloved husband, you still shine in the night*[1].

Il brillait toujours, oui, car Pierre était partout. Dans cette forêt, ce jardin, cette maison, dans les yeux de chaque personne qu'Abby croisait, dans ceux de sa mère, plus vivant que jamais. Tout

1. Pour mon mari bien-aimé, tu brilles toujours dans la nuit.

le monde avait aimé Pierre, parce qu'il avait été l'homme le plus gentil, drôle, généreux et patient que la communauté n'avait jamais rencontré. Pierre voulait prendre le temps de bien faire les choses, donner le meilleur de lui et profiter de la vie tout autant que de ceux qu'il affectionnait.

Abby s'accroupit et déposa un bouquet de fleurs sauvages au pied de sa tombe. Rien d'extraordinaire, à cette saison, la végétation commençait tout juste à s'épanouir, mais elle avait ramassé une brassée de *forget-me-not* d'un bleu éclatant que son père faisait pousser dans le jardin, tout autour de la maison, elles montraient le bout leur nez chaque début juin. Abby se souvenait qu'il disait qu'elles étaient la mémoire de la terre d'Alaska et que partout où elles se trouvaient, les souvenirs demeuraient. Pierre était français, poète, et il n'y avait sans doute pas plus amoureux de cet endroit que lui.

— Tu n'aurais pas dû partir aussi tôt, murmura-t-elle en caressant la mousse qui s'était déjà répandue autour de la pierre. Maman ne t'a pas tout dit… j'ai du mal à digérer, papa… C'est difficile d'avaler tout ça. Régine, la maladie de maman. Je ne sais pas trop comment m'y prendre pour ne pas gâcher le temps qu'il nous reste. Si seulement je pouvais l'arrêter… J'aimerais tant que tu sois encore là, tu m'aiderais à être la meilleure personne possible. Je ne m'y prends pas aussi bien que toi pour comprendre maman. Nous sommes si différentes… Je ne sais pas si elle fuit ou si c'est sa façon à elle de prendre les choses à bras-le-corps, mais son état, les jours, les heures qui avancent, c'est comme si elle les balayait d'un revers de la main, elle n'en parle pas, ne montre absolument aucune émotion, et toujours ce fichu caractère… Je la suis sans réfléchir, elle rythme mes journées, mes gestes, mes mots, je vais là où elle le décide... C'est-à-dire nulle part... On communique peu. Je ne suis pas aussi forte qu'elle, papa... Et je voudrais être aussi importante pour elle que tu l'as été. Peut-être me trouves-tu égoïste... J'ai tellement besoin de donner du sens à tout ça, d'être sûre que j'aurai tout essayé pour que maman et moi... D'où tu es, je suis sûre que tu nous regardes, alors pardonne-moi et ne sois pas fâché si je ne suis pas à la hauteur. Tu me manques, papa.

Abby prit une profonde inspiration, refoula un sanglot et ferma un instant les paupières. Elle avait eu l'impression de s'être rapprochée de sa mère après l'annonce de son état de santé, mais ce fut éphémère. Emma était toujours aussi solitaire, taciturne parfois, passait ses journées entières dans son bureau à écrire et parlait peu. Abby faisait son possible pour respecter la manière de vivre de sa mère, mais voir les jours s'écouler sans parvenir à se rapprocher d'elle lui était difficile.

Elle resserra le col de sa parka et leva la tête pour regarder la percée dans les arbres, elle illuminait la clairière où était implantée leur maison. La forêt était si sombre, le ciel si blanc. Abby avait besoin de soleil, de vie, de souffle...

— J'étais sûre que je te trouverais ici.

Abby sursauta et se retourna vers Emma. Elle s'était emmitouflée dans un simple plaid. Inutile de lui dire qu'elle était fragile et que le Dr William lui avait demandé de faire attention, Emma n'entendait rien ni personne.

— Oh, maman, tu n'es presque pas habillée. Et en plus il ne va pas tarder à pleuvoir, s'inquiéta-t-elle. J'avais terminé, nous pouvons rentrer.

— Je ne suis pas en sucre que je sache, je ne vais pas fondre.

Emma rejoignit sa fille sur le petit chemin que Pierre avait aplani pour qu'elle puisse circuler. Abby retira aussitôt sa veste et la lui déposa sur les épaules.

— Tu avances bien sur ton texte ?

Emma pinça les lèvres.

— Si seulement.

Elle avait lâché ça d'un ton presque sec.

— Un problème ?

— Je ne sais pas travailler quand il y a quelqu'un dans la maison. Ton père avait toujours un truc à faire dehors, ça me perturbait moins.

Abby serra les dents. Elle aurait préféré qu'Emma trouve sa présence rassurante, mais ce n'était pas le cas. Ce n'était jamais le cas. Elle prit sur elle de ne pas montrer sa contrariété. Emma avait toujours eu besoin de trouver un exutoire à ses insatisfactions et souvent, ça avait été Abby.

— Allez… même les meilleurs ont besoin d'une pause. Je vais tâcher de me faire plus discrète, ça va revenir, tu verras. Je ne t'ai même pas demandé sur quoi tu travaillais.

— C'est parce que je t'ai bien élevée.

Abby comprit l'allusion. Elle n'en dirait pas un mot.

— Tu as cueilli des *forget-me-not* ? lui demanda Emma en regardant le bouquet posé devant la stèle.

— Oui, tu ne m'en veux pas ?

Elle secoua la tête.

— Ton père les aimait beaucoup. Conduis-moi devant sa tombe, s'il te plaît.

Abby obéit, mais son cœur se mit à battre très fort, elle était persuadée que sa mère n'y était pas retournée depuis les funérailles. Abby l'observa du coin de l'œil quand elles s'y arrêtèrent, Emma semblait gérer ses émotions, comme toujours.

— Il aimait aussi beaucoup ce grand pin, dit-elle en désignant le conifère juste derrière la stèle. Il y a une famille d'écureuils qui vit à l'intérieur, ton père sortait les nourrir chaque jour, mais c'est toujours le mâle qui descendait. Il n'a pas dû comprendre pourquoi personne ne lui donnait plus rien.

— Un écureuil ? Je n'en ai pas vu depuis une éternité…

— Voyons s'il est encore là.

Emma glissa une main dans sa poche et en ressortit une petite poignée de noisettes qu'elle jeta au pied de la tombe. Puis, avec la langue, elle répéta un claquement.

— Éloignons-nous de plusieurs mètres, tu verras.

Abby fit reculer le fauteuil jusque sous le porche où son père coupait toujours du bois.

— Ne bouge plus, chuchota Emma, le mâle ne devrait pas tarder.

Debout derrière, Abby obéit.

Elles patientèrent à peine une minute dans un parfait silence, quand soudain, un écureuil au magnifique pelage roux descendit le long du tronc massif, entraînant derrière lui une longue queue en panache.

— Tu vas voir, il va guetter quelques secondes, vérifier qu'il n'y a aucun prédateur et ramasser les noisettes avant de filer, lui dit Emma.

L'animal ne se formalisa pas devant la stèle qui n'était là que depuis quelques semaines, il sauta dessus et fit exactement ce qu'Emma avait prédit. Il regarda à droite à gauche de ses tout petits yeux noirs en amandes, se nettoya les oreilles affublées de pinceaux de poils, et sauta au pied de la pierre tombale pour récupérer les noisettes.

Abby manqua pouffer de rire en le voyant essayer de toutes les engouffrer. Il les fit tomber plusieurs fois, et finalement, parvint à les stocker, les bajoues distendues et bien gonflées, puis il repartit en sens inverse et disparut dans les plus hautes branches.

— On aurait dit un hamster !

— Ils sont un peu de la même famille.

Abby regarda sa mère. Comme ce moment de complicité lui faisait du bien, Emma ne se doutait sans doute pas à quel point il tombait à pic. Abby ne savait pas de quelle façon les générer, mais celui-là, elle le chérissait.

— Tu te souviens de cette balade en forêt, en plein hiver alors que tu ne devais pas avoir plus de six ans ? lui demanda Emma. Tu avais découvert de minuscules traces de pas en forme de points d'exclamation. Deux, côte à côte, des empreintes d'écureuil. Pendant des mois, chaque fois qu'on en trouvait, ton père te racontait que c'était Mme Pendread, ton enseignante, qui passait par là avec un tampon pour s'assurer que les animaux de la forêt apprenaient bien les signes de ponctuation.

Abby fronça les sourcils, elle ne s'en souvenait pas du tout.

— Et j'y croyais ?

— Dur comme fer ! Tu trouvais que la neige manquait de points d'interrogation, tu en dessinais avec le doigt dès que tu pouvais.

— Ah ! Ça me dit vaguement quelque chose !

— Ton père était farceur et toi si naïve. Il pouvait te faire croire n'importe quoi, tu gobais tout.

Abby ne savait pas si c'était ce souvenir lointain ou juste le fait que sa mère se le rappelle et lui en parle qui la rendit aussi émotive, mais elle avait un nœud dans la gorge. Parce qu'en réalité, c'était exactement ce dont Abby avait besoin, savoir qu'il y avait eu de belles choses entre elles, des détails joyeux dont Emma était désormais la gardienne.

— Il me manque… dit Emma dans un souffle triste, les yeux rivés sur la pierre tombale.

— À moi aussi, maman, murmura Abby en posant une main sur son épaule.

Les doigts d'Emma rejoignirent aussitôt ceux de sa fille pour les serrer doucement.

— Rentrons, dit-elle, je commence à avoir un peu froid.

***

La semaine qui suivit, Abby alla parler à son père chaque jour, lui confia ses craintes, sa colère, sa peine, cherchant parfois un signe de sa part pour se sentir moins seule. Car Emma se montrait peu et quand elle le faisait, elle vociférait. Elle ne parvenait pas à terminer son roman et générait une tension difficilement supportable dans la maison. Elle s'énervait, claquait les portes, montrait son irritation au moindre bruit qu'Abby faisait et avait du mal à supporter sa présence. Son quotidien avait été chamboulé par la mort de Pierre, et malgré elle, Abby ne faisait qu'accentuer cette impression. Aussi, libérée de son attelle depuis plusieurs jours, elle se réfugia dans le travail pour éviter de ruminer, et accepta de régler quelques affaires pénales à distance. Marc et Ludovic s'en sortaient moins bien sans elle. Mais

Abby réalisa alors avec une acuité déstabilisante que plus elle remettait le nez dans ses dossiers, moins elle avait envie d'y revenir totalement. La vie à Eagle Bay avait le pouvoir de vous détacher de tout sauf de l'essentiel, et c'était ce qu'Abby était en train d'expérimenter. Ce fut la raison pour laquelle durant cette semaine, elle fit tout ce qu'il fallait pour que ses deux collègues n'aient plus besoin de la contacter. Comprirent-ils que son éloignement n'était pas seulement physique ? Elle n'aurait su le dire, mais dans sa tête, le détachement était déjà bien avancé. À quoi devait-il la mener ? Elle l'ignorait encore

Le mercredi d'après, elle décida de se rendre à l'épicerie pour remplir le frigo et s'éloigner un peu de la maison.

Elle roula jusqu'à Labouchere Bay, traversa la rive et amarra le zodiac devant l'épicerie. Quand elle monta les marches, elle découvrit Romy qui se redressait en se tenant les reins.

— J'en ai plein le dos !

Cent kilos de pommes de terre, c'était ce qu'elle venait de rentrer dans ses stocks.

— Le sol est bien trop humide, ici, on a du mal à les faire pousser sans qu'elles pourrissent sur pied, mais je te jure que je me passerais bien de toute cette besogne.

— Qui a affirmé qu'Eagle Bay était un paradis, déjà ? se moqua Abby en s'arrêtant en bas des escaliers qui menaient à l'épicerie.

— Jerry ! Mais des jours comme celui-ci, j'ai bien envie de lui dire qu'à penser des trucs pareils, il serait mieux à l'asile qu'ici ! Qu'est-ce que je peux faire pour toi ?

Romy était déjà en nage alors, contrite, Abby lui montra les deux gros bidons d'essence qu'elle avait laissés dans le bateau à moteur.

La jeune femme soupira et la rejoignit sur le ponton.

— De toute façon, je ne suis plus à ça près. Allons-y !

— Tes parents ne sont pas là ?

— Dans l'arrière-boutique, ils inventorient. Encore… Comme si on avait des centaines de passages caisse chaque jour. Ils me fatiguent… Sans compter que la livraison de la semaine a déjà deux heures de retard et que mon père s'est promis de trucider le pilote. Le show dans moins de trente minutes, affirma-t-elle.

— Moins de trente minutes ?

— Il va arriver à ce moment-là.

Tandis que Romy remplissait les jerricans, Abby s'appuya contre un des pilotis de l'épicerie et ferma les yeux.

— Dure journée ? lui demanda Romy.

Abby hocha la tête.

— Dure semaine.

— Ah, ma grande, il faut plus que de la bravoure pour venir s'installer à Eagle Bay, il faut être fou, ou aimer très fort sa mère, ajouta-t-elle avec un clin d'œil.

Romy s'essuya les mains sur son tablier et referma les jerricans.

— Comment va-t-elle ?

C'était bien sûr difficile de tenir le secret, mais Abby avait conscience qu'Emma aurait détesté qu'on s'apitoie sur son sort ou que les membres de la communauté agissent différemment avec elle.

Abby ne voulait en parler à personne, pas encore. Tout le monde savait qu'Emma était leucémique, alors qu'elle sorte peu n'était pas surprenant, à plus forte raison depuis la mort de Pierre. Emma avait toujours été une ourse, et ici, tout le monde était finalement un peu comme elle. Alors que répondre à Romy ? Ce qui semblait être le plus évident.

— Elle arrive à échéance de son prochain roman, écrit toute la journée, se nourrit de café, de biscuits ou de chips de betterave qu'elle confectionne elle-même. Elle est imbuvable, m'accuse d'être responsable de son manque d'inspiration, mais elle a l'air d'aller.

Romy éclata de rire.

— On ne l'a pas vue depuis la mort de ton père, mais de toute évidence, elle semble être restée égale à elle-même ! Elle accuse le coup ?

— Il lui manque chaque jour, mais je trouve qu'elle ne s'en sort pas si mal.

— Quoi que tu en dises, ta présence n'y est sans doute pas pour rien.

Abby eut un sourire de circonstance. Si seulement c'était vrai.

Alors Romy observa Abby. Elle était fine, elle comprit qu'Abby était affectée.

— Tu n'as rien à te reprocher, ma grande. Ici, tout le monde connaît ta mère. Elle écrit des histoires qui font peur et si tu veux mon avis, la raison pour laquelle elle le fait si bien, c'est parce qu'elle-même fout les jetons à tout le monde !

Ce qui eut le mérite de faire sourire Abby. Il était clair qu'ici ou ailleurs, personne ne cherchait jamais de poux à Emma Kart.

— Haut les cœurs ! Nous aussi on a été des killeuses !

Abby fronça les sourcils.

— Tu te souviens quand on se cachait sous les pilotis des maisons pour flanquer la frousse aux touristes ? lui rappela Romy.

— Mais oui ! On entendait des craquements et finalement, c'est nous qui étions mortes de trouille !

Elles rirent de bon cœur. Avant de revenir sur l'île, Abby était convaincue de n'avoir presque conservé que de mauvais souvenirs d'Eagle Bay, mais les plus drôles, c'était essentiellement avec Romy qu'elle les avait vécus.

— Ça passe vite… murmura-t-elle malgré elle. J'ai été nulle de ne pas te donner de nouvelles.

Romy lui tapa dans le dos en souriant.

— Je ne te le fais pas dire ! Mais tu as toujours eu ce petit côté connasse.

— Hé !

— Allez, je déconne. Mais puisque tu sembles si contrite et que tu as besoin de voir du monde, tu fais quoi vendredi soir de la semaine prochaine ?

Abby sourit.

— Tu veux me proposer un rancard avec une loutre de mer mâle ? Je sais que je suis encore célibataire, mais pas désespérée à ce point ! se moqua-t-elle.

— Toi, tu es partie depuis bien trop longtemps. Ce vendredi-là, c'est le solstice d'été

— Oh ! La fête du solstice !

Elle avait oublié jusqu'à son existence. C'était un moment que tout le monde attendait. Les habitants de Point Baker et des très proches localités venaient pour l'occasion, et parfois certains propriétaires de maisons secondaires prenaient leurs congés spécialement pour y assister. On grillait de la viande, des poissons, on servait de la bière à volonté, jouait de la guitare, il y avait même un tournoi de fléchettes. Le reportage télévisé sur la communauté avait dû rendre le petit festival encore plus populaire.

— On commencera vers 17 heures cette année. Comme le soleil ne sera pas près de se coucher, on aura du temps devant nous pour faire la fête avant la marée descendante. Tu pourrais faire venir ta mère, ça la déciderait un peu, je suis sûre qu'elle apprécierait de voir tout le monde.

Abby se renfrogna.

— Rien n'est moins sûr…

— Tu ne perdras rien à lui poser la question.

Certes… Elle pouvait toujours essayer.

Leur conversation fut soudain interrompue par un bruit de moteur caractéristique.

Romy leva le nez et regarda sa montre. Un hydravion était en train d'arriver.

— Qu'est-ce que je disais ? Moins de trente minutes !

Abby se tourna et vit débarquer le coucou par lequel elle était venue. Le pilote manœuvra et amerrit dans un bruit de pales assourdissant. Puis l'hydravion s'engagea dans la baie et se rapprocha de la base aéronautique.

La dernière fois, Abby était montée à bord avec les colis Amazon et le courrier. Ils étaient déposés une fois par semaine, quand le temps le permettait. On imaginait mal une multinationale appliquer la livraison gratuite au bout du monde pour une poignée d'habitants – lesquels s'étaient eux-mêmes éloignés de la civilisation et de la superficialité de la vie –, et pourtant ! Les États-Unis étonneraient toujours Abby.

Jim et Janice Walker sortirent de l'épicerie au même moment, et comme l'avait prédit Romy, Jim avait l'air furieux.

— Deux heures de retard, il se moque vraiment de nous ! Il va encore nous raconter qu'il a eu une panne de moteur. Cette fois il va m'entendre !

Romy et Abby se retinrent de rire, il l'aurait mal pris. Jim Walker était célèbre dans tout l'extrême nord de l'île pour son caractère bien trempé, son crâne orné de quelques pauvres cheveux et sa grosse moustache blanche. Il n'était pourtant pas très grand, et encore moins méchant, mais il impressionnait tout le monde tant il en imposait, conscient d'être responsable de la survie de la communauté. Sa femme était totalement à l'opposé et faisait toujours preuve d'une patience d'ange. Janice était toute fine, les cheveux poivre et sel toujours attachés en une longue natte qui lui retombait sur l'épaule.

— Je vais y aller, dit-elle en arrêtant son mari, le sourire aux lèvres, c'est plus sage. Aide plutôt Abby à mettre ses jerricans dans le canot.

— Moi aussi, je viens ! cria le fils de Romy d'une voix perçante.

Abby regarda la petite tête blonde courir sur le ponton et suivre sa grand-mère, tandis que le pilote sortait de son appareil. Il était accompagné d'un homme d'une trentaine d'années et dont la tenue dénotait une certaine méconnaissance de la météo locale. Il était habillé comme s'il arrivait à Los Angeles, en bermuda, chemise ouverte à manches courtes, sandales et casquette de baseball.

Romy fronça les sourcils.

— Mais qu'est-ce que c'est que ce gus ?

— Encore un qui pense qu'Eagle Bay est l'endroit où il faut être venu au moins une fois dans sa vie, ronchonna Jim. J'espère qu'il ne va pas s'attarder.

— Ça m'étonnerait, regarde ses valises.

Romy pointa du doigt ses deux bagages.

Jim sembla tout à coup paniquer.

— Oh, bon sang, je parie que c'est le client de Bonnie ! Il ne devait pas arriver avant deux jours. Romy, va vite la chercher, elle ne sera pas contente s'il vient frapper à sa porte sans qu'elle l'ait accueilli à son arrivée.

Romy soupira, sauta dans le bateau à moteur de son père et traversa la baie en moins de deux.

La maison de Bonnie était sur la rive opposée à l'épicerie, dans la seule partie de la baie qui n'était pas à flanc de colline, et le lodge qu'elle louait était juste derrière chez elle. Abby se souvint que son père avait souvent essayé de racheter le terrain aux Locklear, mais ils n'avaient jamais voulu, ils étaient trop bien situés.

Côte à côte, Jim et Abby ne quittaient pas des yeux le nouveau venu. Janice était allée à sa rencontre et lui montrait le paysage du doigt.

— Mais qu'est-ce qu'il croit qu'il va faire ici avec ses tongs ? persifla Jim en levant les yeux au ciel.

Abby réprima un rire.

— Les voilà ! dit-elle à Jim en voyant revenir Romy accompagnée de Bonnie.

Laquelle n'avait même pas pris le temps de retirer son tablier qui dépassait de sa parka. Elle sauta du bateau, les joues toutes rouges.

— Je déteste ça ! gronda-t-elle. Heureusement que le lodge est prêt et que j'ai déjà activé le ballon d'eau chaude ! Dites-moi qu'on a reçu la livraison Amazon…

Jim acquiesça, le pilote était en train de déposer son chargement sur un diable.

— J'ai commandé des cintres, j'espère qu'il les a, sinon avec quoi mon client va-t-il pendre ses vêtements ?

— Avec la corde que je vais lui mettre autour du cou s'il continue à faire son prince. Mais regardez-le-moi marcher ! s'agaça Jim. On dirait un coq !

Bonnie, Jim, Romy et Abby s'attroupèrent comme des pingouins, les mains dans le dos, et suivirent les pas de ce pauvre homme qui était loin de se douter d'avoir été apparenté à un poulet.

— Il n'a pas l'air très vieux, dit Bonnie. Je suis sûre qu'il a à peine trente ans.

Romy rit sous cape et glissa à l'oreille d'Abby :

— Ça va faire chuter la moyenne d'âge ici !

— Je t'ai entendue, gronda Jim.

Ils continuèrent à les suivre du regard jusqu'à ce qu'ils disparaissent sous la partie boisée du ponton, puis Abby tapa des mains.

— Bon, j'y vais ! Le temps tourne et je veux éviter de rentrer sous la pluie. Et mes amitiés au playboy !

Elle grimpa dans son bateau à moteur et rejoignit Labouchere Bay en cinq minutes à peine. Elle était allée assez vite, mais pas suffisamment pour éviter l'averse. Il pleuvait déjà à torrents, Abby était trempée jusqu'aux os. Elle n'osa même pas imaginer la tête de leur nouveau touriste. Ici, le temps pouvait tourner à une vitesse incroyable.

Elle se leva pour amarrer le zodiac en s'appuyant contre le rebord et manqua perdre l'équilibre quand William Taylor se dressa devant elle, plus effrayant que jamais sous son ciré, son éternel bonnet et son énorme capuche ruisselante.

— Vous n'allez quand même pas porter ça toute seule ? dit-il en désignant les deux bidons d'essence.

— Ah, bon sang, William, vous m'avez flanqué une peur bleue ! Avec cette pluie, on n'entend personne arriver.

— Ça ne va pas durer. Prenez ma main et allez vous abriter, je vous apporte les jerricans dans le pick-up. Vous n'avez plus d'attelle, mais vous êtes quand même supposée faire attention à votre main.

— Je ne vais pas vous laisser faire à ma place…

Il haussa un sourcil, et en moins de deux, il sortit le diable du bateau et y déposa les deux bidons. Puis il se redressa et jeta un œil au pick-up garé au bout du chemin.

— Le réservoir est vide ?

D'un air malicieux, Abby regarda le ciel et les arbres secoués par un vent exceptionnel.

— Voyons, docteur, quel intérêt de sortir par une si belle journée de pluie si on n'en a pas vraiment besoin ? Oui, il est vide.

Il ignora ses sarcasmes.

— Alors je vais vous faire le plein.

Même par politesse, Abby n'avait aucune envie de lui dire non. Chaque bidon pesait le poids d'un âne mort.

— Merci, je vous en serai très reconnaissante.

Ils marchèrent jusqu'au pick-up. William ouvrit le bouchon du réservoir et commença à verser le gasoil.

— Ce n'est pas trop lourd ?

— Pensez-vous, ironisa-t-il, vingt litres à bout de bras, c'est léger comme une plume…

Abby sourit. Il était donc capable d'un peu d'humour ?

— Hier, j'ai acheté des pommes aux Walker, pour la peine, vous viendrez à la maison boire un café et manger une part de tarte.

Il reposa le premier jerrican et entreprit d'ouvrir le deuxième.

— Je dois passer voir votre mère demain matin, elle a intérêt à être bonne.

— Qui ça, ma mère ?

William se tourna vers Abby, les yeux écarquillés. Il s'occupait d'Emma depuis des années, et jamais une idée pareille ne lui avait traversé l'esprit. Abby aurait bien voulu se dire qu'elle ne savait pas ce qui lui avait pris, mais au contraire, c'était parfaitement volontaire. William était si coincé qu'elle ne pouvait résister à l'envie de le provoquer. Il était venu à Labouchere presque chaque jour depuis qu'Abby était sur l'île, parfois très tard ou très tôt, en fonction des marées, et sans jamais se départir de son sérieux. Parfois, elle avait envie de savoir ce qu'il y avait sous cette imposante carcasse pour s'imposer un tel flegme.

Toutefois, il la regarda du coin de l'œil, soulagé, quand il comprit que c'était de l'humour somme toute très français et, pluie ou non, il ne cilla pas une seule fois en vidant le deuxième jerrican. Puis il les jeta à l'arrière du pick-up.

— Vous devriez être tranquille pour au moins neuf cents kilomètres.

Autant dire pour six mois au moins, vu le peu de distance qu'elle parcourait chaque semaine.

— Je vous remercie, William.

Il hocha la tête, se tourna vers la rive et regarda rapidement le ciel.

— Soyez prudente sur la route, c'est à côté, mais les rafales sont mauvaises.

— C'est promis. À demain !

Elle s'empressa de grimper dans le pick-up tandis qu'il repartait en direction de l'embarcadère, la tête baissée sous sa capuche et les mains dans les poches.

Abby sourit. Qui était vraiment William Taylor ?

8

La tarte aux pommes d'Abby n'avait de normande que le nom. Elle n'avait pas utilisé de crème ni de poudre d'amande, et il n'y avait plus qu'un œuf pour la garniture. À la place, elle fut généreuse en beurre et en sucre et fit pleuvoir un peu de cannelle sur le dessus, croisant les doigts pour ne pas se ridiculiser quand William viendrait la goûter.

Il arriva un peu avant 9 heures, et sa consultation dura plus longtemps que d'habitude. Abby attendit patiemment qu'il sorte. La veille, lorsqu'elle était revenue d'Eagle Bay, elle avait trouvé une petite mine à Emma et en avait déduit que malgré son absence et le silence total dans la maison, elle n'avait pas davantage écrit. Le soir, Emma avait à peine dîné et était allée se coucher très tôt. Il y avait plus que de la lassitude dans le comportement d'Emma, il y avait de la fatigue aussi. Ce fut donc une soirée étrange, de celles qui faisaient angoisser Abby parce qu'elles laissaient entendre que ce n'était que la première d'une longue série.

Il était 10 heures lorsque William rejoignit Abby dans la cuisine, et Emma n'était pas avec lui.

— Tout va bien ? lui demanda-t-elle.

— Elle est très fatiguée ce matin.

— Oui, je l'ai remarqué hier après-midi. Elle est sous pression, elle n'arrive plus à écrire.

— Depuis combien de temps ?

— Dix jours, j'ai mis ça sur le compte de ma présence. Enfin… non… elle a clairement dit que ma présence l'empêchait de travailler, ajouta-t-elle, un peu amère.

Il acquiesça et prit place à table.

— L'état asthénique est hélas fréquent dans une situation comme la sienne, et l'inefficacité intellectuelle va avec, ce qui provoque des sautes d'humeur ou des variations dans le comportement. Tâchez de ne pas le prendre pour vous.

Abby comprit que c'était inévitable, mais elle avait besoin de se raccrocher à quelque chose.

— Comment pourrait-elle compenser ? Avec des vitamines ? Des fortifiants ?

Il secoua la tête.

— Son traitement et les antalgiques l'épuisent. Imaginez une lame de fond qui vous emporte alors que vous êtes à la surface de l'eau. Vous n'avez rien à faire si ce n'est vous laisser glisser en attendant que ça passe. Elle doit se reposer jusqu'à ce qu'elle retrouve un peu d'énergie. C'est cyclique. Il y aura des hauts et des bas, Abby. Puis plus que des bas…

Elle ferma un instant les yeux, se retint pour ne pas montrer son émotion et s'installa à côté de lui.

— Pourquoi continuer à prendre tous ces médicaments, s'ils ne sont plus efficaces ?

— Parce qu'ils diminuent au maximum les effets secondaires.

— Jusqu'à ce qu'ils ne puissent plus…

William n'eut d'autre choix que d'acquiescer.

Abby ignorait encore tout des conséquences réelles de cette maladie, et elle aurait voulu ne pas apprendre à les connaître et pouvoir tout effacer d'un revers de la main, mais c'était impossible. Emma avait encore de l'énergie, mais elle était là, à la merci d'un destin incontrôlable.

— Ma mère connaît un succès extraordinaire avec ses livres, a engrangé plus d'argent qu'elle n'aurait pensé en avoir un jour, malgré tout, la vie ne l'a pas épargnée. Son handicap, la maladie, la mort de mon père et maintenant l'inéluctable… Elle est venue s'isoler ici et elle n'a profité de rien. C'est injuste.

— Oui, ça l'est.

Sa réponse était lapidaire, mais qu'y avait-il à ajouter ?

— Vous étiez quel type de médecin à New York ?

— Je travaillais comme urgentiste au Presbyterian Hospital.

— Ça ne devait pas être facile tous les jours. J'imagine que…

— Puis-je être honnête avec vous ? l'empêcha t-il de poursuivre.

Abby cligna des paupières, surprise.

— Oui, bien sûr.

— Vous avez établi un constat fort juste au sujet de votre mère, et pour lequel vous ne pouvez rien. Toutefois, malgré la situation, vous avez décidé de rester. Alors je vais vous poser une question directe : comment comptez-vous l'accompagner vers la fatalité que vous évoquez ? En restant triste et assise dans cette cuisine à attendre l'ultime dénouement, ou en faisant avec elle tout ce que vous ne ferez plus quand elle ne sera plus là ?

Ce qu'il proféra était immensément vrai, mais Abby eut l'impression de prendre une douche froide.

— Vous n'y allez pas par quatre chemins…

— Non, parce qu'il ne vous reste plus beaucoup de temps avant que votre mère ne faiblisse vraiment et ne puisse plus vous suivre nulle part. Pensez-y.

Durant sa carrière, Abby avait déjà eu affaire à tout un tas de personnes, des provocateurs, des grandes gueules, des orateurs exceptionnels, des menteurs et des manipulateurs, elle était supposée être rodée à tous les profils, mais si William Taylor était si déstabilisant, c'était parce qu'il l'amenait à réfléchir vite, très vite.

— J'en ai déjà assez de ce huis clos. J'ai besoin de bouger, assena-t-elle comme pour elle-même.

— Alors faites-le.

— Quelles sont nos limites ?

— Celles que votre mère et vous vous imposerez.

Tout en haut de la file des pensées d'Abby, il y avait l'urgence, puis venait la peur et seulement après l'envie. Les trois étant cependant étroitement liées. Pourtant, il convenait de ne pas se mettre plus de barrières qu'il y en avait déjà. La mission semblait simple sur le papier, mais en réalité, Abby n'osait pas prendre le risque de rompre le fragile équilibre qui s'était installé et qui les avait réunies.

— Vous avez raison sur toute la ligne, mais ai-je le droit de bousculer son quotidien plus que je ne le fais déjà, si elle préfère rester tranquille plutôt que faire des choses avec moi ?

— Lui avez-vous seulement posé la question ?

Abby se sentit bête. Non, bien sûr que non. Mais comment aurait-elle pu après une semaine pareille ? Sa présence semblait tellement peser sur Emma.

— Commencez par là, reprit-il sans qu'elle ait besoin de répondre. Il s'agit simplement de faire le premier pas, et c'est à vous qu'en incombe la responsabilité.

Oui, même si chaque jour qui passait, elle percevait combien il était difficile de s'imposer et combien laisser ses émotions s'exprimer l'était plus encore. Elle ne s'en sentait pas le droit, peut-être un peu trop convaincue qu'Emma souffrait plus qu'elle.

— Faites le premier pas, Abby, insista-t-il.

Elle acquiesça, elle savait parfaitement que si elle ne s'y pliait pas, Emma ne le ferait jamais.

Elle soupira et posa les yeux sur la tarte qui trônait au milieu de la table.

— Je vous en sers un morceau ?

***

Abby avait été hantée par sa conversation de la veille avec William et n'avait cessé de se demander si bousculer les habitudes d'Emma pour passer plus de temps avec elle était judicieux. Son cœur lui disait que oui, sa tête lui hurlait que non. Emma était une femme indépendante qui n'aimait rien de mieux que contrôler sa vie et ses choix sans être sous l'influence de qui que ce soit. Abby le savait comme elle savait aussi qu'elle risquait de se heurter à un mur ne désirant pas qu'on déplace la moindre brique. Mais Abby brûlait littéralement de l'intérieur et de ce que son âme de fille lui criait : être un peu égoïste et assumer elle aussi ses désirs.

Après avoir été privée de sa mère pendant tant d'années, Abby sentait le besoin de s'accrocher aux quelques branches encore suffisamment solides qui avaient le pouvoir de lui offrir de beaux souvenirs. Elle n'avait pas eu l'occasion de profiter de son père autant qu'elle l'aurait voulu, alors elle refusait de répéter la même erreur avec sa mère.

Pour autant, Abby avait passé l'après-midi suivant à marcher sur des œufs, à observer Emma pour essayer de trouver le moment le plus opportun afin de lui parler, à lui préparer des biscuits pour lui montrer combien elle tenait à elle, mais découragée par l'agacement de sa mère parce qu'elle ne parvenait pas à écrire, elle trouva plus sage de ne rien dire.

Au petit matin, la nuit lui ayant porté conseil, elle décida de prendre le taureau par les cornes. Hélas, Emma se réveilla d'une humeur massacrante, trouvant le moindre prétexte pour exprimer sa contrariété.

— Tu ne peux pas faire moins de bruit ? reprocha-t-elle à Abby qui remettait une bûche dans la cheminée.

— Ça dépend, dit-elle d'un ton qu'elle voulut jovial, tu préfères avoir froid ou être momentanément interrompue ? Tu auras noté comme moi qu'aujourd'hui, les températures ont considérablement chuté. La faute de la pluie et du vent…

— La pluie et le vent font moins de boucan que toi ! s'énerva Emma. Un éléphant serait plus discret. Comment veux-tu que je parvienne à terminer ce maudit roman dans un vacarme pareil ?

Le regard d'Emma était noir et c'est sans doute ce qui bouscula le plus Abby. L'espace d'un instant, elle eut l'impression de se retrouver vingt ans en arrière, lorsque Emma venait de perdre l'usage de ses jambes et qu'elle ne supportait plus d'entendre les pas de sa fille sur le parquet. Abby comprit alors qu'elle ne pourrait rien contre l'irrationalité de sa mère, elle avait besoin d'un exutoire à son manque d'inspiration, rien d'autre. Aussi décida-t-elle de ne pas entrer dans son jeu.

— Très bien. Comme je ne peux pas sortir avec un temps pareil, je vais aller m'enfermer dans ma chambre et n'en ressortirai que lorsque tu auras terminé ta séance d'écriture, ça te convient ?

Aucune ironie dans sa voix, tout ce qu'elle voulait, c'était ne plus se sentir comme l'élément perturbateur imaginaire de sa mère. Mais au lieu de calmer Emma, les mots d'Abby ne firent que la mettre davantage en colère.

— Es-tu idiote à ce point ?

— Je te demande pardon ?

Emma claqua la langue.

— Que tu restes dans ta chambre ou non n'y changera rien, tu es là !

Abby avala sa salive. Finie l'accalmie qu'elle avait pensé définitive, Emma était bel et bien en train de revenir à la charge et elle le faisait de la façon la plus méchante qui soit.

— Je ferais mieux de te laisser, dit Abby en passant la porte du salon.

— Si seulement c'était vrai !

Alors elle s'immobilisa dans l'embrasure, incapable de se retenir davantage.

— Qu'est-ce que tu cherches à la fin ? Je peux savoir quelle mouche te pique ? Depuis un mois, je suis là et réponds au moindre de tes besoins. Que veux-tu que je fasse de plus ? Que j'arrête de respirer ? Maman, je ne fais pas plus de bruit que lorsque j'étais adolescente. Et même si c'était le cas, j'habite ici, je vis et je bouge.

— Tu habites ici ? aboya Emma en totale perte de contrôle. Tu habites ici ? Moi, j'habite ici, toi, tu t'es incrustée !

Abby ferma les yeux et prit une profonde inspiration.

— On en est encore là ? Je pensais qu'on avait passé ce cap, maman. Réalises-tu seulement ce que tu es en train de dire ?

Au lieu de lui répondre, Emma soutint son regard, la bouche pincée et les mâchoires crispées. Abby devait aller jusqu'au bout.

— Que tu le veuilles ou non, tu es incapable de vivre seule, et si je suis ici, c'est parce que j'en ai conscience et qu'en dépit de ton sale caractère, je t'aime et refuse qu'il t'arrive quoi que ce soit.

— Je ne t'ai rien demandé ! hurla Emma qui avait définitivement perdu toute contenance. Tu m'envahis comme tu l'as toujours fait ! Je ne veux pas de toi ici, je n'ai pas besoin de toi ! C'est ton père que je veux, ton père et personne d'autre !

Abby avait le cœur au bord des lèvres.

— Tu ne penses pas ce que tu dis…

Emma redressa le menton comme mise au défi.

— Je pense toujours ce que je dis, Abigail, et si ça ne te convient pas, fais tes valises, on gagnera du temps. Laisse-moi mourir en paix.

Jamais Emma n'avait été aussi odieuse, aussi mauvaise avec sa fille. La poitrine d'Abby était sur le point d'exploser. À cet instant, elle ne lui trouvait plus aucune excuse, malade ou non, Emma ne pouvait pas dire des choses pareilles. C'était ignoble.

Abby refoula ses larmes, elle refusait qu'Emma les voie, et regarda sa mère droit dans les yeux. Plus jamais elle ne la laisserait lui marcher sur les pieds.

— Tu n'es qu'une égoïste, maman, mais tu as gagné. Je m'en vais.

Sans un regard en arrière, elle rejoignit l'étage.

Comment les choses avaient-elles pu déraper de cette façon ? Mais terminé, elle n'en supporterait pas davantage. Abby remplit ses valises comme une automate. En dix minutes, ce fut fait. Elle n'y mit rien de plus que ce qu'elle avait apporté et abandonna ses affaires de toilette en prime. Tout ce qu'elle voulait, c'était partir loin de cette maison, de cette île et de ce pays maudit.

Emmitouflée dans sa parka, elle dévala les marches d'escalier. Au moment de passer la porte qui menait au garage, elle se tourna vers la cuisine rangée, regarda la boîte de sablés préparés avec tout l'amour du monde, sa mère qui était de dos, immobile devant la cheminée, et sentit ses lèvres trembler.

Elle ne la méritait pas.

Abby referma la porte derrière elle, ouvrit le garage et commença à jeter ses valises à l'arrière du pick-up. Elles seraient trempées, mais c'était bien là sa dernière préoccupation. Elle allait rester à Eagle Bay le temps de trouver un hydravion qui la déposerait à Ketchikan, elle prendrait un vol pour Paris et ne remettrait plus jamais les pieds ici. Emma aurait ce qu'elle voulait : elle mourrait seule.

Soudain, la porte du garage s'ouvrit. Emma était blême.

— Je ne veux pas que tu partes, dit-elle d'une voix presque inaudible, mais qui fit trembler Abby jusqu'à l'âme.

Le souffle court, elle resta immobile, incapable de savoir comment réagir. Tout se heurtait dans son esprit, la raison et son cœur blessé. La raison lui disait de rester, que tout était possible, que cette seule phrase prononcée valait toutes les certitudes du monde. Son cœur, lui, se sentait trahi et voulait se protéger, ne plus souffrir comme Emma l'avait fait souffrir. Il voulait fuir.

— Reste… réitéra Emma. S'il te plaît.

Abby ne se souvenait pas que sa mère ait un jour dû supplier quelqu'un, mais ça ne suffisait pas. Elle renifla et s'essuya le nez du revers de la main.

— Pourquoi ?

— Parce que j'ai besoin de toi…

Emma ferma les paupières comme pour se donner de la contenance.

— Je ne veux pas que tu partes…

Elle actionna son fauteuil et fit demi-tour en direction du salon.

Abby la suivit du regard. Il ne fallait pas qu'elle réfléchisse, sinon elle partirait, poussée par l'orgueil et la blessure de son cœur.

Elle inspira profondément et rejoignit sa mère. Emma avait repris sa place devant la cheminée, elle regardait le feu presque éteint. La bûche qu'avait remise Abby ne voulait pas se consumer.

— Je te demande pardon. Je ne pense pas un mot de ce que je t'ai dit.

Abby retint son souffle.

— Tu l'as pourtant déjà pensé, maman…

— Et ce n'est plus le cas.

Elle fit se retourner son fauteuil et brava le regard blessé de sa fille.

— Quand ton père est parti, j'ai dû affronter la solitude et me convaincre que j'étais capable de vivre sans lui. J'essayais encore de m'en persuader lorsque tu es arrivée. Tu as chamboulé tout ce à quoi je m'étais accrochée, tu as fait s'écrouler tous les mensonges qui m'avaient gardée en vie. Tu lui ressembles tellement… finit-elle par dire d'une voix brisée.

— Maman…

Emma leva la main, elle voulait aller jusqu'au bout.

— Je l'aimais, je l'aimais de toute mon âme et jusqu'à ce que tu reviennes, j'étais persuadée que mon cœur s'était renfermé et ne battrait plus jamais. Tu te souviens du message que je t'ai envoyé pour t'annoncer sa mort ?

Comment aurait-elle pu ne pas se rappeler ? Un SMS. Un vulgaire et glacial SMS. « Ton père est mort. » Elle avait détesté Emma d'avoir été aussi froide, et elle l'avait encore plus haïe quand elle lui avait annoncé qu'il serait incinéré avant qu'elle arrive. Abby n'avait pas pu dire au revoir à son père et voir son visage une dernière fois. La loi américaine et les lignes aériennes ne lui avaient pas permis d'être là à temps. Mais Abby avait préféré en vouloir à Emma, pour ça et pour ces vingt dernières années d'absence. C'était plus facile.

— Je m'en souviens…

— Je voulais que tu viennes, mais je ne te l'aurais jamais dit, je ne me l'avouais même pas. Je voulais que tu viennes parce que… tu étais tout ce qu'il me restait de ton père.

— Et toi ce qui me reste de lui… chuchota Abby.

Car sur ce point, elles avaient été à égalité. C'était l'amour qu'elles ressentaient pour Pierre qui les avait réunies.

— Je ne veux pas que tu partes… répéta Emma comme une litanie.

— Mais tu ne me supportes pas.

— C'est faux !

Elle avait dit ces mots dans un cri aigu étranglé.

— C'est faux… c'est moi que je ne supporte pas. Ce fauteuil, cette faiblesse, cette santé, cet échec…

— Quel échec ?

— Ne le vois-tu pas ? Je ne suis plus bonne à rien depuis vingt ans. Je ne sers à rien. J'ai honte de ce que je suis devenue…

Touchée, Abby avança d'un pas.

— Ne dis pas ça…

— Je prétends vouloir vivre seule et être indépendante, mais en suis-je seulement capable ? Sans ton père, je n'aurais rien su faire et sans toi… je mourrais plus vite, réussit-elle à articuler, c'est tout ce que je serais capable de faire. Car je vais mourir, Abigail, mais je veux être près de toi. Ne pars pas…

Abby laissa couler les larmes, sans bruit, puis elle s'approcha de sa mère pour s'agenouiller devant elle et lui prendre les mains.

— Je ne veux pas te laisser.

Elles étaient si froides…

— Moi aussi je veux rester avec toi, ajouta-t-elle.

— Je serai une meilleure mère, dit Emma dans une promesse irréfléchie.

Abby secoua la tête.

— Ce n'est pas ce que je te demande… Prends-moi telle que je suis et accepte ma présence.

— Oui…

Emma se libéra une main et fit un geste qu'Abby n'aurait jamais cru possible. Elle lui caressa les cheveux.

— Merci de rester… murmura-t-elle.

— Je suis là, maman, je suis là…

Abby se releva un peu. Alors leurs têtes s'appuyèrent l'une contre l'autre dans une promesse que seule la mort viendrait briser.

Abby ne partirait pas.

9

Abby n'aurait pas été capable de revivre de telles émotions. Or, ne pas quitter la maison et laisser le temps passer ne pouvaient conduire qu'à des situations semblables à celle de la veille. Emma avait été sincère, pleine de promesses et de bonnes intentions, mais Abby savait qu'on ne pouvait intrinsèquement changer quelqu'un. Sa mère était une solitaire, la présence de sa fille pourrait s'avérer être aussi lourde à porter qu'un sac à dos rempli de cailloux. Ce qu'Abby voulait désormais, c'était éviter que ça se reproduise.

Avant qu'Emma et elle aient cette violente dispute, Abby réfléchissait à la façon dont elle pourrait dire à sa mère qu'elle aimerait partager du temps avec elle, des promenades, des sourires. Maintenant, elle savait qu'Emma la suivrait, parce qu'elle avait besoin de sortir de son quotidien, parce qu'elle devait savoir qu'elle était encore capable de vivre le peu de temps qui lui restait.

Abby était restée éloignée d'Eagle Bay durant trop d'années, et même si le temps semblait suspendu sur l'île, beaucoup de choses avaient changé. Bonnie recevait des visiteurs chaque année et devait certainement leur préparer un guide de tout ce qu'il y avait à faire dans le coin, à part pêcher et chasser.

Pendant qu'Emma se reposait dans sa chambre, Abby prit le pick-up et partit en direction de la baie. Le port était très calme en ce tout début d'après-midi, la mer était encore haute, et si les plus gros bateaux de pêche se trouvaient à quai, ce n'était pas le cas des plus petits. Il faisait beau, les membres de la communauté en avaient probablement profité pour quitter l'anse, pour s'approvisionner en baies sauvages ou traquer le lièvre. Ici, l'héritage des chasseurs-cueilleurs de la préhistoire n'avait jamais été aussi concret !

Abby s'arrêta sur la rive, juste en face de chez Bonnie, et amarra l'embarcation au ponton avant de sauter sur la passerelle.

Implantés sur la presqu'île de la baie, les Locklear devaient posséder l'un des plus grands terrains d'Eagle Bay et l'une des plus vastes maisons aussi. La plage était rocheuse, mais large et inexploitée, et derrière, une partie de l'espace avait été déboisée pour permettre l'installation réservée aux touristes, laquelle était protégée dans un écrin d'immenses conifères auxquels étaient suspendus des hamacs. Une terrasse accessible par une échelle avait même été construite autour d'un gigantesque pin, offrant une vue exceptionnelle sur Wooden Wheel Cove. Abby n'était pas venue depuis très longtemps et se dit qu'il n'y avait peut-être pas plus jolie maison que celle-ci dans l'anse.

Les Locklear profitaient d'un ensoleillement extraordinaire lors de journées comme celle-ci.

Leur maison était en lames de bois roux, entièrement sur pilotis, avec une terrasse peut-être plus grande encore que celle de William et un balcon sur toute la largeur du premier étage. Et, à cheval sur un angle, un imposant conduit de cheminée en pierres grises grimpait tout le long du mur. Au rez-de-chaussée, une large baie vitrée donnait sur la mer argentée et les collines verdoyantes, les Locklear y avaient réalisé des travaux exceptionnels.

Abby longea la passerelle jusqu'à la terrasse et alla frapper à la porte de Bonnie. La fenêtre de la cuisine était ouverte et laissait s'échapper une délicieuse odeur de pâtisserie. Une *apple pie* était en train de refroidir sur le rebord.

— Bonnie ? C'est Abby !

Elle patienta quelques secondes, frappa de nouveau, sans succès. Son bateau était pourtant amarré, aussi décida-t-elle de faire le tour, supposant qu'elle se trouvait derrière la maison.

Eagle Bay avait beau être sous la pluie la plupart du temps, la terre était très rocailleuse, le gazon des terrains français n'y aurait pas résisté. Toutefois, comme la plupart des habitants qui jouissaient d'un peu de terrain, les Locklear avaient aménagé un potager à l'anglaise, cloisonné en carrés dans des planches de bois, qu'ils avaient protégé sous une serre de fortune. À cette période de l'année, les plantations n'étaient pas encore très vaillantes et les premières feuilles à peine sorties, mais c'était terriblement apaisant à voir.

Tout au fond, sous les arbres, se trouvait le fameux lodge loué par leur tout premier touriste de la saison. On aurait dit un genre de yourte hexagonale en bois, avec une petite terrasse à rambarde qui faisait tout le tour. Abby s'en approcha.

— Désolé, c'est déjà loué pour tout l'été !

Interloquée par sa tenue, elle fit face à l'actuel locataire qui arrivait derrière elle. Un peu plus d'une semaine plus tôt, le beau temps n'était pas au rendez-vous et il arrivait en bermuda et sandales. On était désormais mi-juin, et alors que la baie avait bien gagné huit degrés en vingt-quatre heures, il s'était emmitouflé dans une doudoune à plumes bien trop grande pour lui, une écharpe et un bonnet de marin qui n'avaient pas l'air de lui appartenir. Abby était même prête à parier que c'était Peter, le mari de Bonnie, qui lui avait prêté de quoi s'habiller. Le nouveau venu n'était pas très grand, assez menu et donnait l'impression d'être habillé des vêtements de son père.

— Bonjour, le salua-t-elle. Je cherche Bonnie Locklear.

Il retira son couvre-chef et libéra d'épais cheveux blond roux qu'il ébouriffa avant de lui tendre la main, un sourire éclatant collé au visage.

— Bonjour, Bill Cafferty.

— Enchantée, appelez-moi Abby.

Il croisa les bras sur sa poitrine et la toisa d'une façon qu'elle ne fut pas sûre d'apprécier.

— Vous, vous n'avez pas l'air d'être du coin.

— Ah oui ? Qu'est-ce qui vous fait dire ça ?

— Vous êtes élégante, contrairement aux gens d'ici. Du moins, vos vêtements n'ont pas l'air de sortir tout droit d'une friperie. Les habitants font un peu paysans quand même, non ? À se demander si c'est leur mépris pour la mode ou une fascination pour les otaries qui les ont poussés à s'installer dans un coin aussi reculé. Qu'est-ce que c'est déprimant ! ajouta-t-il en regardant autour de lui.

Il commençait fort !

— Vous êtes Californien, n'est-ce pas ? demanda-t-elle très calmement.

— C'est exact.

Et voilà… Imbuvables et bêtes comme leurs pieds, c'était ce qu'Emma disait toujours à leur sujet et sans aucune nuance. Cette remarque avait toujours exaspéré Abby, mais aujourd'hui, elle était consternée de voir que ce type lui donnait complètement raison.

— À Los Angeles, c'est peut-être différent, mais ici, vous apprendrez à vos dépens que la mode n'est d'aucune utilité pour remplir un frigo, l'informa-t-elle. Si vous voulez bien m'excuser, je dois parler à Bonnie.

Elle fit demi-tour, mais il lui emboîta le pas.

— Dites, je me demandais s'il y avait une possibilité de louer une voiture, par ici ?

— Vous êtes là depuis mercredi, n'est-ce pas ?

— Tout à fait.

— Dans ce cas, vous aurez tout de même noté qu'il n'y a pas de routes à Eagle Bay. Et que si vous voulez quitter la baie pour l'autre rive, ce sera forcément en bateau. Pour louer un véhicule, ça ne va pas être possible non plus.

Il fronça les sourcils, contrarié.

— Ce qu'on raconte est donc vrai…

— Et qu'est-ce qu'on raconte, monsieur Cafferty ?

Il haussa les épaules.

— Qu'importe. Il doit bien y avoir quelqu'un qui accepterait de me louer une vieille bagnole pour que je bouge d'ici. Du reste, comment rejoignons-nous la première route ?

Elle se tourna face à Labouchere Bay et désigna la rive de l'index.

— Exactement de là, juste derrière. Si vous allez voir Jim à l'épicerie, il vous louera un bateau à moteur pour y accéder et vous donner le nom de quelqu'un qui pourra éventuellement vous prêter une trottinette.

Il fit des yeux tout ronds.

— Je vous demande pardon ?

Abby avait presque envie de rire.

— C'est une plaisanterie. Il connaît peut-être quelqu'un qui acceptera de vous prêter son véhicule, mais rien n'est moins sûr. Allez le voir.

— C'est quand même pas croyable de vivre comme ça. On est vraiment dans le trou du cul du monde, là.

— Ce qui m'étonne, c'est que vous ayez l'air surpris. En général, quand on décide de partir en vacances quelque part, on se renseigne un minimum.

— Ah, mais je ne suis pas en vacances ! s'exclama-t-il. Il faut être fou à lier pour prendre ses congés dans un endroit pareil. C'est paumé, le réseau Internet est dégueulasse, un coup il pleut, un coup il fait beau, il fait froid… Jamais vu un climat aussi schizophrène.

Consternée, elle fronça les sourcils.

— Vous n'êtes pas en vacances ? Souvent, les touristes profitent de la fête du solstice d'été pour prendre leurs congés, ce n'est pas votre cas ?

Au tour de Bill Cafferty d'être surpris.

— C'est quoi ce truc ? Il y a un été ici ? ajouta-t-il en regardant le ciel avec mépris.

— La fête du solstice est un petit festival donné tous les 21 juin. Musique, barbecue…

Il éclata de rire.

— Houlà ! Non, je ne savais pas. Et qui vient ? Les ours du coin ? Je plaisante, je plaisante, dit-il quand il vit qu'Abby ne souriait pas. C'est pas mon truc, mais pourquoi pas, ça fera encore plus couleur locale.

— Si vous n'êtes pas en vacances, que faites-vous à Eagle Bay ?

— Je suis reporter pour Switch Communication.

Abby se figea, ce qui le fit éclater de rire.

— Ah ! J'ai fini par vous intéresser !

— Les reportages sur Eagle Bay, il y en a déjà eu beaucoup. Sur quoi planchez-vous ?

— Les touristes justement. Nous nous demandons ce qui pousse certaines personnes à venir se geler les noix ici en plein été, plutôt que de siroter un mojito sur une plage au sud du pays.

Il lui tapait sur les nerfs, mais Abby tâcha de rester courtoise.

— Vous êtes un peu en avance, la pleine saison ne commencera pas avant deux semaines. Les touristes arrivent généralement début juillet.

— Bah, il est important de repérer le terrain, et avec un peu de chance, je partirai plus tôt que prévu. D'ailleurs, quand j'aurai trouvé une voiture à louer, j'aurais besoin d'un guide pour me faire visiter les environs, vous feriez ça contre une petite rémunération ? Autant que je sois en bonne compagnie pour faire passer le temps, ajouta-t-il avec un sourire en coin qu'Abby eut aussitôt envie de lui faire ravaler. Deux cents dollars ?

À son tour d'arrondir les yeux.

— Euh…

— Trois cents ? C'est une belle somme, vous savez. On est à Eagle Bay, ça ne se refuse pas. Les gens dans votre situation doivent en avoir besoin. Cela dit, je peux monter un peu plus ? Trois cent cinquante ?

Abby ne put s'empêcher de le regarder avec tout le dédain du monde.

— Excusez-moi, monsieur… ? fit-elle mine de ne pas se souvenir.

— Cafferty, Bill Cafferty. Mais appelez-moi Bill !

— Je dois vous poser une question : vous arrivez de la ville et vous vous croyez dans un souk peut-être ? Ici, personne ne jouera les taxis pour vous balader à droite à gauche, et vous savez pourquoi ?

Il était très amusé.

— Je sens que vous allez me le dire.

— Parce qu'aucun d'entre nous n'aura envie de traîner derrière un Californien en tongs qui n'est pas foutu de faire la différence entre un phoque et une otarie, et qui pense que son arrogance va lui servir ses désirs sur un plateau. Si vous voulez bien m'excuser, je dois enfiler des perles en crottes de cerf. Bonne journée.

Elle le planta là comme l'imbécile heureux qu'il était, repassa derrière la maison et griffonna un mot à l'attention de Bonnie pour lui dire qu'elle était passée. Elle le glissa sous la tourtière abritant l'*apple pie*, sauta dans son bateau et démarra aussitôt.

Bon sang, ça faisait longtemps qu'on ne l'avait pas autant irritée. Quel guignol !

En vérité, même si ce type n'avait pas attaqué les membres de la communauté, Abby ne l'aurait pas aimé, parce que les journalistes et elle, c'était une histoire de désamour. Sa mère était romancière, pas actrice, alors elle était plutôt restée à l'abri des projecteurs, mais Abby se souvenait très bien des rares fois où Emma avait accepté de donner une interview. Leur vie de famille était systématiquement étalée dans les journaux avec la plus grande exagération.

Emma était si secrète, si inaccessible, que dès qu'il y avait du grain à moudre, la presse se jetait dessus. Ça avait été le cas quand elle avait été victime de l'accident qui lui avait coûté les jambes. L'information avait fuité, et une dizaine de paparazzi s'étaient aventurés à Eagle Bay peu de temps après son retour à la maison. Abby revenait de sa semaine à Juneau, elle avait été littéralement alpaguée à sa sortie de l'hydravion. Photos, questions auxquelles elle avait répondu sans trop réfléchir, c'était Pierre qui l'avait tirée de là. La communauté s'était soudée et avait forcé les paparazzi à quitter le village, mais l'article qui en avait découlé était ignoble. On avait décrit Emma comme une femme bavant dans son fauteuil roulant, alors qu'ils ne l'avaient même pas vue, et Abby comme la pauvre petite fille riche qui allait enfin savoir ce qu'était la vraie vie sans les œuvres de sa richissime maman. Mais la vraie vie, Abby l'avait toujours connue en habitant ici. Son existence était même sans doute plus authentique et modeste que la leur. Journalistes et paparazzi, d'aucuns diraient que c'était très différent, mais pour Abby, ça signifiait une seule et même certitude : méfiance.

Lorsqu'elle arriva près du ponton, Bonnie était en train de sortir de l'épicerie. Elle portait encore son tablier et un fichu à fleurs sur la tête, de quoi faire les gorges chaudes de Switch Communication.

— Hé, salut, Abby ! Il fait beau aujourd'hui et on dirait bien que tout le monde s'est décidé à faire un barbecue, il n'y a plus de charbon du tout !

Abby grimpa sur la passerelle et enroula la corde au croquet d'amarrage.

— Il y en a plein le garage, si tu veux. Papa le faisait lui-même.

— Oh, je sais, il devait fournir presque toute la communauté, s'amusa-t-elle. Peter allait tout le temps lui en demander pour fumer le poisson, il disait qu'il n'y en avait pas de meilleur !

Abby revit son père au fond du jardin de leur première maison, il passait un temps infini à entretenir un feu qui devait durer au moins trois heures pour brûler le bois placé à l'intérieur d'un gros fût métallique fermé. Il allait chercher des branches de hêtre ou de charme, bien sèches, pour en tirer le meilleur charbon possible. Et quand il rentrait à la maison, il était couvert de suie, et sentait tellement la fumée que même deux douches consécutives ne faisaient pas partir l'odeur dans ses cheveux. Elle aurait tant aimé apprendre davantage de lui et de tout ce qu'il savait faire de ses dix doigts. Pierre touchait à tout, c'était un homme extraordinaire.

Abby sentit sa poitrine se gonfler de tristesse et ses yeux s'humidifier. Elle eut un peu de mal à respirer. C'était toujours ainsi depuis qu'elle était arrivée. Les souvenirs provoquaient des montagnes russes en elle, tantôt doux, réconfortants, douloureux ou ravivant sans prévenir un manque qui lui brisait le cœur.

— Je suis passée chez toi tout à l'heure et j'ai fait la connaissance de ton locataire.

Bonnie haussa les épaules.

— Peter a décrété qu'il ne l'aimait pas, mais c'est juste par principe, il n'apprécie pas les étrangers.

— Tu sais qu'il est journaliste et vient ici pour faire un reportage sur les touristes d'Eagle Bay ?

Surprise, Bonnie fronça les sourcils.

— Ah bon ? Il ne nous en a pas parlé du tout, tu es sûre ?

— Absolument, il me l'a dit lui-même.

— Pour quel journal ?

— Switch Communication…

Bonnie fit appel à sa mémoire.

— Ce n'est pas un journal, c'est un site Internet d'information. Peter ne va pas être content. Quand on lui a parlé du mode de fonctionnement d'Eagle Bay, M. Cafferty a dit qu'il avait besoin de temps pour écrire, de calme et de solitude, alors que l'endroit était parfait. On s'est dit qu'il devait être romancier, comme ta mère.

— Eh non !

Lors du premier focus sur la communauté à la télé, un accord avait été scellé entre l'équipe de tournage et les parents d'Abby : ils ne devaient pas parler d'Emma, ne feraient pas le lien avec Pierre et ne poseraient aucune question qui pourrait laisser entendre que la célèbre Emma Kart s'était isolée sur l'île avec son mari, au milieu des bois. Car aussi surprenant que cela ait pu paraître, s'il était de notoriété publique qu'Emma Kart vivait au nord de l'île du Prince-de-Galles, à Eagle Bay, depuis l'accident, l'endroit exact était gardé secret. Le deal avec la production avait été respecté, personne n'avait parlé d'Emma. En revanche, concernant Bill Cafferty et après avoir discuté une poignée de minutes avec lui, Abby était incapable de s'affranchir de la moindre suspicion à son sujet.

— Bonnie, maman n'est pas très en forme depuis la mort de mon père. Il n'est apparemment pas venu pour ça, mais je voudrais vraiment éviter que ce monsieur fouine ou pose des questions. Si vous pouviez ne pas parler d'elle…

— Bien sûr, nous serons très vigilants, ne t'inquiète pas. Et je suis désolée, Abby, si j'avais su, je…

— Non, non, tu n'y es pour rien. Et si ça se trouve, il n'a pas fait le lien et n'aura pas envie de la rencontrer.

Après tout, il y avait quand même plus vendeur qu'une romancière malade qui brassait des millions de dollars et qui faisait régulièrement la une des journaux américains, hum ? Abby sentit la tension monter.

— Je peux donc venir tout à l'heure pour récupérer un peu de charbon ? demanda Bonnie. Je voulais faire cuire du flétan en papillote pour notre hôte, ce soir. Et j'ai aussi du saumon à fumer pour cet hiver.

— Non, bien sûr, avec plaisir.

Et avec un peu de chance, Cafferty s'étranglerait avec une arête…

— Je te laisse, je dois passer voir William Taylor. Au fait, tu es venue à la nage ? Ton bateau est resté devant chez toi.

— Oh non ! La coque prend l'eau. J'ai emprunté le zodiac de Peter, il est parti en mer avec Tim.

— Si jamais ton locataire te demande un prêt de bateau à moteur, donne-lui le tien ! suggéra Abby. Peter t'en sera reconnaissant.

— Rhoo, Abby !

Abby lui déposa une bise sur la joue, et avant que Bonnie réagisse, elle était déjà en train de partir sur le ponton d'un pas décidé.

— Abby ! cria Bonnie dans son dos. Tu ne m'as même pas dit pourquoi tu voulais me voir !

— Tout à l'heure quand tu viendras à la maison, ce n'est pas urgent ! Au fait, ton *apple pie* a l'air délicieuse !

Rizzo le labrador était couché sur la terrasse lorsque Abby arriva devant chez William. Ce dernier, en bermuda et tee-shirt, était juste sous les pilotis, avec un grand sac en toile, un balai et une pelle. Abby resta stupéfaite, elle ne l'avait jamais vu habillé autrement qu'en treillis en toile, et pull en laine. Ça le changeait radicalement.

— Grand ménage ?

Il se redressa et s'essuya le front.

— Oui, avec le vent et les vagues qu'on a eus hier, le soubassement s'est rempli d'algues, et si je les laisse, l'air va être irrespirable.

— Je voudrais vous parler de quelque chose.

— Je vous écoute.

— Voilà, quand je suis arrivée, le mois dernier, j'ai acheté un magazine à l'aéroport de Ketchikan, la une était consacrée à ma mère et à sa maladie. Le rédacteur se demandait si elle était réelle ou si elle avait été inventée de toutes pièces pour booster ses ventes. Je ne savais pas encore que sa leucémie avait dégénéré, je n'ai bien sûr pas fait le lien, mais je sais mieux que personne qu'un document qui traîne, un personnel hospitalier trop bavard et tout finit par se savoir. Ce n'est peut-être pas le cas ici mais on ne se méfie jamais assez.

William fronça les sourcils, ne voyant pas encore où elle voulait en venir.

— Mercredi, un journaliste est arrivé sur l'île, il loge chez les Locklear. Bien sûr, il prétend préparer un reportage sur les touristes qui fréquentent Eagle Bay. Donc en théorie, il n'est pas là pour ma mère, mais au regard de ce qui a déjà été publié dans la presse, il pourrait se mettre à poser des questions.

D'autant qu'il ne m'a pas l'air très fin, si vous voyez ce que je veux dire…

— Oui, je vois. Votre mère est-elle au courant ?

— Non, je crois qu'il est préférable d'éviter de lui en parler et de l'inquiéter sans certitude. William, vous n'êtes pas ici depuis longtemps, mais vous avez beaucoup d'influence au sein de la communauté, on vous écoute. Je n'ai aucun lien avec la moitié d'entre eux, ce serait délicat d'exiger des membres de se taire si ce journaliste devenait curieux, je ne sais pas comment ils le prendraient.

Il hocha la tête, même s'il était évident que tout ceci le dépassait un peu. Il n'était pas encore arrivé à Eagle Bay quand les paparazzi avaient débarqué, et probablement qu'il n'était pas du genre à acheter des magazines people pour savoir à quel point ça pouvait être pesant, mais Abby était sûre que comme elle, il voudrait protéger Emma.

— J'ai discuté avec Bonnie et vais parler aux Walker et aux Farmer, ajouta-t-elle, si vous aviez la gentillesse d'en toucher un mot au reste des habitants, je vous en serais reconnaissante.

— Vous pouvez compter sur moi.

— Merci. Et… je voulais vous dire… J'ai beaucoup réfléchi à notre discussion. Lorsque ma mère aura terminé son manuscrit, j'ai pensé que nous pourrions faire une excursion d'un jour ou deux, elle et moi, si ce n'est pas trop d'un coup. À vous de me dire…

— C'est une excellente idée. Appelez-moi quand vous vous serez décidées, je viendrai vous montrer comment l'aider à monter et à descendre du pick-up.

— C'est gentil, mais je serais plus rassurée si vous nous accompagniez.

Il parut étonné.

— Eh bien… un moment mère-fille me semble plus approprié.

— Elle vous aime beaucoup et n'y verra sûrement pas d'inconvénient. Quant à moi, je serais moins crispée.

— Crispée à l'idée d'être seule avec votre mère ou en cas de problème ? demanda-t-il en tout état de cause.

Elle lui sourit.

— En cas de problème. Je ne suis pas sûre de savoir tout gérer.

Il acquiesça.

— Dans ce cas, vous pourrez compter sur moi.

— Merci infiniment.

Elle regarda le balai, le sac et les feuilles, et se cala une mèche de cheveux derrière l'oreille.

— Nous vous voyons demain ?

— Non, je dois partir une petite semaine, mais j'ai laissé suffisamment d'antalgiques à votre mère.

— Une semaine ? s'exclama-t-elle.

— Ne vous inquiétez pas, il ne se passera rien du tout, j'en suis certain, sinon je ne prendrais pas le risque de partir. Mais s'il y a le moindre problème, Emma connaît le numéro d'urgence pour faire venir un médecin de Petersburg. Il est accroché au réfrigérateur. Un hélicoptère arrivera en trente minutes. Mais tout ira bien, tenta-t-il encore de la rassurer.

Abby hocha la tête. Elle n'avait pas le choix.

— Vous serez de retour pour la fête du solstice ?

— Hélas non, je n'ai réussi à avoir un vol retour que pour le lendemain matin, seulement.

Elle eut presque du mal à cacher sa déception. Sans trop pouvoir dire pourquoi, elle aurait aimé qu'il y soit. Pour ne pas montrer que ça la touchait, elle se composa un sourire factice et observa les feuilles dispersées autour de lui.

— C'est noté ! Je serais bien restée à vous aider, mais le balai et moi avons horreur l'un de l'autre. Faites un bon voyage et à la semaine prochaine.

Il sourit en coin, et quand elle se retrouva sur le ponton, il l'interpella.

— Abby, pour le petit service que vous êtes venue me demander…

— Oui ?

— Je ne suis pas très bon cuisinier, alors… en échange, je veux bien une autre tarte aux pommes. Pour quand je reviendrai.

Elle lui offrit un sourire immense.

— Sans faute. À bientôt, doc !

10

Emma mit un point final à son roman la veille du printemps. Elle sortit de son bureau à 18 heures, les cheveux en bataille et les yeux rougis de fatigue, mais elle l'avait fait.

Terminer ce manuscrit dans pareilles conditions relevait presque du miracle. Durant l'écriture, Emma avait appris que ses jours étaient comptés, puis son mari l'avait quittée sans retour possible, la laissant seule pour la première fois en cinquante ans. À bien des égards, Abby était fière de sa mère, plus résiliente et battante que n'importe qui, elle n'était pas certaine de posséder elle-même un tel courage.

Emma relâcha un peu la pression, et elles fêtèrent cette bonne nouvelle avec une coupe de champagne, de la musique et des toasts de saumon fumé. Tandis qu'elles semblaient avoir arrêté le temps dans un instant de plaisir tant souhaité par Abby, elle lui fit remarquer, avec un calme presque effrayant, qu'elle ne serait sans doute plus là pour assister à la consécration de cet ultime roman et que, parce qu'elle serait morte, il aurait même plus de succès que n'importe lequel de ses livres, alors qu'il ne le mériterait pas davantage qu'un autre. Puis elle ajouta que le contrat était rempli, qu'elle pouvait mourir tranquille.

Ses mots étaient durs, tranchants, Emma avait accepté la réalité et jouait de cynisme, là où Abby se battait encore chaque jour pour admettre que dans quelques mois, semaines peut-être, elle n'aurait plus de maman. Elle savait qu'Emma avait déjà tout préparé, la succession, les donations, un inventaire de ses biens, son testament, tout ce qu'Abby préférait ne pas encore affronter.

Ce soir-là, Emma confia à sa fille que, pour la première fois de sa vie, elle avait pensé ne pas réussir à aller au bout de son texte. Elle lui avoua ses nombreux cauchemars, ses angoisses à l'idée de ne pas réussir à remplir l'objectif qu'elle s'était fixé, elle qui honorait chaque contrat avec une rigueur presque pathologique. Durant tous ces mois de travail, elle expliqua s'être assise devant son ordinateur, parfois incapable d'écrire le moindre mot, délaissée de toute pensée constructive, elle ne songeait qu'à la mort. Abby fut touchée par la franchise de sa mère, elle qui, souvent, cachait avec beaucoup de soin chacune de ses faiblesses.

Puis Emma fit un aveu auquel Abby ne s'attendait pas. C'était son arrivée qui avait tout changé. Elle avait vomi le premier soir où sa fille s'était couchée dans son ancienne chambre, et au matin, quelque chose s'était débloqué, Emma avait de nouveau eu envie d'écrire, parvenant à surmonter la peine qui la transperçait depuis la mort de Pierre.

Pourtant, quelques jours plus tôt, Emma affirmait le contraire, accusant sa fille d'être la cause de son manque d'inspiration. Abby aurait pu avoir du mal à mettre de l'ordre dans ce paradoxe et à saisir toute la problématique médicale évoquée par William, mais aujourd'hui, elle comprenait que la crispation d'Emma n'était que le reflet de son anxiété, le miroir de son angoisse et de sa vulnérabilité. Emma allait mourir bientôt, qu'elle l'accepte n'éloignait pas la réalité et sa crainte de ne pas pouvoir accomplir tous les objectifs qu'elle s'était fixés.

Abby se coucha le cœur plus lourd que d'habitude. Emma consommait la fin de sa vie, alors que tout ne faisait que commencer entre elles. Elles se rapprochaient enfin l'une de l'autre, mais auraient-elles seulement le temps d'apprendre à mieux s'aimer ?

***

Le festival du solstice d'été se déroulerait le soir même sous un ciel radieux. Pas un nuage, et une température si douce qu'Abby, tout en étendant le linge derrière la maison, eut presque l'impression qu'ici, la pluie n'était qu'un malentendu.

Sur l'île du Prince-de-Galles, quand il faisait beau, c'était toute la nature qui honorait le soleil de ses chants d'oiseaux, de ses odeurs végétales et de son incroyable lumière perçant la canopée comme des rais d'or brûlants. On pouvait croiser à n'importe quel moment un ours épris, une loutre en pâmoison, un scarabée séducteur ou un couple de perdrix blanches occupées à construire leur logis estival. Les cris d'amour de tous ces animaux se faufilaient à travers les branches et semblaient agiter les feuilles de la plus belle des façons. Abby l'avait quittée pendant des années, elle l'avait même haïe, mais elle ne parviendrait jamais à se mentir : rien n'était plus extraordinaire que la forêt de Tongass grouillante de vie au printemps quand tout était prétexte à jouir d'un soleil si rare.

Elle termina d'accrocher la dernière pince à linge sur le fil tendu et se retourna vers sa mère dont elle perçut le crissement des roues contre les lames de bois de la terrasse. Emma arrêta son fauteuil devant la rambarde. Elle avait meilleure mine que la veille.

— Il est bientôt midi, tu as faim ? lui demanda Abby.

— Pas spécialement. J'aimerais qu'on sorte se promener avant que tu ne te rendes à la fête du solstice.

Abby ne put réprimer une mimique d'étonnement. En presque un mois et demi, jamais Emma n'avait montré le moindre intérêt de quitter la longère. Abby se garda de faire la remarque, consciente qu'il fallait profiter de cette rare occasion.

— C'est une très bonne idée. Tu voudrais aller dans un endroit précis ?

— Au bord de l'eau, je n'ai pas vu la mer depuis longtemps.

Elle regarda sa mère, son épaisse veste en laine trop grande pour elle et son vieux fauteuil roulant semblant presque neuf tant il voyait rarement la lumière du jour. Elle n'était pas seulement repliée dans cette maison, elle l'était tout court, à commencer sur elle-même. Abby voulait sortir sa mère de sa coquille et lui offrir les meilleurs derniers moments possible.

— Et si tu venais avec moi ce soir ?

— Où ça, à la fête du solstice ?

— Oui. Une petite promenade, on déjeune tranquillement, tu te reposes, et vers 16 h 30, tu viens fêter l'écriture de ton roman avec moi, avec tes amis, et profiter de la mer et du coucher de soleil. Tu manques à tout le monde, ils seront ravis de te revoir. Tu es d'accord ?

Emma observa sa fille sans dire un mot.

— On rentrera dès que tu en auras assez, tenta de plaider Abby.

— Je ne sais pas…

« Je ne sais pas » ne voulait pas dire non, alors Abby insista.

— J'ai envie d'y aller avec toi, maman, et de partager un morceau de tarte aux pommes de Bonnie. Je suis sûre que c'est elle qui les aura confectionnées.

Cette précision eut le mérite de décrocher un sourire à Emma.

— Elle fait les meilleures.

— Tu vois ! Allez… accompagne-moi.

Abby pouvait très bien imaginer ce qui se passait dans la tête de sa mère, ses réticences, ses réminiscences aussi. Cette fête, elle s'y rendait chaque année avec Pierre, mais Abby espérait de toutes ses forces qu'elle dise oui, parce que ce serait la dernière fois qu'elles pourraient y aller ensemble. Elle sentit même son pouls s'accélérer tant ça avait de l'importance pour elle.

Le visage d'Emma demeurait imperturbable, la bouche pincée, mais le regard brûlant.

— D'accord, lâcha-t-elle enfin.

— C'est vrai ? Oh, comme je suis contente ! Je range la panière à linge, je mets les bonnes chaussures et on part se promener.

Alors qu'elle avait appris depuis toujours à être pudique avec sa mère, Abby s'élança vers elle pour lui déposer une bise sur la joue avant d'entrer dans la maison. Emma en resta bouche bée.

— Pense au fusil ! lui cria-t-elle en reprenant ses esprits.

Abby grimaça, mais en pleine saison des amours, c'était obligatoire.

Elle sauta dans sa paire de Nagaba, enfila un gilet épais, prit une gourde d'eau et alla récupérer le fusil et quelques cartouches soigneusement rangés dans un des placards muraux du garage. Elle aurait dû, mais Abby refusa d'engager une munition, les armes lui avaient toujours fait horreur. Quand elle sortit, Emma l'attendait toujours sur la terrasse, prête à emprunter la rampe d'accès.

— Par où allons-nous ? demanda Abby.

— Au nord de Labouchere Bay si tu veux bien, la route n'est pas seulement peu fréquentée, elle est aussi très accessible pour un fauteuil roulant et c'est par là-bas que c'est le plus joli.

Abby hocha la tête, c'était à l'opposé du parking sur lequel elle laissait le pick-up avant d'aller à Eagle Bay. À seulement 200 mètres de la maison se trouvait un chemin qui menait à l'une des calanques les plus ravissantes de ce coin-là de l'île, sauvage et isolée.

Elles quittèrent la longère sans fermer à clé. Personne ne le faisait jamais à Eagle Bay, alors à Labouchere Bay, c'était encore moins utile. Les visiteurs étaient si rares.

Le fusil sur le dos, la gourde sur les genoux d'Emma, Abby poussa le fauteuil roulant de sa mère jusqu'à la route, ne parvenant pas à éviter les nombreux cailloux qui, malgré ses grosses roues tout-terrain, la faisaient parfois brutalement tressauter. Mais Emma ne s'en plaignit pas, elle semblait heureuse de faire cette promenade avec sa fille. Et, quand le plat fut retrouvé, elle actionna la traction électrique, se rendant autonome, ferma les paupières et leva le nez en direction du ciel pour sentir l'odeur si caractéristique des pins.

— Je n'étais pas sortie depuis si longtemps, dit-elle en respirant à pleins poumons, ça fait du bien. Penses-tu que nous pourrions nous rendre jusqu'à la crique ? Ton père y ramassait des palourdes à marée basse. La mer n'est pas encore montée à cette heure, nous pourrions en rapporter pour le déjeuner ?

Abby regarda ses chaussures basses à lacets et grimaça. Elle n'était pas du tout équipée pour aller crapahuter dans la slikke ultraglissante qui tapisse le fond de l'eau.

— Fais pas ta chochotte ! se moqua Emma quand elle comprit à quoi pensait sa fille. Des coquillages, on en trouve tout au bord de l'eau, tu n'auras pas à aller très loin. J'ai même de quoi les ramasser !

Emma se contorsionna pour récupérer dans son dos un sac en toile de jute, ainsi que le couteau suisse ayant appartenu à Pierre. Elle avait tout prévu.

— OK, je capitule ! s'amusa Abby. Va pour les palourdes et tant pis aussi pour les gants, il paraît que la boue fait la peau douce !

Elles avancèrent une dizaine de minutes jusqu'au chemin d'accès agréablement praticable. C'était même ce pourquoi Pierre aimait tant s'y rendre, Emma pouvait l'y accompagner. Il avait veillé à retirer les cailloux trop encombrants et dompté la végétation pour qu'Emma ne se griffe pas en passant.

La mère et la fille débouchèrent sur une toute petite plage de sable fin et gris, surplombée d'un plat rocheux. Abby s'y arrêta pendant qu'Emma bloquait ses roues arrière. Ainsi, sur son promontoire, se dévoilait devant elle une nature exceptionnelle. Cernées par un écrin de verdure où se mêlaient l'odeur de la forêt et celle de l'iode, Emma et Abby regardaient la langue caillouteuse de l'estran. Toute l'eau s'était retirée, laissant place aux algues brunes, aux morceaux de bois mort et aux roches habituellement invisibles. Sur l'une d'entre elles, au loin, reposaient une famille de grands phoques communs, ainsi que quelques guillemots avec leur plumage noir et blanc. Ils étaient tous parfaitement visibles. Et à une cinquantaine de mètres à peine, un couple de hérons bleus marchait sur la glaise pour y extirper quelques crustacés, nullement gênés par les deux humaines qui les observaient. Pour Abby, qui avait pourtant vécu ici une grande partie de sa vie, c'était presque magique toute cette nature à portée de main.

— Tu as froid ? demanda-t-elle à Emma qu'elle vit frissonner.

— Non… je repense à ton père. Il aimait tant venir ici. Parfois juste pour lire, exactement là où je me trouve. Il aurait été heureux de t'y voir avec moi.

Sentant la nostalgie mêlée d'amertume de sa mère, Abby voulut dire quelque chose.

— Maman…

Emma leva la main pour l'interrompre.

— Non, pas de mauvaises pensées. Profitons de ce moment et va chercher des palourdes, bon sang !

Abby regarda l'œil brillant de sa mère, et y lut bien plus d'émotions qu'Emma ne voulait bien le reconnaître. Elle soupira, remit le fusil et les cartouches à Emma, au cas où, et s'empara du sac en toile de jute et du couteau suisse. Puis elle commença à descendre à travers les rochers pour atteindre la plage.

La slikke n'était présente que sur quelques mètres, mais s'accrocha instantanément à ses chaussures qui s'enfoncèrent presque aussitôt. C'était prévisible. Mais Abby avança quand même, chercha des yeux les petits jets d'eau qu'envoyaient les palourdes, creusa plusieurs fois la glaise avec la lame de son couteau et réussit à ramasser une poignée de coquillages. Par endroits, il y en avait tellement à découvert, qu'elle avait juste à se baisser pour remplir le pochon. Mais même comme ça, en quelques minutes, et sans même s'en rendre compte, Abby fut couverte de boue. Chaussures, pantalon, cheveux, et visage, si bien que quand elle se retourna, Emma s'esclaffa. C'était un éclat si franc, si inattendu, qu'Abby en resta stupéfaite pendant plusieurs secondes. Elle ne se rappelait pas le rire de sa mère, la dernière fois qu'elle l'avait entendu remontait à si longtemps, qu'elle l'avait oublié.

Les yeux plissés, les lèvres ouvertes sur ses dents encore très blanches, le visage d'Emma était transformé. Abby en eut le cœur étrangement léger et gloussa à son tour. Le rire d'Emma était si communicatif.

— Si tu pouvais voir ta tête ! pouffa cette dernière en s'étranglant presque. Je ne regrette pas de t'avoir fait ce coup-là !

Abby écarquilla les yeux.

— Parce que tu as fait exprès ?

— Évidemment ! Qui va à la pêche aux palourdes sans gants ni bottes ?

Abby était médusée. Sa mère était donc capable de facéties ? Elle n'en revenait pas.

Discrètement, elle se baissa comme pour ramasser un dernier coquillage et prit une petite poignée d'argile qu'elle protégea dans le creux de sa main. Puis elle remonta sur le promontoire rocheux, boueuse de la tête aux pieds, et s'agenouilla devant sa mère, un large sourire aux lèvres.

— Tu peux toujours sourire, se moqua Emma, inconsciente de ce qui allait arriver, t'es quand même pas belle à voir !

— Telle mère telle fille ! ajouta Abby en lui tartinant le visage de slikke.

Emma poussa un petit cri aigu et par réflexe, fit aussitôt reculer son fauteuil. Abby bascula en arrière et tomba aussitôt sur les fesses.

Passé la surprise, la mère et la fille rirent ensemble avec une insouciance et une légèreté inespérées. L'espace d'un instant, le passé et le futur n'existaient plus, la maladie d'Emma ne comptait plus, l'animosité, la rancœur et la peur s'étaient envolées.

Alors, Abby s'essuya contre son pantalon, plongea une main boueuse dans la poche de sa parka et en sortit son téléphone portable. Sans rien demander, elle les prit en photo, un selfie qu'elle garderait précieusement.

Elles retournèrent en direction de la longère dans un étrange silence, le cœur rempli de tout un tas d'émotions contradictoires : la joie d'avoir partagé un si bon moment ensemble et le regret d'avoir attendu la mort de Pierre pour le faire.

À une vingtaine de mètres du chemin qui menait à la maison, alors qu'elle marchait à côté de sa mère, Abby s'arrêta tout net en voyant un vieux 4 × 4 tout rouillé en sortir. Elle n'aperçut le conducteur que quelques secondes, mais son cœur lui remonta jusqu'à la gorge en croyant reconnaître Bill Cafferty, le journaliste.

— Qui c'est celui-là ? demanda Emma d'un ton franchement hostile.

Abby avait les mains tremblantes.

— Je ne reconnais pas le 4 × 4, mais tu peux être sûre que c'est encore un de ces fichus touristes ! gronda Emma. Ils prennent tous mon chemin pour une zone publique. Ils se paument et y font demi-tour. Ton père n'a jamais voulu mettre de barrière, il disait qu'on ne s'était pas installés ici pour s'emprisonner, mais il y a des fois où j'ai bien envie de me cloîtrer davantage. Je ne me suis pas isolée ici pour voir du monde !

Mais Abby ne l'écoutait pas, elle avait un très mauvais pressentiment et était certaine que Bill Cafferty était en train de fouiner. Et surtout, elle était en train de réaliser que la porte de la longère n'était pas fermée, qu'il avait pu y entrer et avoir largement le temps de fouiller à l'intérieur. Une telle bouffée d'angoisse s'empara d'elle qu'Emma remarqua son changement d'attitude.

— Qu'est-ce qui ne va pas ?

Abby déglutit. Elle devait lui en parler, elle n'avait plus le choix.

— Il y a quelque chose que je ne t'ai pas dit… Un article est paru dans un magazine people, je l'ai trouvé à l'aéroport de Ketchikan. Il évoquait ta leucémie… J'ai cru que les journalistes avaient un temps de retard, puis tu m'as appris que la maladie avait… évolué.

— Oui, et alors ?

— Il y a dix jours, un journaliste est arrivé à Eagle Bay. Il dit qu'il vient faire un reportage sur ces touristes qui achètent des maisons secondaires, mais il y a déjà eu tellement d'articles à ce sujet sur Eagle Bay que je trouve la coïncidence étrange et me demande si l'évolution de ta maladie n'a pas fuité. Auquel cas, il pourrait bien être là pour en savoir plus. Je crois que c'est lui qui vient de sortir du chemin d'accès, il me semble l'avoir reconnu.

Presque immobiles au milieu de la route, de la boue séchée sur le visage et les cheveux, Abby et sa mère se regardèrent sans pourtant avoir envie de rire. Mais Emma ne cilla pas, ne pâlit pas. Au contraire, elle sembla s'habiller d'une étrange combativité.

— Eh bien, si c'est le cas, qu'il essaie de fouiner, il va être servi, je l'attends avec le fusil ! dit-elle en serrant l'arme qu'elle n'avait pas quittée.

Et sans un mot de plus, elle remit en marche son fauteuil.

Abby se doutait de ce qui était en train de bouillir en elle. Elle ne se souvenait que trop bien de l'assaut presque constant des paparazzi quand Emma s'était retrouvée handicapée. À sa sortie de l'hôpital, son père lui avait raconté qu'ils s'étaient mis en embuscade derrière les haies. Ils étaient venus jusqu'ici, la harcelaient au téléphone, contactaient les membres de la communauté. Sa mère était très affaiblie à cette époque, mais ce n'était plus autant le cas aujourd'hui. Emma s'était endurcie, plus déterminée que jamais.

Abby soupira.

— J'ai prévu William. Je me trompe peut-être mais, par précaution, je lui ai demandé de veiller à ce que personne ne lui donne la moindre information à ton sujet.

— Tu l'appelles par son prénom maintenant ? cingla Emma qui avait subitement retrouvé sa sécheresse habituelle.

— Oui… Maman, je suis désolée et j'espère sincèrement me tromper.

— La maison était ouverte, commençons déjà par voir s'il y est entré, dit-elle d'un ton pincé en se remettant en route.

Abby était triste de voir une si belle journée gâchée par cette situation, ça n'aurait pas dû se passer comme ça. Toutefois, quand elles entrèrent dans la longère et vérifièrent chaque pièce, rien n'avait été bougé. De toute évidence, Cafferty n'y était pas entré ce qui sembla très curieux à Emma. Habituellement, ces gens-là ne reculaient devant rien, et, perdue comme était la longère, personne ne l'aurait remarqué.

Emma demeurait très calme et semblait réfléchir sérieusement à la situation.

— Quand est-il précisément arrivé ? demanda-t-elle depuis le salon.

— Il y a une semaine.

— Je suppose qu'il dort à Eagle Bay ?

— Chez les Locklear. Bonnie ne savait pas qu'il était reporter, sinon…

— Je m'en doute, l'interrompit Emma, agacée. Jim saura nous dire si quelqu'un lui a prêté une voiture. Quoi qu'il en soit, il est forcément de ce côté-là de l'île depuis hier soir.

Abby plissa le front.

— Qu'est-ce qui te fait dire ça ?

Emma claqua la langue d'exaspération.

— Mon Dieu, Abigail, un peu de jugeote ! Pour une avocate, tu fais quand même peur, ajouta-t-elle avec la hargne de ses plus mauvais jours. La deuxième marée basse a commencé cette nuit ! Je ne sais pas ce que cet homme fait là, exactement, mais il a pu se laisser surprendre. Si c'est le cas, il arpente Labouchere en attendant de pouvoir de nouveau traverser et a tout simplement fait demi-tour ici. Ce n'est pas le premier et ce ne sera pas le dernier. J'aime autant te dire qu'il ne doit pas être très heureux d'avoir passé la nuit dans sa voiture !

Abby haussa un sourcil, elle était bien moins confiante que sa mère.

— Il se serait trompé sur les horaires de marées ? Il serait très étonnant que personne ne l'ait informé. Et quand bien même, quand on est dans ce coin de l'île, on ne s'attend pas à pouvoir passer le temps dans un café au beau milieu de la cambrousse. Je suis certaine qu'en une semaine, il en a pleinement pris conscience. Mais tu vas peut-être me dire qu'il faisait un repérage pour son reportage, alors que les gens qui l'intéressent sont à Eagle Bay et pas ici ? ironisa-t-elle.

— Hum... grommela Emma, certainement consciente que le doute était plus que permis. Nous verrons bien ce soir.

Abby ne put cacher son étonnement.

— Tu veux toujours venir ?

— Eh pardi ! Si c'est un de ces faiseurs de papiers, j'en aurai aussitôt le cœur net, crois-moi. Ces gens-là, je les pratique depuis plus de quarante ans. Je saurai le mater.

Abby grimaça.

— Pas d'esclandre, hein...

— Comme si c'était mon genre ! rétorqua Emma en quittant la pièce.

Abby sourit. Elle avait tout à craindre, car justement, ça l'était.

11

Jerry décida de venir les chercher lorsque Abby lui annonça qu'Emma l'accompagnerait au festival du solstice. Son pick-up n'était pas plus récent que celui de Pierre, mais plus confortable, Emma y serait mieux installée, et surtout, Abby n'aurait jamais réussi à la porter pour la hisser à l'avant comme Jerry l'avait fait. Pierre avait mis en place un système de plateforme suffisamment grande pour accueillir le fauteuil, et qu'on pouvait élever manuellement comme un cric, mais Abby ne s'en était encore jamais servi et personne ne lui avait montré comment faire.

Elle essayait de ne pas se morfondre, mais l'absence de Pierre pesait un peu plus chaque jour. Sa créativité, son énergie, son optimisme même dans les moments les plus difficiles avaient toujours porté tout le monde, Abby y compris, bien qu'elle fût à des milliers de kilomètres. La distance n'avait jamais été un rempart à l'influence positive de son père, et maintenant qu'il n'était plus là, elle avait bien du mal à trouver ses repères. Il lui fallait pourtant faire de son mieux, anticiper, prendre des décisions, oser, dans un endroit avec lequel elle n'était plus aussi familière...

— Prêtes pour une soirée de folie ? leur demanda Jerry d'un air joyeux.

— Que Dieu m'épargne la démence, rétorqua Emma. Allez, on y va !

Abby ne se souvenait pas que la fête du solstice attirait autant de monde. L'eau touchait les côtes de l'île depuis à peine deux heures, mais l'anse d'Eagle Bay grouillait déjà de bateaux. Quand Abby était petite, l'événement faisait venir les habitants de Point Baker et ceux des environs, l'animation restait modeste, mais cette fois, c'était sans commune mesure. Envolé le calme légendaire de Wooden Wheel Cove. De la musique s'élevait dans l'air depuis des enceintes, il y avait du monde partout, des enfants qui couraient sur le ponton et jouaient avec des cerceaux, des attroupements de touristes, de chasseurs, de pêcheurs, et plus de jeunes gens que la communauté n'en comprenait en temps ordinaire. On entendait rire et parler dans tous les coins.

Il n'y avait plus un emplacement libre pour amarrer, aussi durent-ils débarquer bien plus loin que d'habitude, et rejoindre Eagle Bay Trading Post depuis l'autre bout du ponton. Des tables sur tréteaux avaient été installées sur la terrasse de l'épicerie. La bière coulait à flots, on jouait aux cartes, riait, partageait ses exploits de trappeurs. Il y avait déjà une ambiance incroyable et la soirée ne faisait que commencer.

Janice et Romy s'activaient pour débarrasser les verres et les laver tandis que Jim vidait les fûts

À côté de l'épicerie, dans un petit espace déboisé, on avait étiré un fil à linge protégé sous les arbres sur lequel étaient étendus des tee-shirts et des sweats à l'effigie d'Eagle Bay où on avait floqué une ligne de pins bien verts, un décor de montagne enneigée ou le port et sa balise rouge, et écrit en gros « Eagle Bay Alaska ».

Un peu plus loin, sur l'ancien terrain des Bagay racheté par un couple de Seattle, s'élevait un immense feu de bois. C'est là qu'on ferait griller la viande et le poisson. Puis des musiciens s'installeraient et les gens danseraient jusqu'à ce que la marée les oblige à partir, sans doute un peu éméchés, mais plus joyeux que jamais. Et juste en face, sur le terrain des Locklear, on devinait des cacoons en toile de tente suspendus dans les arbres telles de grosses gouttes de tissu. C'est là que dormiraient les retardataires surpris par le retrait de l'eau. Abby était impressionnée, tout était parfaitement organisé et bien plus attractif que dans son souvenir.

— Oh, attendez, je vais vous aider ! s'écria un homme au crâne luisant et à la carrure impressionnante.

Matt était le bûcheron indispensable d'Eagle Bay, discret et souvent invisible, mais sans lui, les grumes ne seraient pas aussi bien tronçonnées. Il accomplissait un travail de titan et ravitaillait toute la communauté en bois.

Tandis que Jerry tenait fermement les poignées du fauteuil roulant d'Emma, Matt en attrapa les roues pour le soulever. Emma bascula en arrière, se retint aux accoudoirs et se retrouva en un rien de temps sur la terrasse, un peu déboussolée par tout ce monde.

— Ça va aller ? lui demanda discrètement Abby.

Emma hocha la tête et sourit du mieux qu'elle put. Ici, tout le monde la connaissait, même les gens qu'elle n'avait jamais vus. La célèbre Emma Kart ne serait passée inaperçue nulle part aux États-Unis. Mais il y eut des échanges de regards discrets, des hochements de tête pudiques, et personne ne fit de sa venue un événement.

— Ah, ça fait plaisir de te voir ici ! se réjouit Janice en s'arrêtant pour lui prendre les mains. Viens, il reste une table au fond, tu vas être bien et tu auras de la place pour ton fauteuil ! Abby, va réclamer de quoi boire à Jim et de quoi grignoter aussi. Tu vas voir, Emma, ce soir on va te remplumer, on n'a que de bonnes choses à manger !

Sa maigreur et ses joues creusées par la fatigue n'échappaient à personne, sauf que nul n'en connaissait encore l'exacte raison, les gens mettraient ça sur le compte de la mort de Pierre.

— Hé ! Contente que vous soyez venues toutes les deux ! leur lança Romy en récupérant des verres sur le comptoir improvisé qui bloquait l'entrée de l'épicerie. Il y a un monde fou, on ne sait plus où donner de la tête !

— Je ne sais pas si on va rester longtemps, mais ça fait plaisir aussi d'être là, répondit Abby.

Romy se pencha et lui claqua une bise sur la joue.

— On se chope tout à l'heure pour prendre un verre ? Même les braves ont besoin d'une pause !

Légère comme une plume dans sa salopette en jean, elle virevolta avec son plateau comme si elle avait fait ça toute sa vie, tandis que de l'autre côté du comptoir, Jim était déjà en train de resservir des pintes.

— Bonjour, Abby. C'est bien que ta mère soit venue, lui dit-il.

— Oui, je m'en réjouis aussi. Qu'est-ce que tu proposes comme bière pas trop forte ? Maman prend ses médicaments alors…

— Oui, oui, oui, ne t'inquiète pas, je sais.

Il disparut dans l'épicerie et revint avec une bouteille de 25 cl bien fraîche. C'était une bière très faiblement dosée en alcool, Abby était prête à parier qu'il ne la commandait que pour Emma, du temps où elle venait encore avec Pierre.

— Et toi, tu veux quoi ?

— Celle que tu préfères toi !

Jim sourit, actionna la tireuse et lui remplit une chope.

— Tiens, et c'est pour la maison. On ne vous voit pas assez souvent.

— Merci, c'est gentil… Écoute, je sais que ce n'est pas trop le moment, mais… le client de Bonnie, tu sais s'il a réussi à louer un 4 × 4 ?

— Le journaliste ? Tout à fait, au vieux Benny Lane à Labouchere. C'est pas dit que les portes ne vont pas s'envoler en route, mais il a de quoi se déplacer. Pourquoi cette question ?

Abby décida d'être honnête avec Jim, elle savait qu'elle pouvait lui faire confiance.

— Parce qu'on l'a vu rôder autour de la maison tout à l'heure et j'étais à peu près sûre que c'était lui quand on l'a vu de loin. Je ne suis pas certaine qu'il s'agisse d'un hasard. Il est journaliste et… je n'ai pas confiance.

Jim fronça les sourcils.

— Oui, Bonnie nous a dit ton inquiétude, mais moi, tout ce que je peux t'assurer, c'est qu'il n'a posé aucune question en rapport avec ta mère. Il nous prend tous un peu de haut, c'est pas le genre de gars qu'on aime trop par ici, mais il a passé toutes ses journées et soirées à interviewer les membres de la communauté pour savoir ce qu'on pensait des touristes. Peut-être qu'il voulait aussi vous voir, ta mère et toi ?

— Quelqu'un lui aurait dit où on habite ?

— J'en doute fort ! Mais s'il est passé devant la longère, il s'est peut-être dit qu'il pourrait bien voir qui y habite, non ?

Abby haussa les épaules, elle n'arrivait pas à se convaincre que Bill Caferty n'avait rien à se reprocher.

— Il est à table, là, avec son calepin et il questionne ceux qui ont des maisons secondaires dans la baie. Observe-le, ni vu ni connu, et fais-toi ton idée. Je ne peux pas te dire mieux, ma grande. Enfin, sois certaine que si jamais il fouine du côté de ta mère, personne ici ne répondra à ses questions. On aime tous Emma et elle a bien assez souffert comme ça.

Abby lui sourit.

— Merci, Jim. Je te laisse et bon courage !

Elle prit les bières et rejoignit sa mère à table, non sans jeter un œil à la terrasse.

Bill Cafferty prenait des notes et écoutait attentivement un groupe de trois personnes qu'Abby n'avait jamais vues de sa vie, quelques-uns de ces nouveaux résidents saisonniers qu'Eagle Bay accueillait en nombre depuis plusieurs années. Un instant, le journaliste croisa le regard d'Abby, hocha la tête pour la saluer et retourna à son interview.

— C'est lui ? demanda Emma en le désignant du menton.

— Oui.

— Personne ne lui a dit qu'ici le soleil était traître ?

Abby sourit, il avait les bras et les joues rouge écrevisse. Bill Cafferty avait découvert à ses dépens que même les UV d'un trou paumé et pluvieux comme Eagle Bay pouvaient rivaliser avec ceux de la Californie.

— Jim pense qu'il n'est pas là pour toi.

Emma ne le quitta pas des yeux.

— Et toi ?

— Je n'ai pas confiance.

Au moment où elle prononça ces mots, Cafferty se retourna et salua Emma d'un hochement de tête. Laquelle ne lui rendit pas la politesse.

— Viens avec moi, dit Emma en déverrouillant son fauteuil roulant.

— Où ça ?

— Je vais aller me présenter à M. Cafferty puisqu'il semble m'avoir remarquée.

Abby retint son souffle.

— Maman, ce n'est peut-être pas une bonne idée.

— Au contraire, elle est excellente, viens et pousse cette table que je puisse passer !

Abby obtempéra. Sa mère avait toujours été aussi obstinée que téméraire. Abby la suivit sans mot dire.

Quand elles arrivèrent auprès de Cafferty, il se leva par politesse et se rassit aussitôt pour rester à la hauteur d'Emma.

— Madame Kart, enchanté. Bill Cafferty de Switch Communication. Je ne pensais pas avoir l'honneur de vous rencontrer.

Emma n'avait nul besoin d'être debout pour se rendre impressionnante. Son regard clair se fit aussi tranchant qu'une lame de rasoir.

— Ne vous emballez pas, jeune homme. Personne ne vous le dira, parce qu'ici, on est tous bien trop polis, mais la vraie communauté d'Eagle Bay ne cherche pas la lumière et n'apprécie pas votre présence. Tentez seulement de foutre le merdier chez moi et je vous garantis qu'on vous donnera à bouffer aux épaulards sans hésitation ni regret. Me suis-je bien fait comprendre ?

Sous le rouge de ses coups de soleil, Bill Cafferty blêmit.

Toute la tablée pouffa de rire. Emma ne rechignait jamais devant la vulgarité quand elle avait un truc à dire.

— Ah ! Faut pas emmerder Emma Kart, tenez-le-vous pour dit, Cafferty, s'amusa un gros monsieur à la barbe fournie.

— On se connaît ? lui demanda Emma, hargneuse.

— Non, m'dame, mais votre réputation vous précède. Joshua Harper, j'ai acheté la maison rouge sur pilotis il y a deux ans.

Emma prit son air le plus pincé.

— Eh bien dans ce cas, ne faites pas comme si on avait élevé les cochons ensemble.

L'homme baissa la tête, un peu gêné, et essaya de reprendre sa conversation avec Bill Cafferty pour ne pas perdre la face.

Emma pivota sans leur accorder davantage d'attention, alors qu'Abby oscillait entre gêne et fierté. Son père lui avait souvent dit qu'elle avait hérité du talent oratoire de sa mère. C'était vrai, à quelques formulations près…

— Regarde qui arrive, dit Emma à l'attention de sa fille.

Abby suivit son regard et ouvrit de grands yeux surpris en voyant William Taylor marcher tout droit vers elles, une chope de bière à la main. Il avait pourtant annoncé qu'il ne serait pas de retour pour la fête du solstice. Abby était plus que ravie qu'il ait pu se libérer plus tôt, toutefois, elle ne put s'empêcher de remarquer ses cheveux en bataille et ses yeux rougis par un manque de sommeil évident. Elle se demanda ce qu'il avait bien pu faire pendant ces deux jours. Pour les habitants, quitter Eagle Bay relevait toujours de l'urgence ou de l'obligation. Quelles avaient été les siennes ?

— Bonjour, Abby, Emma… Les vols de retour ont été moins capricieux que je le pensais.

— New York ne vous a pas gardé, tant mieux pour nous ! s'exclama Emma.

Abby regarda sa mère, tout étonnée qu'elle ait été dans la confidence. Abby n'avait même pas osé poser la question.

— Venez, Janice nous a gardé une table dans le fond.

Avant de s'éloigner, Abby jeta un œil à Bill Cafferty. Le journaliste, humilié, les fusillait du regard. Abby ne s'en émut pas, au moins, les choses étaient claires.

Emma se fraya un chemin au milieu des gens et reprit sa place tandis que William s'installait à côté d'Abby sans parvenir à réprimer un bâillement.

— Pardonnez-moi, la journée a été longue. Je suis content que vous soyez sortie, Emma.

— Abby y tenait.

Laquelle sourit.

— Elle a terminé son manuscrit.

— D'où la bière, se justifia Emma en montrant son verre.

Ce qui était suffisamment rare pour le noter, car Emma ne rendait de comptes à personne, jamais. Mais avec William, c'était bien sûr très différent. La devise historique préférée d'Emma, « *never complain, never explain*[1] », ne fonctionnait pas avec lui. En sa présence et parce que William s'échinait à lui rendre plus facile le peu de temps qu'il lui restait, elle tombait le masque.

Il se contenta de hocher la tête. Certes, l'alcool n'était pas recommandé dans son état, mais qu'aurait-il pu lui dire ? Qu'elle se prive ou non ne rendrait pas sa situation meilleure. Abby non plus n'intervenait jamais, il y avait tellement plus important à faire.

— Je suis ravi pour vous, lui dit-il avec sincérité. À la vôtre.

Il leva sa chope au milieu de la table, puis en but une longue gorgée.

— Hé, doc ! Vous avez survécu à la capitale ? lança Jerry en lui tapant sur l'épaule.

William se contenta de hocher la tête. Abby y lut une réserve crispée qu'elle n'eut aucun mal à interpréter : son fils, lui, n'y était pas parvenu.

Jerry s'installa à côté de lui sans se rendre compte de quoi que ce soit, et les deux hommes entreprirent une conversation pour laquelle Abby n'arriva pas à se passionner : la qualité des appâts putrides pour attirer le flétan. Pendant qu'ils discutaient et que Janice avait pris place à côté d'Emma, Abby remarqua un homme accoudé à la balustrade, un grand brun à la barbe de trois jours et à la carrure de quarterback. Son regard était fixé sur le comptoir.

---

1. Ne jamais se plaindre, ne jamais se justifier.

Tout naturellement, Abby tourna la tête et comprit qu'il ne lâchait pas Romy des yeux pendant qu'elle essuyait les verres. Abby s'en amusa. Romy était peut-être bien la plus jolie fille à des kilomètres à la ronde, avec une énergie aussi attirante que communicative. Abby se leva et alla retrouver son amie.

— Tu as une touche, lui glissa-t-elle à l'oreille, suffisamment bas pour que Jim n'entende pas.

— Hein ?

— Derrière moi, à six heures, grand, brun, mal rasé…

Mais Romy ne se retourna pas.

— C'est Jeff.

— Oh… vous vous connaissez… Eh bien, on dirait que Jeff aimerait te dire quelque chose, se moqua gentiment Abby.

— On couche ensemble.

Abby manqua s'étrangler. Romy ne s'embarrassait jamais dans des explications à rallonge.

— OK !

— On se voit de temps en temps à Point Baker. Mais en dehors de ça, on se connaît à peine.

— Vous vous connaissez à peine ou vous faites comme si ?

— On n'a pas le temps pour une vraie relation… Papa, dit-elle plus fort à l'attention de Jim, je fais une petite pause.

— Déjà ?

— Et j'en ferai d'autres, tu peux en être sûr ! Tu as des dizaines de verres d'avance, ça va aller. Suis-moi, dit-elle à Abby.

Romy récupéra deux bouteilles de Coca dans le frigo, puis elles s'isolèrent à une table, au fond du magasin.

— On se voit de temps en temps, commença Romy. Au départ, lui et moi étions d'accord, pas de relation sérieuse, c'était pour le sexe, et puis… Jeff s'est attaché.

— Pas toi ?

Elle but une longue gorgée de soda.

— Si, mais je ne veux pas recommencer les mêmes erreurs. Je me suis emballée avec le père de Toby et… enfin bref, je ne suis plus dans une situation qui permette de faire n'importe quoi, et je ne suis pas sûre d'avoir envie d'une histoire sérieuse.

— Mais… tu as des sentiments pour lui ? Parce que lui a clairement l'air d'en avoir.

— Oui, j'en ai, mais ça ne suffit pas à me faire prendre des risques.

— Quels risques ?

— Que Chase me retire mon fils.

Abby retint sa respiration.

— À ce point ?

— Abby… j'ai déconné. Chase était amoureux et je ne l'étais plus. Je l'avais suivi à Petersburg, mais je ne m'intégrais pas. Je me retrouvais mère au foyer, dans un endroit que je ne connaissais pas, sans mes proches et… j'ai momentanément sombré dans l'alcool. C'est la raison pour laquelle il a obtenu la garde de Toby, bien avant qu'il soit scolarisé. Chase m'a mise au pied du mur, soit j'acceptais sa demande et je verrais mon fils pendant les vacances et quelques week-ends par-ci par-là, soit je faisais obstruction et vu la situation, les juges feraient en sorte que je ne voie plus jamais Toby.

— Je suis désolée, Romy, je ne savais pas…

— Je ne bois plus.

Abby regarda la bouteille de soda en face de Romy et eut un sourire triste.

— Bien sûr… Tu aimerais récupérer Toby ?

— Parfois… Mais il n'y a plus d'école ici, plus d'enfants, ce serait injuste pour lui.

— Oui, si c'était toute l'année, mais… avec une garde partagée, tu pourrais faire l'école à la maison et le voir plus souvent.

— Chase n'acceptera jamais.

Abby tendit le bras et posa une main sur la sienne.

— Et s'il n'avait pas le choix ?

— Comment ça ?

Abby sourit.

— Tu es une bonne mère, Romy. Un juge entendrait l'intérêt de ton fils s'il a envie de rester avec toi plus souvent. Fais les démarches si c'est ce que tu désires.

Ses yeux se mirent à briller.

— Merci… Je ne sais même pas si c'est le cas. Il passe le plus clair de son temps avec ses grands-parents. Il cherche peu ma compagnie, tu sais.

— Et peut-être que toi, la sienne, inconsciemment, parce que tu as peur de le décevoir et qu'il n'ait plus envie de revenir…

Abby ne disait pas ça par hasard. Depuis qu'elle était arrivée, elle avait effectivement peu vu Toby en compagnie de sa mère, mais elle avait déjà capté le regard rempli d'amour de Romy quand elle posait les yeux sur son fils. Jamais elle n'avait vu sa propre mère la regarder comme ça.

— Je l'aime… dit Romy en reniflant.

— Je n'en doute pas une seule seconde. Je ne suis pas mariée, je n'ai pas d'enfants et ma dernière relation amoureuse remonte à un bail, mais je vais quand même te donner un conseil : vis. Pas dans la crainte, mais dans l'espoir d'obtenir mieux. Et si pour ça tu dois te battre, mets tes gants de boxe. On n'est pas des tendres à Eagle Bay, si Chase ne le sait pas, montre-lui de quel bois tu te chauffes. Quant à Sexy Jeffy, il pourrait être un meilleur allié que tu ne le crois. Vis ta vie, Boucle d'or, n'en perds pas une minute.

Romy la regarda avec un mélange de reconnaissance et de crainte, mais Abby eut l'impression que, peut-être, quelque chose venait de se débloquer en elle.

— Romy, j'ai besoin de toi, ramène-toi ! hurla Jim.

Elle sécha ses larmes et se leva.

— Je dois y aller.

Abby l'imita et la regarda droit dans les yeux.

— Tu peux compter sur moi. N'importe quand. Dix-sept ans, ça n'a pas suffi à me faire moins t'aimer. Je suis là.

Romy prit les mains d'Abby et les serra fort dans les siennes.

— Merci. Allez, je file sinon mon père va perdre les rares cheveux qu'il lui reste !

— Abby ?

Elles se retournèrent toutes les deux sur William.

— Excusez-moi, votre mère commence à avoir faim, je pensais l'accompagner sur le terrain des Lockear. Vous nous rejoignez ?

— Je viens avec vous !

Abby le retrouva dehors où Emma attendait déjà sur le ponton, en bas des escaliers, et quand elle passa devant le fameux Jeff, elle ne put s'empêcher de s'arrêter devant lui. Il la regarda avec de grands yeux étonnés.

— Kidnappez-la avant la fin de la soirée, elle vous remerciera.

— Euh…

Elle lui tapa sur les épaules de la façon la plus familière qui soit.

— Avec une carrure pareille, vous en êtes largement capable !

Il n'en revenait pas.

— Excusez-moi, mais… vous êtes qui ?

— Abigail Lompré, avocate à la cour de Paris, pour vous servir ! Enlevez-la, et si elle porte plainte, je vous défendrai, ajouta-t-elle avec un clin d'œil.

Comme elle tournait déjà les talons, William la rattrapa, un peu déconcerté par la scène à laquelle il venait d'assister.

— Vous êtes tombée sur la tête, c'est ça ?

— Non, doc, mais je vous laisse imaginer quand c'est le cas. Allons-y, moi aussi je meurs de faim !

La fête du solstice sonna comme un moment de grâce, un répit auquel Emma et Abby avaient autant droit l'une que l'autre. De la musique, des rires, des amis, une pause dont personne ne connaissait l'importance à part elles.

Si Emma fut submergée par l'absence de Pierre, elle n'en montra rien. Le journaliste ne l'approcha pas, les gens ne lui posèrent aucune question et la mère comme la fille apprécièrent de se retrouver ailleurs que dans le huis clos de leur maison. L'espace d'un long instant, elles furent emportées par cette parenthèse salutaire et réapprirent à sourire.

Fatiguée, Emma demanda à Jerry de la ramener avant la fin de la soirée et encouragea Abby à rester plus longtemps. Le soleil tardait à se coucher, la mer s'éloignait sans bruit, la chair était bonne et le vin entêtant, Abby accepta et se laissa aller à l'insouciance dont elle avait tant besoin.

Les lendemains douloureux arriveraient toujours trop tôt.

12

— Prenez ma main, ça tangue un peu.

Abby obtempéra et accepta l'aide de William au moment de monter dans son bateau.

Il était presque minuit et la fête battait encore son plein. La nuit était noire, on y voyait comme dans un four. Les habitants d'Eagle Bay affirmaient qu'il ne fallait jamais sortir en bateau après le coucher du soleil, ce soir serait une exception.

— C'est gentil de me raccompagner, le remercia Abby, mais vu comme la marée file, vous n'aurez jamais le temps de rentrer…

William prit un air amusé.

— Depuis le temps, je sais comment ça fonctionne, ne vous inquiétez pas. Je dois voir un patient demain matin du côté de Labouchere Bay, je dormirai à l'arrière de mon pick-up.

Abby prit un air horrifié.

— Oh ! Nous n'avons pas de chambre d'amis, mais le canapé est bien assez confortable pour vous accueillir.

— Merci, mais j'ai tout ce qu'il faut pour bivouaquer. Le temps est clément, si vous me permettez de rester devant la longère et que vous m'offrez un café au réveil, je serai l'homme le plus heureux du monde !

Abby ne connaissait pas très bien William, mais ce qu'elle savait avec certitude, c'est que chaque personne qui s'installait à Eagle Bay aimait profondément la solitude. Elle aurait même parié qu'à la place de William, la quasi-totalité des membres de la communauté aurait pris la même décision et aurait préféré dormir dans leur voiture.

Abby s'installa dans le bateau avec la lampe torche braquée sur la mer et se retourna pour regarder William démarrer. Automatiquement, deux projecteurs placés à l'avant et à l'arrière de la coque se déclenchèrent. On n'y voyait pas comme en plein jour, mais c'était bien assez. William avait tout prévu.

Abby s'interrogea sur le genre de vie qu'il avait eu avant de venir s'installer ici, s'il avait vécu dans la facilité, le confort, le luxe peut-être, puis elle se dit que quoi qu'il ait vécu, il évoluait à Eagle Bay comme s'il en avait toujours fait partie. Des vêtements simples, presque toujours les mêmes, une barbe épaisse, des cheveux un peu trop longs et un sens aiguisé de l'entraide. En somme, tout ce qui était une caricature presque parfaite des habitants de Wooden Wheel Cove.

Ici, tout ce qui n'était pas essentiel devenait superficiel. Abby se souvint de la fois où, avec Romy, elles avaient trouvé un vieux tube de rouge à lèvres dans les affaires d'Emma. Il était presque entier. Avec ses parents, ils habitaient encore dans la baie, Abby et Romy avaient à peine huit ans et n'avaient jamais vu aucune femme de la communauté en porter. Elles s'étaient réfugiées dans leur cachette habituelle, sous les pilotis de l'épicerie, et s'étaient tartiné les lèvres de rouge sans trop savoir comment s'y prendre. En les découvrant, Janice Walker avait été furieuse et avait eu des mots très durs, les apparentant à des catins. À Eagle Bay, personne n'était très religieux, il n'y avait même pas une seule chapelle, mais la réaction de Janice prouvait à quel point la simplicité était considérée comme une vertu ; à laquelle William semblait coller à la perfection. C'était presque effrayant pour un homme de son âge.

Ils accostèrent à un mètre de la berge, l'eau avait déjà commencé à se retirer.

— Faites attention, la prévint-il en se levant, ça glisse.

Abby dirigea la lampe torche en avant et prit une nouvelle fois la main de William. Elle posa les pieds sur les cailloux et sauta en avant sur le terre-plein, plus sec.

Il faisait froid, elle remonta le col de sa veste et regarda autour d'elle. L'horizon sombre et immense de l'océan, la forêt qui semblait vous avaler tout entier, la cime des arbres pareils à des géants immobiles dans la nuit noire. Combien de fois les avait-elle trouvés inquiétants quand elle était plus jeune ? Abby s'imaginait toutes sortes d'histoires à faire frémir les plus téméraires. Personne ne s'avisait à traîner la nuit dans les bois. Les loups, source de toutes les peurs, ne rôdaient pas trop à Eagle Bay, mais le danger était pourtant bien réel et pouvait être mille fois plus impressionnant. En plein jour, les ours se faisaient discrets, mais la nuit, il valait mieux ne pas les attirer.

— Ne traînons pas, dit William en avançant d'un bon rythme.

Ils rejoignirent très vite la longère autour de laquelle Emma avait laissé les spots extérieurs allumés.

— Vous êtes sûr que vous voulez rester dehors ? se soucia Abby, pas très rassurée après coup.

— Certain. Je n'ai pas de nourriture et je vais tirer une toile de tente tout autour de la benne du pick-up. Vous verrez, j'y serai comme un roi !

Abby hocha la tête et n'insista pas. William savait ce qu'il faisait, elle n'aurait pas voulu lui donner l'impression du contraire, alors qu'elle s'était éloignée de la rudesse de l'île pendant tant d'années.

— Je laisse les lumières extérieures ?

— Oui, s'il vous plaît, j'ai peur du noir, plaisanta-t-il.

Abby sourit.

— Si vous avez besoin de quoi que ce soit, entrez sans frapper, ouvrez le frigo, servez-vous et faites comme chez vous.

— C'est aimable à vous.

— Merci de m'avoir raccompagnée, doc et, ma foi, bonne nuit !

— Bonne nuit, Abby.

Elle s'éloigna sans regarder derrière elle et retrouva la chaleur de la maison. La cheminée, allumée plus tôt par Emma, était désormais éteinte, mais l'odeur familière de pin brûlé s'était infiltrée partout et offrait une douceur réconfortante. Il n'y avait pas un bruit. Abby marcha à pas de loup jusqu'à la salle de bains pour se brosser les dents puis, avant de monter se coucher, passa devant la chambre d'Emma. Sa mère avait laissé la porte ouverte pour faire entrer la chaleur. Sa silhouette se dessinait sous les couvertures, elle dormait profondément. Abby rejoignit l'étage, enfila un pyjama épais et regarda par la fenêtre le pick-up de William. Comme il l'avait dit, il avait accroché une toile de tente tout autour des parois de la benne, on aurait cru un genre d'igloo. Elle sourit et se coucha avec les souvenirs de cette étonnante journée.

Trois heures du matin, ce fut le moment précis où elle rouvrit les yeux. Emma hurlait dans son lit. Abby descendit au rez-de-chaussée en courant et entra dans la chambre de sa mère. Emma avait allumé sa lampe de chevet et s'était hissée sur les bras pour s'adosser contre les oreillers, le souffle court, le visage baigné de larmes.

— Maman ? Que se passe-t-il ? Tu as mal ?

Emma tourna la tête vers sa fille, le regard perdu.

— J'ai rêvé d'elle…

— D'elle ? De qui parles-tu ?

— La mort… murmura Emma avant de se mettre à trembler de tous ses membres. Elle venait me prendre, elle était froide, sombre, et ton père n'était pas là…

Abby la cajola comme une enfant.

— J'ai peur, j'ai tellement peur, dit-elle en sanglotant.

C'était la première fois qu'elle l'exprimait.

La tête d'Emma contre son épaule, Abby ferma les yeux et cacha ses larmes. Elle ne savait pas comment apaiser les terreurs de sa mère, parce qu'elle avait autant peur elle-même, de la perdre avant tout, de souffrir, de se retrouver seule avec sa conscience. Aurait-elle été une bonne fille ? Lui aurait-elle donné tout ce qu'il était possible d'offrir ? Emma partirait-elle avec l'assurance d'avoir été aimée ? Abby tremblait de l'intérieur. Elle prit une profonde inspiration et fit face à Emma.

— Tu rêves souvent ?

— Je pense beaucoup à la mort, mais c'est la première fois que je la vois en rêve. C'était comme si elle était là et qu'elle venait me chercher maintenant et qu'elle voulait m'emmener ailleurs…

— Ailleurs ?

— Où ton père ne serait pas…

Abby ne pouvait le croire. Pierre aimait tellement sa femme qu'il serait forcément là à l'attendre, le sourire aux lèvres, l'œil pétillant, les bras ouverts, amoureux comme il l'avait toujours été. Elle aurait voulu le dire à sa mère, mais elle ne le fit pas. Jamais elle ne se laisserait aller à faire des promesses dont elle-même ne connaissait pas l'issue. Emma méritait mieux que des chimères, et elle aurait sans doute détesté qu'Abby prétende savoir, juste pour la rassurer. Mais comment trouver les mots, que dire à quelqu'un qui part irrémédiablement ? Quelqu'un que ni l'amour ni la science ne pouvaient retenir ? Dieu qu'elle avait envie de pleurer de rage, de tristesse et d'injustice.

— Tu veux que je te fasse une tisane ? demanda-t-elle par désespoir.

— Oui, s'il te plaît…

Puis on entendit frapper doucement à la porte de la longère avant que les gonds ne grincent. La peur d'Emma revint soudain à la charge, s'imaginant peut-être que l'objet de ses angoisses venait d'entrer dans sa maison. Elle tremblait comme une feuille, les mains crispées sur la couverture.

— C'est le Dr Taylor, la rassura Abby. Il m'a raccompagnée et comme la marée ne lui permet pas de rentrer, il a voulu dormir dans son pick-up.

Emma hocha la tête et s'humecta les lèvres.

— Ne me laisse pas… supplia-t-elle quand Abby voulut se lever.

— Tout va bien ? s'assura William en apparaissant dans l'embrasure de la porte avec sa mallette médicale. Pardonnez-moi d'être entré comme ça, mais il est tard et j'ai vu de la lumière. Emma ? Vous ne vous sentez pas bien ?

Emma tenta de reprendre le dessus, mais elle était très affectée. Elle n'eut pas le courage de lui mentir.

— Je suis un peu nerveuse… je fais des cauchemars.

Il acquiesça sans dire un mot, il avait compris.

— Je vais lui faire une tisane, vous restez avec elle ? lui demanda Abby.

— Bien sûr…

Abby quitta la chambre plus ébranlée que jamais. Jusque-là, elle avait donné l'impression de très bien gérer la situation, à tel point qu'Abby avait parfois eu le sentiment d'être elle-même dans le déni, d'avoir conscience sans appréhender, de savoir sans accepter. Ce soir, sa mère avait ouvert les vannes d'un mal qui ne s'arrêterait que lorsqu'elle ne serait plus là. Abby étouffa un sanglot, elle ne voulait pas qu'Emma l'entende pleurer, pas maintenant. Elle devait être forte, parce que ce soir, sa mère ne lui avait jamais paru aussi fragile.

Elle fit bouillir l'eau, versa une cuillère d'un mélange de plantes que son père avait lui-même ramassées, et retourna dans la chambre d'Emma avec une tasse. D'un index sur la bouche, William lui fit signe de ne pas faire de bruit. Elle venait de se rendormir.

Abby et William s'enfermèrent dans la cuisine.

— Je lui ai donné un calmant, ça va l'aider à terminer sa nuit sereinement.

— C'est la première fois qu'elle manifeste ses angoisses de cette façon. Qu'elle les manifeste tout court. Elle paraissait si forte jusque-là.

— Il est très fréquent qu'une personne en fin de vie n'ait pas conscience de son anxiété. Mais elle peut aussi préférer le déni, peut-être même qu'elle a honte de se sentir aussi faible et veut protéger ceux qui l'entourent.

Abby ne put s'empêcher l'esquisse d'un sourire triste.

— Je sais, elle me l'a déjà exprimé…

— Qu'elle laisse transparaître sa peur maintenant est très logique. Elle vient de terminer le dernier manuscrit de sa vie. Elle s'accrochait à la pression qu'il exerçait sur elle, elle en connaissait les rouages, l'évolution, mais désormais elle marche droit vers l'inconnu. La peur est un malaise psychique et physique qui réagit à une menace, réelle ou imaginaire. Emma ne pourra pas s'y soustraire, aussi forte soit-elle. Les terreurs nocturnes vont se faire de plus en plus fréquentes, la prévint-il.

— Que puis-je faire pour l'aider ?

Il s'installa à table et prit la tasse qu'Abby lui tendait.

— Laissez-la vous guider… Soyez à l'écoute lorsqu'elle le demande, à l'écart quand elle montre qu'elle en a besoin. Surveillez les indices qu'elle voudra bien distiller et réconfortez-la sans jamais prétendre avoir des certitudes.

Abby sentit son ventre devenir aussi dur qu'une pierre.

— Ça va trop vite…

— C'est toujours le cas.

Elle ferma les yeux un instant et se pressa l'arête du nez.

— Quelle est votre histoire, William ? Vos mots ne sont pas seulement ceux d'un médecin, mais d'un homme qui sait de quoi il parle. Vous m'avez parlé de votre fils… Il est l'explication à cette exceptionnelle empathie, n'est-ce pas ?

L'espace d'un instant, son regard, d'un bleu extraordinaire, se brouilla. Abby fut presque certaine qu'il n'allait pas répondre, mais elle se trompa.

— Il était lui aussi atteint d'une leucémie, bien moins clémente avec les enfants. Je n'ai pas pu le sauver, personne n'y est parvenu, aucune des greffes qu'il a reçues n'a fonctionné. Je l'ai vu partir vers l'inéluctable, impuissant, incapable de le retenir. Il avait dix ans.

— Comment s'appelait-il ?

— Aaron.

William posa sa tasse devant lui, l'expression grave, et Abby comprit que ce n'était pas de lui dont il allait parler.

— Écoutez-moi attentivement. Personne ne vit les choses de la même façon, pas plus le malade que ceux qui l'entourent. Si la mort est une étape naturelle de la vie, nous ne l'acceptons jamais vraiment. Le repli sur soi, la peur, le déni, l'agressivité sont autant de manifestations légitimes, vous le savez, vous l'avez vécu avec Emma. Votre mère et vous êtes restées à distance la plupart de votre vie, vous ne rattraperez pas le temps que vous considérez avoir perdu, mais ce qui vous reste vous appartient pleinement désormais. Vous m'avez demandé comment aider votre mère, je vais encore vous répondre ceci : abandonnez vos ressentiments, vos préjugés, ne vous laissez pas guider par la peur, dites-lui ce que vous ressentez, dites-lui qu'elle va vous manquer et profitez l'une de l'autre du mieux que vous le pourrez. C'est maintenant que ça se passe. Osez fabriquer des souvenirs qui vous feront pleurer autant qu'ils vous tiendront chaud. Ne regrettez rien, et quand votre mère sera partie, vous aurez la certitude que malgré une vie d'erreurs, elle se sera sentie choyée.

Les yeux plongés au-dessus des vapeurs brûlantes de sa tasse, Abby ne chercha pas à essuyer les larmes qui coulaient sur ses joues. L'absence de son père pesait un peu plus chaque jour, il lui manquait terriblement. Quant à Emma, elle lui manquait déjà. Abby se retrouvait coincée entre deux deuils, celui de son père et celui de sa mère qui viendrait bien trop tôt, et c'était pour elle insupportable. Bientôt, Abby n'aurait plus de famille. Elle savait que William avait raison, que le temps était compté. Emma avait droit au repos pour son âme, à la paix pour son esprit torturé, et Abby en méritait tout autant. Sortir du quotidien pendant qu'Emma le pouvait encore, multiplier les occasions de rire comme celles de la veille. Se promener, marcher, pleurer, laisser une empreinte, la meilleure possible et ne rien regretter.

— Merci, William…

Il hocha simplement la tête. La situation n'en était plus à vouloir se contenter de mots.

Désormais, il fallait agir.

13

Certains soirs, voler au-dessus de Purple Lake au coucher du soleil était presque aussi féerique que regarder une aurore boréale. Serti de montagnes encore enneigées plus fréquentées par les ours que par les marcheurs, le lac se parait de rouge et offrait à l'eau placide une robe rose exceptionnelle au milieu des pics verdoyants de l'île Annette. Cette terre mythique et de légendes était la seule réserve indienne fédérale d'Alaska. On aurait presque pu croire que c'était la raison pour laquelle les crépuscules y étaient aussi beaux.

Abby ne regrettait pas d'avoir décidé ce voyage. Il lui avait fallu deux jours pour convaincre Emma et préparer leur excursion. Ça en valait la peine, elle en était certaine.

Abby observa discrètement sa mère, elle était absorbée par l'éclat du ciel à travers le hublot. Emma n'avait jamais oublié cette île. Ils y avaient passé de merveilleux étés tous les trois avec Pierre, avant qu'elle ne soit clouée dans un fauteuil roulant.

Ils louaient un lodge au bord de Purple Lake, et bien que celui-ci fût à moins de quatre kilomètres de l'agglomération principale, à l'époque, y vivre était bien plus rude qu'à Eagle Bay. Il n'y avait pas de connexion Internet, pas de réseau mobile, d'eau courante et d'électricité. Ils y partaient durant deux semaines, l'hydravion rempli de nourriture, de bidons d'eau, de couvertures et de tout ce qu'il fallait pour ne pas avoir besoin de rappeler le pilote en plein milieu de leurs congés. Ils se lavaient avec l'eau du lac et cuisinaient leurs repas au feu de bois. Pierre avait même acheté une grande barque pour pêcher la truite, Purple Lake en regorgeait. Il disait que les meilleurs charpentiers de marine se trouvaient ici, parmi les Tsimshians, le peuple amérindien principal de l'île. Ils taillaient le bois comme personne et, sur cette terre, il n'était pas rare de découvrir des totems plantés çà et là. Emma aussi aimait cet endroit. Elle y avait en partie écrit l'un de ses plus grands succès, sur sa vieille machine à écrire, face au lac qui se faisait plus précieux qu'un joyau quand le soleil tombant coiffait les montagnes. Même si, désormais, séjourner à Purple Lake leur était impossible vu le manque de mobilité d'Emma, Abby espérait qu'en venant sur l'île Annette, sa mère renouerait avec des souvenirs heureux et en emporterait de nouveaux avec elle.

— J'avais oublié que le ciel était aussi étrange, dans le coin, cria William pour couvrir le bruit assourdissant du moteur.

Abby lui sourit. Il avait accepté de les accompagner car, sans lui, il aurait été impossible à Abby de préparer une telle aventure. Elle avait loué un van baroudeur, afin que sa mère soit plus à l'aise quand ils rouleraient à travers les chemins cahoteux de l'île, un genre de petit camping-car tout-terrain dans lequel ils ne dormiraient jamais, mais qui permettrait à Emma de se reposer dès qu'elle en aurait besoin. Il faudrait l'aider à se coucher le soir, veiller à ce qu'elle n'ait mal nulle part, à la masser, à être là en cas de problème… La présence de William rassurait Abby autant qu'Emma, même s'il avait exprimé ses réserves et aurait préféré qu'elles se retrouvent seules.

— Ça va, maman ? lui demanda Abby en se penchant pour lui parler à l'oreille.

Emma hocha la tête, prendre l'avion était une lutte pour elle, car elle devait abandonner le peu d'autonomie qu'elle avait et être ceinturée à un siège sans nulle part où aller ni pouvoir s'en extraire en cas de problème. Et puis, la dernière fois qu'Emma avait quitté Eagle Bay pour l'hôpital de Petersburg, elle était revenue avec la nouvelle que sa vie serait écourtée plus tôt que prévu. Abby avait conscience de tout ça. Elle ne pourrait pas revenir en arrière, mais elle voulait offrir à sa mère de quoi emporter de la douceur et de la beauté dans son dernier sommeil. C'était pour elle aussi douloureux qu'important.

— On amerrit dans cinq minutes ! cria le pilote en amorçant la descente. Le véhicule que vous avez fait venir de Ketchikan vous attend sur le quai.

L'hydravion contourna l'île en passant au-dessus de l'aéroport. Lequel portait un nom bien ronflant pour ce que c'était : deux petites pistes qui faisaient davantage office d'aérodrome et sur lesquelles de très rares avions se posaient depuis l'ouverture de l'aéroport de Ketchikan. À plus forte raison qu'il fallait désormais quinze minutes en ferry pour rejoindre Metlakatla.

Abby regarda la zone à travers le hublot. L'île n'était pas très grande, dix-huit kilomètres de long et autant de large, couverte de montagnes et de lacs, mais son sud-ouest était étrangement plat. Toutefois, la construction en équerre des deux pistes relevait presque du génie tant le terrain était percé d'une multitude de petits réservoirs naturels d'eau. Ici, accentuée par le sentiment d'être sur une lande flottante, l'impression de se trouver entre terre et mer était peut-être plus forte encore qu'à Eagle Bay.

— Accrochez-vous, on y est !

Emma serra la main d'Abby sans même s'en rendre compte et ne relâcha la pression que lorsque l'appareil fut totalement à l'arrêt.

— Je n'ai plus de doigts !

— De toute façon, tu ne sais rien faire avec, rétorqua Emma.

Abby, depuis un moment, avait décidé de faire fi de toute forme d'agressivité ou d'attaque de la part de sa mère, c'était important. William haussa un sourcil désapprobateur, mais à la décharge d'Emma, Abby n'avait jamais été une grande manuelle. Depuis qu'elle était revenue à Eagle Bay, elle ne comptait plus les ampoules, coupures et écorchures auxquelles elle avait dû faire face en participant aux tâches pourtant basiques pour la plupart des membres de la communauté.

— Merci, maman ! lui répondit-elle en souriant. Ce pourquoi je suis ravie de retrouver un peu de civilisation.

William fit mine de s'étrangler.

— N'exagérons rien, un dixième de l'île Annette est habité, soit 1 400 habitants tous regroupés à

Metlakatla. Vous n'y trouverez aucun bowling ou cinéma, soyez-en sûre.

— Hé, cinquante fois plus d'âmes qu'à Eagle Bay ! Laissez-moi imaginer qu'on est à New York, OK ? Et que je vais pouvoir me faire masser dans un spa et siroter un mojito à la terrasse d'un café.

William leva les mains en signe de reddition et descendit le premier de l'avion lorsque le pilote leur ouvrit la porte et déplia l'escalier.

— Emma, dit-il en soulevant la première valise, je mets tout ça dehors et je vous kidnappe comme une princesse, ça vous va ?

Emma grimaça, l'image ne semblait pas lui plaire plus que ça. Certes, elle faisait parfois preuve d'une autorité de reine, mais elle n'avait aucune attitude de princesse. Avant son accident, elle ne rechignait jamais devant le travail. Il fallait voir ses mains, aux doigts pourtant coutumiers du clavier, solides et souvent éraflées. C'était peut-être ce qui avait été le plus difficile pour Emma, de ne plus pouvoir se rendre utile. Abby se souvenait parfaitement de la manière dont sa mère réagissait quand elle voulait l'aider. L'amertume d'Emma jaillissait sur elle. Mais après ces vingt années d'absence, Abby comprenait mieux pourquoi. Ce qu'on n'admet pas à quinze ans, on l'accepte mieux à trente-cinq.

Comme convenu, le van les attendait. Abby avait pensé à faire ajouter une rampe télescopique en option pour qu'Emma puisse grimper par l'arrière sans difficulté. Elle était bien installée et pouvait profiter du toit panoramique.

William prit le volant pour parcourir les trois kilomètres qui les séparaient de leur logement. Ils traversèrent la ville qui n'était pas extraordinaire, bien moins grande ou jolie que Ketchikan, sa voisine, et donnant parfois l'impression d'être faite de bric et de broc, mais ils y croisèrent quelques superbes totems en bois sculpté, tradition du peuple tsimshian. Abby se souvint qu'elle aimait beaucoup venir ici petite, car bien que perdus sur les bords de Purple Lake au milieu de nulle part, ils rencontraient toujours un natif qui lui racontait l'histoire de son peuple, et la faisait rêver de la femme qui donna naissance à deux enfants mi-hommes mi-ours. Tout sur cette île rappelait la puissance des mythes amérindiens.

Abby avait loué un lodge tout confort au bord de l'eau tout près de Pioneer Park, au beau milieu d'un bosquet et un peu à l'écart de la ville. Quand ils y arrivèrent, un pick-up était garé devant. Le propriétaire en sortit, un homme d'une quarantaine d'années à la taille impressionnante, à la peau brune des gens d'ici et aux cheveux noir de jais.

— Bienvenue sur l'île Annette ! Je m'appelle Christopher, vous devez être Abigail ?

— Oui, tout à fait, et voici ma mère Emma et William un ami.

Avec un sourire des plus avenants, Christopher s'approcha pour serrer la main de tout le monde. Emma ne lui montra aucune hostilité, mais il comprit sans mal que ce n'était pas avec elle qu'il entreprendrait une grande conversation. Du reste, s'il la reconnut, il fit comme s'il n'en était rien, et se tourna plutôt vers Abby et William.

— Vous n'êtes pas venus pour pêcher, n'est-ce pas ?

— Eh non ! répondit Abby. On vient faire le tour de l'île.

— La plus belle du monde ! affirma-t-il avec la plus grande sincérité. Laissez-moi vous montrer le lodge.

Celui-ci avait l'avantage d'être de plain-pied, l'intérieur était ravissant, chaleureux et joliment décoré. La pièce principale, tout en pin, offrait une large baie vitrée donnant sur l'île Gravina et ses moyennes montagnes. Le soleil qui était en train de glisser derrière, diffusait une lumière enflammée des plus divines.

— Si vous êtes attentifs, à cette saison au petit matin, vous verrez des orques, leur apprit Christopher.

Personne n'osa lui dire qu'il leur arrivait d'en voir aussi à Eagle Bay, chacun le laissa décrire la beauté de son île en silence. Les natifs en étaient tellement fiers.

Avant de partir, il leur fit faire le tour du propriétaire, une petite cuisine ouverte sur le salon, une salle de bains assez grande pour qu'Emma puisse se déplacer, et deux chambres. Abby en partagerait une avec sa mère, William prendrait l'autre.

L'accueil des Tsimshians n'était plus à démontrer, Christopher et sa femme avaient laissé de la bière dans le frigo, un paquet de café, du saumon fumé, des petits pains briochés et une tarte à la confiture de baies sauvages. Abby n'attendit pas que les bagages soient sortis du van, elle trouva un plateau, des verres et se dépêcha de disposer sur la table de la terrasse tout ce que Christopher et sa femme leur avaient offert. Elle voulait profiter du coucher du soleil.

— Tiens, maman, mets ça autour de tes épaules, dit-elle en l'entourant d'un plaid, et profitons du ciel. Il fait encore bon dehors.

Emma était plus taciturne qu'à l'accoutumée. Ça faisait longtemps qu'Abby ne l'avait pas vue ainsi. Elle tenta de lui sourire, mais Emma resta de marbre. Abby ne le prit pas pour elle, se trouver ici devait éveiller en elle autant de nostalgie que de sentiments nouveaux.

Ils s'installèrent tous les trois dans des fauteuils aux coussins confortables, aussitôt happés par la lumière rougeoyante qui descendait derrière les monts encore enneigés tandis que la marée amorçait sa descente inéluctable. C'était sans doute ce qui faisait que cet endroit était si différent d'Eagle Bay. Les deux îles étaient séparées par seulement trois cents kilomètres, mais leurs paysages se distinguaient. Ici, les montagnes, les lacs et les marais dominaient. Par endroits, la terre pouvait même sembler aride tant elle était rocailleuse, la végétation était moins dense que dans le comté de Wooden Wheel Cove, il y pleuvait plus rarement aussi, mais les deux îles avaient en commun, comme presque partout sur les côtes d'Alaska, les pygargues à tête blanche qui profitaient de la marée basse pour piquer sur l'estran et ramasser les quelques crustacés qui n'avaient pas eu le temps de se cacher. Alors, puisque Emma semblait préférer le calme aux grandes discussions, dans un silence presque religieux, ils regardèrent tous les trois ce ballet macabre jusqu'à ce que le soleil se couche, emportant la mer avec lui.

La première nuit fut difficile, Emma eut un sommeil agité, et ne s'en rendit même pas compte. Mais Abby, dans le lit d'à côté, ne ferma pas l'œil, elle l'entendit gémir, sursauter, et avait même parfois l'impression qu'Emma pleurait en dormant.

Depuis sa première terreur nocturne, ses nuits semblaient plus apaisées, Emma prenait les calmants et ne se réveillait plus mais, chaque matin, Abby ne pouvait s'empêcher de trouver les traits de sa mère tirés. Cette nuit-là, impuissante, elle comprit pourquoi.

Aux premières lueurs du soleil qui réussirent à traverser les rideaux opaques de la chambre, Abby devina que le temps serait magnifique. Emma dormait encore, bien plus que d'habitude en réalité. Depuis quelques jours, elle avait davantage besoin de récupérer et pouvait rester au lit jusqu'à 9 heures, ce qui ne lui était sans doute jamais arrivé avant que sa maladie ne la condamne et progresse. Vite, trop vite.

Abby rassembla quelques affaires et quitta la chambre sans faire de bruit. Surprise, elle découvrit que William était déjà debout et avait fait couler du café.

— Bonjour, murmura-t-elle, ne sachant pas quoi faire de ses pieds nus qu'elle fit se chevaucher comme une enfant. Je ne vous ai pas du tout entendu, sinon je me serais un peu plus couverte.

William avait déjà pris sa douche et était habillé. Ses cheveux bruns étaient encore tout humides. Si Abby remarqua ce détail, un peu troublée, lui observa ses jambes nues avec l'impassibilité d'un médecin. Elle n'avait aucune raison de se sentir mal à l'aise.

— Je suis debout depuis une bonne heure et demie, je n'allais tout de même pas jouer du tambour, vous m'en auriez voulu.

Abby regarda l'horloge contre le mur, il était à peine 6 heures.

— Les magasins ouvrent tôt, ici, je suis allé acheter de quoi faire des toasts, vous en voulez ?

Abby hocha la tête et s'installa à table.

Pendant qu'il lui servait une tasse de café, Abby déplia une carte de l'île.

— Je me disais que nous pourrions aller pique-niquer au bord de Tamgas Lake à midi. Le chemin a l'air très accessible.

— Bonne idée.

Abby fronça les sourcils.

— Vous ne regardez même pas la carte.

— C'est parce que je vous suivrai, quoi que vous décidiez. Cet aparté, c'est vous qui le menez, Abby, moi je suis là pour vous venir en aide en cas de pépin. Vous voulez aller pique-niquer ? Allons-y ! Même si à mon avis, nous devrons d'abord faire quelques courses, ajouta-t-il en souriant.

Abby acquiesça, presque déçue que William ne s'investisse pas davantage, mais sans doute l'avait-il déjà fait suffisamment. Elle admit qu'il avait raison, et qu'elle avait organisé ce mini road trip pour se rapprocher d'Emma, pas pour jouer les touristes avec leur médecin de famille.

À 10 heures, ils arpentaient tous les trois les rues du centre de Metlakatla. Il n'y avait pas grand-chose à voir. Des commerces, une école, un collège, un bureau de poste, un musée tsimshian, plusieurs centres religieux… C'était aussi fonctionnel que pouvait l'être une ville de 1 400 habitants. Ils trouvèrent une supérette et achetèrent l'essentiel pour deux jours et commandèrent des tapas qu'ils iraient manger au bord de l'eau.

Abby aurait aimé que sa mère s'arrache à son mutisme, s'extasie davantage de ce qu'il y avait à voir et à faire, mais pour le moment, elle ne pouvait pas espérer mieux. Metlakatla était une petite ville d'Alaska comme toutes les autres.

— Bon ! intervint William qui sentait sûrement qu'il valait mieux qu'il prenne les choses en main. Tamgas Lake, vous disiez ?

Au même moment, quelqu'un toussota dans leur dos. Ils se retournèrent sur un monsieur à la chevelure grisonnante et au sourire franc.

— Bonjour et pardonnez-moi pour cette intrusion. Je viens de vous entendre dire que vous aimeriez vous rendre à Tamgas Lake. Si je peux me permettre, je vous conseillerais plutôt Melanson Lake, plus au nord de la ville, l'accès y est bien plus facile avec un véhicule. Pour rejoindre Tamgas, il vous faudrait marcher à travers la forêt, ajouta-t-il avec un rapide regard sur le fauteuil roulant. J'ai vu que vous aviez un genre de van tout-terrain ?

— Oui, c'est ça, répondit Abby en souriant. Merci pour votre aide. En réalité, peu de lacs sont accessibles autrement qu'à pied.

— On est en Alaska ! s'amusa le vieux monsieur. L'île Annette est surtout fréquentée par les randonneurs, mais vous trouverez de quoi vous émerveiller.

Abby n'en doutait pas et le remercia avant qu'ils ne se dirigent vers le van.

— Ton père détestait aller à Melenson Lake, trancha Emma d'un ton péremptoire.

Abby blêmit.

— Je ne savais pas…

— C'est à Purple Lake que nous aimions aller, pas ailleurs.

Abby fronça les sourcils. C'était donc ce qui lui pesait depuis le début ? Non pas la déception, mais l'amertume de ne plus avoir les capacités physiques pour revenir sur les pas de Pierre. Abby s'en voulut presque de ne pas y avoir pensé, de ne pas avoir compris plus tôt que le silence d'Emma hurlait l'injustice et l'impuissance de sa situation.

— Qu'y a-t-il de si extraordinaire à Purple Lake ? intervint William qui avait bien senti que ce petit accroc pourrait pourrir leur voyage en un rien de temps.

Abby ne prit pas la peine d'écouter la réponse d'Emma. Ils étaient à deux pas de la zone d'amerrissage par laquelle ils étaient arrivés la veille, elle marcha tout droit dans sa direction.

— Attendez-moi ici ! leur cria-t-elle sans se retourner.

Un hydravion semblait en attente au bord du quai, Abby alpagua le pilote tsimshian, lequel était en train de nettoyer la porte de son appareil.

— Nous sommes trois, vous pourriez nous emmener jusqu'à Purple Lake ?

L'homme d'une bonne trentaine d'années la dévisagea avec étonnement.

— Là, maintenant ?

— Oui. Nous sommes là pour deux jours, ma mère est en fauteuil roulant, je n'avais pas exactement compris ses aspirations, je n'ai pas réservé. Purple Lake, c'est tout un pan de sa vie, elle y venait avec mon père chaque été quand elle était encore valide. Ils ne voulaient aller nulle part ailleurs. Si j'en crois la carte que j'ai consultée ce matin, il vous faudra à peine cinq minutes pour atteindre le lac.

— Dix, la corrigea-t-il en souriant.

— OK. Trois cents dollars.

Le pilote fit des yeux tout ronds. Trois cents dollars, c'était le prix proposé pour un vol d'au moins une heure.

— Vous plaisantez ?

— Pas du tout. Un aller, un retour et une heure et demie sur place.

— Une heure.

— Une heure et quart.

Il la regarda, follement amusé.

— Va pour une heure et quart !

Elle fouilla dans son sac et en ressortit presque tout l'argent liquide qu'elle avait sur elle.

— Tenez. Et attendez-moi, je vais chercher tout le monde.

Abby se dépêcha de retrouver William et sa mère au même endroit. Ils la regardèrent arriver sans trop comprendre ce qui se passait.

— Suivez-moi ! leur ordonna-t-elle sans préambule, faisant aussitôt demi-tour.

— Où ça ? demanda Emma qui actionna son fauteuil pour se mettre à sa hauteur.

Abby lui sourit et lui fit un clin d'œil.

— Une surprise. Tu vas devoir contenir ton mal de l'air, mais ça en vaudra la peine.

Dubitative, Emma regarda William.

— Ça va aller pour vous, doc ? se moqua Abby. Toujours pas le vertige ?

Lequel leva les yeux au ciel en guise de réponse.

— Très bien. Dépêchons-nous, je n'ai pas envie de voir mes trois cents dollars partir en fumée !

14

Lorsqu'ils amerrirent sur Purple Lake, Abby eut l'impression de faire un bond de vingt ans en arrière. L'eau placide et argentée, les montagnes enveloppantes et la végétation dense au cœur d'une immensité sauvage. Rien, absolument rien n'avait changé. Les castors, çà et là, avaient renversé des troncs qui jonchaient les courtes plages, donnant l'impression qu'une tempête les avait fait basculer. Il n'en était rien, Purple Lake était préservé des caprices du vent. À vue d'œil, on avait l'impression qu'aucune construction humaine n'était implantée. Pour les apercevoir, il fallait naviguer un peu plus en amont, presque au centre du lac, là où il suffisait de faire un tour sur soi-même pour embrasser l'entière beauté du lieu et n'en rater aucun détail.

Abby posa les yeux sur sa mère, elle avait la tête droite et le front digne, mais ses yeux brillaient d'une étrange lueur. Comme Abby s'était installée à côté du pilote, alors que l'hydravion glissait sur les eaux calmes, elle se pencha pour lui parler à l'oreille, ses mots à moitié couverts par le bruit du moteur. Il hocha la tête et amorça un demi-tour avant d'avancer encore de quelques mètres jusqu'à la berge. Il s'arrêta précisément au bord d'un ponton en bois donnant accès à un chemin de terre au bout duquel un lodge semblait les attendre.

Abby fut la première à sortir de l'appareil. Elle sauta sur la plateforme et regarda autour d'elle. Le petit chalet se dressait fièrement face au lac. Trois fenêtres – une sous le toit pointu et deux au rez-de-chaussée –, une porte surmontée d'un panneau en pin brut « Purple Lake home », un large escalier pour accéder à la terrasse à balcon, c'était incroyable… Nonobstant les vitres qui avaient été échangées contre des doubles vitrages, et le bois fraîchement repeint, tout était exactement comme dans les souvenirs d'Abby. Même la vieille barque que son père avait achetée était encore là, amarrée au ponton. Elle la reconnaissait, le charpentier tsimshian qui l'avait construite, avait gravé en français, à la demande de Pierre, le mot « Sérénité » sur la coque, ce que lui inspirait cet endroit. Abby se revit enfant, avec lui, à l'avant du canot. Elle chantait horriblement faux et un peu en yaourt, des comptines françaises qui, d'après son père, ne parvenaient qu'à faire fuir le poisson. L'émotion la prit par surprise, elle eut envie de pleurer, ces souvenirs étaient si lointains et pourtant encore si vifs dans son esprit. Depuis la mort de Pierre, les jours lui ordonnaient de se tourner vers Emma, mais le manque ne passait pas. Il ne passerait jamais.

— C'est un de mes amis qui a racheté le chalet il y a dix ans, lui apprit le pilote en la rejoignant. Il a fait construire un abri pour le bois, juste derrière, et quand le lac n'est pas gelé, il vient aussi y passer plusieurs semaines en hiver. Si vous voulez mon avis, il faut vraiment être tombé sur la tête pour avoir envie de faire une chose pareille, mais je reconnais que cet endroit est sympa.

Abby hocha la tête par politesse, car ce n'était pas le chalet qui confinait la beauté de l'endroit, mais Purple Lake et les souvenirs qui dansaient avec lui. Ailleurs, la même maisonnette ne ferait jamais autant d'effet. Et c'était parce que le lac était si peu accessible et fréquenté, que la vie y avait été si douce, que cet endroit était plus beau que n'importe quel autre.

Abby retourna dans l'hydravion pendant que William sortait le fauteuil roulant, Emma était toujours aussi droite et attendait patiemment qu'on vienne la chercher.

— Tiens, maman, dit gentiment Abby en lui tendant un châle. Le ciel est dégagé, mais il fait plus froid ici. Couvre-toi bien.

Elle enroula la laine autour d'elle et la maintint à l'aide d'un joli pic en bois dont elle se servait souvent pour s'attacher les cheveux.

— Ça va aller ?

Emma acquiesça, comme incapable de prononcer un mot. Et lorsque William la prit dans ses bras tel un oiseau que le moindre mouvement maladroit pouvait briser, elle parut plus fragile que jamais.

Quand elle fut installée, Abby lui posa la main sur l'épaule. Emma ne disait rien, mais était sans doute plus émue qu'elle ne le laissait paraître. Son souffle était plus court que d'habitude, et son chignon strict ne permettait pas de lui donner l'air implacable qu'elle affichait en toutes circonstances.

— Tu veux qu'on avance un peu ?

Emma hocha la tête tandis que William restait pudiquement en retrait avec le pilote.

Le chemin de terre était clairsemé de petits cailloux, mais les roues tout-terrain du fauteuil amortirent les chocs et permirent à Abby de le pousser sans trop d'encombres. Elles s'arrêtèrent au pied du chalet. Emma tendit la main pour en toucher la rampe de l'escalier.

Abby pouvait imaginer tout ce qui se passait dans sa tête, l'avalanche de souvenirs, les odeurs de ce temps béni qui lui revenaient sans doute douloureusement, les rires, les moments de partage avec Pierre quand il était là et qu'elle marchait encore. Mais Abby ne voulait pas faire de cet instant une souffrance qui ne ferait que remplir le sac de regrets déjà très lourd de sa mère, rester devant la maisonnette trop longtemps n'avait aucun intérêt. Ce qu'elle voulait, c'était lui donner du bonheur.

— Le chemin se poursuit toujours derrière la maison ? demanda Abby au pilote en parlant suffisamment fort pour qu'il l'entende.

— Ah, oui, je crois !

Elle acquiesça et se pencha vers Emma.

— Tu as envie d'aller voir ?

Rendue muette par les émotions, elle se contenta d'acquiescer d'un mouvement de tête.

Abby sourit et leur fit faire le tour du chalet. Surprises, elles découvrirent un totem tsimshian de presque trois mètres. Il représentait un oiseau aux ailes déployées assis sur la tête d'une divinité aux yeux immenses, et tenant entre ses serres un gros poisson. Tout le soubassement du totem représentait des visages à l'expression effrayante. Le bois était brut alors que la plupart des totems étaient colorés. C'était splendide.

— Il s'agit de l'oiseau-tonnerre, murmura Emma en sortant de sa léthargie. C'est un animal légendaire pour beaucoup de tribus amérindiennes. On dit que son nom a été donné en référence à la foudre qui serait tombée sur un aigle royal, alors qu'il était en train de plonger sur sa proie, certain de sa prise. Mais dans d'autres légendes, il s'agirait de l'homme qu'il essaierait de capturer pour le soumettre.

— Je ne connaissais pas cette histoire…

— Tout provient d'un conte amérindien qui raconte l'histoire d'un faucon puissant, bon et généreux avec ceux qui l'approchaient. Les créatures du Tonnerre lui offrirent le don de les appeler quand il en aurait besoin, ça le rendrait plus fort. Il devait tracer un cercle dans les airs ou sur la terre en chantant, déposer des offrandes sur le sol et inviter nombre d'animaux à se joindre au rituel pour remercier le Grand Esprit de ce qu'il ferait pour lui. Chaque fois, sa puissance augmentait, si bien qu'il se remplit d'orgueil et se joua chaque jour un peu plus des hommes et des animaux. Alors, les créatures du Tonnerre le punirent et firent de lui leur serviteur. Le châtiment durerait le temps que le faucon comprenne quels étaient sa place et son rôle dans l'Univers et qu'il en considère sa juste valeur.

Abby était émerveillée. Elle avait oublié que si sa mère et elle n'avaient jamais noué de liens filiaux traditionnels, petite, elle adorait l'écouter raconter des histoires au coin du feu avant de se coucher. Emma connaissait toutes sortes de mythes et de légendes, elle lui avait même un jour confié que c'était ce qui l'avait poussée à écrire, qu'enfant, elle n'aimait rien de mieux que de lire ces contes d'antan.

Elles passèrent devant le totem et continuèrent sur le chemin de terre qui se terminait sur une zone déboisée, délimitée par les arbres et recouverte d'herbe grasse et de quelques rochers.

Abby leva les yeux en direction du ciel, les nuages ressemblaient à d'immenses barbes à papa. Elle posa son sac à dos par terre et se tourna vers Emma.

— Tu as confiance en moi ?

— Quelle drôle de question ! Je ne sais pas, ça dépend.

Abby tendit les bras à sa mère, lui faisant froncer les sourcils.

— Qu'est-ce que tu veux ?

— M'allonger dans l'herbe avec toi et regarder le ciel.

— Quelle idée ! Le ciel est partout pareil, je l'ai déjà vu des milliers de fois.

Abby se contenta d'insister en secouant les mains. Emma la regarda pendant plusieurs secondes, alors Abby fut presque certaine qu'elle lui dirait non, mais sa mère détacha la ceinture de sécurité qu'elle bouclait toujours quand elle partait en pleine nature, et leva les bras à son tour.

Abby savait qu'elle serait incapable de la porter comme l'avait fait William, aussi demanda-t-elle à Emma de se retenir à son cou, elle la ferait aussitôt s'allonger sur le sol.

— C'est bon, tu es prête ?

— Non, mais allons-y.

Abby agrippa sa mère par la taille, éloigna le fauteuil roulant d'un coup de pied avec l'intention immédiate de faire basculer Emma sur le côté, mais elle perdit l'équilibre sous son poids. Emma pesait plus lourd qu'elle l'avait imaginé. Abby plia les genoux en retenant sa mère au maximum de ses capacités et se laissa tomber sur le côté pour limiter la chute, entraînant Emma avec elle. La mère et la fille se retrouvèrent enchevêtrées au milieu des herbes hautes.

— Oh, maman, ça va ? demanda Abby, paniquée.

En guise de réponse, les épaules d'Emma se secouèrent.

— Maman ? Tu as mal ?

— Au ventre oui ! répondit-elle en éclatant de rire. Quand tu es née, ton père voulait t'appeler Sophie en hommage à sa grand-mère, mais j'ai refusé, j'avais trop peur que tu sois maladroite. Je crois que ton prénom ne t'a pas sauvée pour autant !

Abby rit de bon cœur avec sa mère et en cet après-midi d'été, rien d'autre n'avait d'importance que la spontanéité dont Abby et Emma faisaient preuve. C'était comme une soupape qui lâchait l'air contenu depuis trop longtemps. Puis Abby fit en sorte de redonner à sa mère une position confortable. Emma se retrouva allongée sur le dos, bras et jambes écartés. Et parce que Abby tenait à ce qu'elles voient la même chose en même temps, elle s'étendit de façon identique, à l'opposé, la tête contre celle de sa mère face au ciel. Elle fouilla dans la poche de son jean pour prendre son téléphone portable, le mit en mode selfie et prit une photo de leurs visages éblouis par les rayons du soleil. Plus tard, elle chérirait chaque souvenir de ce moment qu'elle avait immortalisé.

Emma leva un bras dans l'herbe, Abby l'imita et leurs doigts se rejoignirent. Les rires s'étaient tus, les mots devenus inutiles, les regards superflus. Les yeux fixés sur les nuages, Abby et Emma, sans le savoir, avaient accordé leurs pensées. Pour rien au monde elles n'auraient voulu être ailleurs qu'ici. Et quand un aigle royal passa au-dessus de leurs têtes en criant, maître incontesté de la montagne, des lacs et des forêts, le présage du totem oiseau-tonnerre ne fut jamais aussi grand, leur certitude non plus : elles se trouvaient précisément là où elles devaient être.

***

Le soleil était couché depuis longtemps lorsque Abby rejoignit William sur la terrasse de leur lodge à Metlakatla. Emma était épuisée par cette journée et s'était mise au lit sans dîner. Il faisait un peu frais, Abby s'enroula dans un plaid et s'installa confortablement dans une chaise longue. William lui offrit l'une des deux bouteilles de bière qu'il avait ouvertes.

— Elle dort ? lui demanda-t-il.

— Oui… Mais elle n'a pas voulu prendre les calmants que vous lui avez prescrits, j'imagine qu'elle risque de se réveiller.

— Ou bien elle dormira profondément parce que vous lui avez donné suffisamment de magie aujourd'hui.

Abby but une longue gorgée de bière.

— Je l'espère…

— Ce que vous avez fait cet après-midi, c'est exactement ce dont elle avait besoin.

— Je ne sais pas. Je n'en suis pas sûre… Je crois l'avoir fait souffrir.

William attrapa les accoudoirs de sa chaise longue et la fit pivoter de façon à se retrouver en face d'Abby. Il se redressa, écarta les jambes et se pencha en avant pour la regarder intensément.

— Abby… Bien sûr que vous l'avez fait souffrir, mais vous avez aussi réveillé en elle des souvenirs qui viendront prendre la place de ses craintes pour un temps. Vous lui avez offert du répit.

— Vous êtes si gentil…

Il sourit.

— Ce n'est pas de la gentillesse, mais du discernement. Dans votre prochaine étape, parlez avec elle, demandez-lui d'évoquer sa jeunesse, ses victoires, ses luttes. Non pas pour elle, mais pour vous cette fois, afin que vous ne regrettiez jamais de ne pas avoir pu connaître suffisamment votre mère.

— Je n'arrive pas à croire qu'elle va partir… Elle est fatiguée, mais elle montre une telle énergie. Nous avons ri aujourd'hui, nous nous sommes promenées, la vie semblait presque normale.

— Votre maman résiste, elle a de la ressource, mais c'est inéluctable et j'en suis profondément désolé.

Elle aurait tant aimé qu'il se trompe et que tous les oncologues qui avaient suivi Emma aient fait une erreur de diagnostic. Elle paraissait pouvoir vivre des années encore, mais ce n'était pas le cas et Abby redoutait la chute, le moment où sa mère ne pourrait plus faire semblant d'aller bien, où tous les rires et les sorties du monde n'auraient plus aucun effet. Elle sentit les larmes monter et ferma les yeux pour les retenir.

— Abby…

Elle leva les cils sur William.

— N'essayez pas de résister, vous avez le droit d'être malheureuse et de ne pas faire comme si vous gériez tout à la perfection. Votre mère a besoin de vous et de votre force, mais elle a aussi besoin de votre sincérité.

Un sanglot s'étouffa dans sa gorge, un deuxième, puis Abby enfouit son visage au creux de ses mains pour pleurer tout son soûl. William lui toucha maladroitement le bras, alors Abby craqua.

— J'ai passé toute mon existence à vivre sans elle, mais je ne veux plus. Je veux que ma mère reste avec moi, qu'elle écrive une centaine d'autres livres, qu'elle m'engueule, me dise que je ne connais rien à la vraie vie, mais qu'elle veuille que je vive avec elle. Et je le ferais... mon Dieu, je le ferais. Je resterai avec elle tout le temps qu'elle veut, mais je refuse d'aller fleurir sa tombe, je refuse !

Les pleurs reprirent davantage, bruyamment, sans répit, la douleur d'Abby crevait les cieux. Elle qui, pendant des années, avait pensé avoir fait un trait sur sa mère et être capable de se passer d'elle, réalisait combien elle se trompait. Le monde, son monde ne serait jamais plus le même sans Emma. Elle était même tout ce qui la raccrochait encore à son père, à son enfance, à ses souvenirs, à ce pays... Abby n'était pas prête à y renoncer, pas encore. Elle sanglota longtemps, puis les larmes s'éteignirent peu à peu, laissant place à des spasmes qui s'apaisèrent eux aussi. Quand elle se ressaisit, Abby encerclait le torse de William, la tête posée sur son épaule. Sa présence la rassurait.

— Vous avez inondé ma chemise, dit-il pour essayer de redonner le sourire à Abby.

Elle se redressa en reniflant, le nez rouge et les yeux bouffis.

— De toute façon, elle est moche.

William fit mine de s'offusquer en tirant sur l'épais tissu à carreaux bleus et verts que seul un bûcheron des années 1980 aurait trouvé seyant.

— Mais pas du tout !

Abby s'essuya le nez dans sa manche sans se préoccuper de son manque d'élégance et regarda William droit dans les yeux.

— Vous faites exprès de vous enlaidir ?

— De m'enlaidir ? Comme vous y allez !

Elle haussa les épaules.

— Vous vous cachez sous une barbe énorme, portez des vêtements de boomer campagnard et mettez des bonnets qui cachent presque vos yeux.

— Pas ce soir… dit-il en souriant, une main glissant dans son épaisse chevelure brune.

Elle renifla une nouvelle fois.

— Tant mieux, parce qu'ils sont très beaux.

Le petit sourire en coin qui se dessina sur les lèvres de William la mit en alerte. Ce qu'elle venait de dire sonnait comme un flirt qui ne disait pas son nom. Exactement tout le contraire de ce qu'elle souhaitait faire.

— Oh, je…

— Oui ?

— Rien je… je n'aurais pas dû dire ça.

Cette fois, il sourit en secouant la tête.

— C'est typique.

— Quoi donc ?

— Vous vous interdisez de vivre parce que dans une situation comme la vôtre, il convient d'être pudique.

— Non, pas du tout, je…

Elle ferma un instant les paupières, plus gênée qu'elle ne l'aurait voulu. Un silence étrange s'imposa entre eux, mais peut-être préférait-elle ça.

— Que comptez-vous faire après ça ? demanda alors William. Vous repartirez à Paris ?

Elle leva les yeux vers lui, le souffle presque coupé par cette question, parce qu'en réalité, elle avait refusé de se la poser, elle l'avait même fuie, par peur d'avoir une réponse qui la chamboulerait plus encore.

— Je n'y ai pas réfléchi…

Mensonge, réalité, qu'importait, William donnait l'impression de ne vouloir qu'une seule et unique réponse.

— Eagle Bay a changé depuis vous, dit-il.

— Changé ?

Il lui sourit.

— Rizzo vous aime beaucoup.

Abby battit des cils, elle aussi, elle aimait beaucoup Rizzo.

— Écoutez, je… je ne m'arrête pas de vivre, je ne m'interdis rien, c'est juste que…

Elle s'interrompit en claquant la langue. Abby ne comprenait pas comment ils avaient pu en venir à une telle conversation.

— Pouvons-nous jouer franc-jeu ?

Il ouvrit les mains en guise d'invitation.

— Vous me plaisez, William, et je crois que c'est réciproque. Mais ce n'est pas le bon moment, je n'ai pas de temps à partager avec quelqu'un d'autre que ma mère.

Comme il allait ouvrir la bouche, elle embraya :

— Bon sang, je m'enfonce… J'ai envie de mieux vous connaître, sincèrement, et sachez que je suis très heureuse que vous soyez là, avec nous, mais…

Cette fois, il leva la main pour la faire taire.

— Hé… Arrêtez de ramer, vous attaquez la falaise.

— Je suis maladroite…

— Non, pas du tout, et à mon tour de faire preuve d'honnêteté : vous croyez bien en pensant que votre attirance est réciproque, et vous gagnez encore des points avec cette conversation.

— Oh, je…

— Ne dites rien.

Il but ce qu'il lui restait de bière, reposa sa bouteille sur la table et se leva, dessinant une silhouette imposante devant Abby, toujours assise.

— Demain je me lèverai tôt, je dois aller faire une course avant que nous rentrions à Eagle Bay. Abby, je vous donne raison à tout point de vue sauf un seul.

Elle retint sa respiration.

— Lequel ?

— Vos yeux sont bien plus beaux que les miens. Bonne nuit et à demain.

15

Il pleuvait lorsqu'ils rentrèrent à Eagle Bay, et le ciel était si bas que, à l'horizon, il donnait l'impression de ne faire plus qu'un avec le gris de l'océan. Plusieurs phoques occupaient la bouée rouge de signalisation, des goélands se promenaient sur le ponton, les odeurs de poissons fraîchement pêchés flottaient dans l'air et la baie était aussi calme qu'elle pouvait l'être à 10 heures du matin. La vie suivait son cours normalement.

Ils descendirent de l'hydravion, cachés sous des cirés jaunes, Abby maintenant un parapluie au-dessus d'Emma pendant qu'ils marchèrent jusqu'à l'embarcadère où étaient amarrés les bateaux.

— Je peux vous laisser prendre les valises pour les mettre à l'intérieur ? demanda Abby tandis que William soulevait la bâche du zodiac. Je ne voudrais pas que maman soit trop mouillée.

— Oui, bien sûr, je vais d'abord faire en sorte qu'elle soit installée correctement à bord.

D'exaspération, Emma laissa s'exprimer son agacement.

— Dites donc, ça vous dérangerait d'arrêter de faire comme si je n'étais pas là ? Je n'ai pas six ans que je sache !

William sourit.

— Ma chère Emma, avec tout ce que vous avez râlé dans l'avion, croyez-moi, vous n'êtes pas passée inaperçue, nous ne saurions vous oublier ! Allez, princesse, venez dans mes bras, se moqua-t-il en ouvrant les siens pour la porter.

Il avait de longues jambes, aussi lui suffit-il d'enjamber la coque pour grimper à bord sans perdre l'équilibre. Il fit s'asseoir Emma sur l'un des sièges, chargea les valises, attendit qu'Abby grimpe à son tour et fit le tour de la baie jusqu'à Labouchere.

— Je ne suis pas près de retenter une telle aventure, cingla Emma de mauvaise foi parce qu'elle détestait qu'on l'assiste à ce point. Je suis bien mieux chez moi !

— Oui, eh bien moi, je dis que si tu es aussi désagréable en revenant à Eagle Bay, on repart tout de suite ! rétorqua Abby plus amusée que fâchée.

Ils avancèrent jusqu'au 4 × 4 de William et s'installèrent sans tarder dans l'habitacle tant le vent s'était soudain mis à souffler.

— Ça va aller pour le retour ? s'inquiéta Abby.

— Sans problème, Jerry vient me récupérer d'ici une petite demi-heure. Jusqu'à présent, la mer ne lui a jamais résisté, alors ce ne sont pas quelques vagues qui vont lui faire peur.

Abby hocha la tête et regarda discrètement son profil tandis qu'il conduisait. William avait cette force tranquille qui faisait qu'elle se sentait en sécurité avec lui. Il était le meilleur allié qu'Emma puisse avoir, le meilleur soignant aussi. Elle repensa à leurs sourires de ces deux derniers jours, leurs conversations et leurs échanges silencieux. Abby était reconnaissante qu'il les ait accompagnées dans ce court périple, heureuse qu'il soit devenu un ami ou peut-être plus que ça.

Il faisait froid dans la longère quand ils y entrèrent. Il avait plu sans discontinuer à Eagle Bay et l'intérieur de la maison donnait lui aussi l'impression d'être humide. William prit le temps d'allumer une cheminée et de mettre en route le petit poêle à bois dans le bureau d'Emma. Pas qu'elle irait y travailler, mais elle aimait s'y rendre pour lire ou parfois juste s'y reposer.

— William, je vous vois demain pour mon massage quotidien n'est-ce pas ? J'ai les jambes et le dos douloureux.

— Demain, sans faute, quand la marée le permettra.

Emma acquiesça et quitta le salon sans un mot pour rejoindre sa chambre.

— J'ai quelque chose pour vous, dit William à Abby.

Il sortit de la maison et revint avec un paquet acheté à Metlakatla, c'était écrit sur l'étiquette qui fermait le papier kraft.

— Oh, votre course de ce matin ?

— Tout à fait. Prenez le temps de le fabriquer avec votre mère. Faites ça ensemble.

— De le fabriquer ? Qu'est-ce que c'est ?

— Vous l'ouvrirez tout à l'heure. Je dois y aller, Jerry m'attend. On se voit demain matin.

Abby lui sourit. Même en offrant un cadeau, cet homme restait mystérieux.

— À demain, doc, dit-elle en le raccompagnant.

— À demain, Abby.

Elle ne sut résister longtemps avant de déchirer le papier. Elle découvrit un sachet dans lequel étaient proposés divers éléments en bois, de la ficelle, des perles et des plumes. Elle mit plusieurs secondes avant de comprendre qu'il s'agissait d'un attrape-rêve à confectionner soi-même. Il était bleu, comme la couleur des yeux d'Emma.

***

Une fois n'était pas coutume, Abby avait très mal dormi et s'était réveillée souvent, inquiète pour sa mère qu'elle avait trouvée fatiguée toute la journée de la veille. Emma passa l'après-midi dans son bureau à mettre de l'ordre dans ses papiers, à pester parce qu'elle ne trouvait pas tel ou tel document. Elle refusa qu'Abby lui vienne en aide et lâcha un glacial « Et je te préviens, je ne veux pas que tu fouines dans mes affaires quand je serai morte ! ». Abby essaya de ne pas se formaliser, de ne rien prendre personnellement, mais cette façon dont Emma pouvait faire preuve d'une agressivité soudaine, cinglante et accusatrice était difficile à supporter. Abby avait lu beaucoup d'articles sur la fin de vie et la manière dont les malades réagissaient. Cette colère en eux jaillissait quand on s'y attendait le moins et toujours sur leurs proches. William le lui avait déjà dit, elle était signe d'angoisse, Abby en avait conscience, tout comme cette lubie subite de trier ses courriers, ses factures, ses secrets peut-être, aussitôt rentrée de l'île Annette. Comme si revenir à Eagle Bay était à la fois pour elle un soulagement et une torture, parce qu'elle revenait là où Pierre était mort et là où elle allait s'éteindre elle aussi.

Le jour suivant, au matin, Abby voulut sortir et faire quelques courses avant que William n'arrive pour masser Emma, mais impossible de démarrer le pick-up. Alors elle appela directement Jerry, ne sachant pas trop à qui demander de l'aide.

— Il faut qu'on le dépose chez Caleb Anderson à Labouchere, lui dit-il. Il est pas loin de chez vous. Si tu veux, je viens en même temps que le doc et on le tractera avec son 4 × 4 au besoin. Mais je vais y jeter un œil, c'est peut-être juste la batterie.

— Oui, merci Jerry.

Ici, tout le monde savait bricoler et s'y connaissait un minimum en mécanique. Jerry avait raison, la batterie était morte. À quelques kilomètres d'ici, dans un endroit improbable, Caleb Anderson avait un genre de casse où il stockait pas mal de vieilles voitures, c'était même lui qui avait loué un 4 × 4 à Cafferty, Abby espérait qu'il avait ce qu'il fallait pour les dépanner, car à Eagle Bay, les livraisons de pièces pouvaient prendre des semaines. Elle imaginait mal se retrouver coincée à Labouchere avec sa mère malade.

William s'occupa des soins d'Emma et la trouva très fatiguée. La pluie n'aidait pas à réchauffer l'atmosphère et rendait l'humidité plus difficile à supporter.

Avant de partir avec Jerry, il recommanda à Abby de rester tranquillement au chaud avec elle et de veiller à ce qu'elle mange correctement, il viendrait avec quelques courses le lendemain.

Après le déjeuner, toujours sans nouvelles de Jerry, Abby proposa à Emma de s'installer dans le salon pour assembler avec elle l'attrape-rêve que William avait rapporté de Metlakatla. Emma était très terre à terre, aussi trouva-t-elle l'idée un peu ridicule. Elle aimait les légendes autour des *dreamcatchers* amérindiens supposés éloigner les cauchemars, mais ne croyait pas en leurs bénéfices. Toutefois, comme depuis l'île Annette, sous prétexte qu'ils l'assommaient elle refusait de prendre les calmants que William lui avait prescrits, elle accepta donc de jouer le jeu et d'essayer cette approche plus spirituelle.

Le mode d'emploi était fourni avec et, selon la tradition tsimshian, expliquait comment nouer des cordelettes pour former la toile qui retiendrait les mauvais rêves. Plus habile et patiente qu'Abby, Emma s'en chargea. Abby enfila les perles et accrochait les plumes à de longs fils de soie.

— Tu es si minutieuse, fit remarquer Abby en voyant sa mère faire des nœuds minuscules et réguliers.

— Ma grand-mère tricotait beaucoup, dit-elle, elle cousait, brodait et je la regardais faire sans jamais m'en lasser.

— Parle-moi d'elle…

Emma enroula le fin cordon au bout de son index, commença à donner forme à la toile de l'attrape-rêve et plongea dans des souvenirs lointains.

— Je ne l'ai pas beaucoup connue, elle est décédée lorsque j'avais neuf ans. Nous habitions chez elle avec ma mère, et je me souviens que tout était parfaitement rangé, assorti et propre. Elle vivait modestement de l'assurance vie que lui avait laissée son mari et aimait la couleur, c'est ce dont je me rappelle le plus à propos d'elle. Tout ce qu'elle confectionnait était vif, criard presque, jusqu'aux bonbons qu'elle cachait dans des pots au fond du placard.

— Tu l'aimais beaucoup ?

— Je la connaissais peu, finalement, elle ne parlait jamais d'elle ou des autres et montrait peu son affection. Mais oui, je l'aimais bien.

Abby leva les yeux tandis qu'Emma gardait les siens rivés sur son ouvrage. Cette pudeur dont Emma avait toujours fait preuve était en réalité un héritage maudit transmis de mère en fille, car la mère d'Emma aussi témoignait rarement de gestes maternels, c'est ce qu'avait un jour compris Abby. Elle ne lui demanda pas de parler d'elle, Emma l'avait déjà fait il y a longtemps et n'aimait pas se répéter. Abby n'avait jamais connu sa grand-mère, elle était décédée bien avant sa naissance, bien avant qu'Emma ne s'installe à Eagle Bay avec Pierre et qu'elle abandonne tout ce qu'elle avait connu en Alabama.

— Pourquoi êtes-vous venus vivre ici avec papa ? osa-t-elle. Tu ne me l'as jamais dit.

Surprise par la question qui donnait l'impression de tomber comme un cheveu sur la soupe, Emma dévisagea sa fille. Abby ne parvint pas à déchiffrer ce que sa mère était en train de penser ou ressentir, tout ce qu'elle savait, c'était que chaque fois qu'elle lui avait posé la question, Emma avait toujours éludé. Aussi, Abby s'attendit à ce qu'elle botte en touche, mais ce ne fut pas le cas.

Emma prit le temps de répondre et sembla chercher au plus profond de ses souvenirs.

— Lorsque je suis revenue en Alabama avec ton père, je commençais à avoir du succès. Le roman que j'avais écrit en France s'était beaucoup vendu et je recevais régulièrement des demandes d'interviews de la part de journalistes américains. Ils voulaient savoir qui j'étais, d'où je venais, où j'habitais, quelle avait été mon enfance. Je ne voulais rien dire à ce sujet. Ma mère séjournait régulièrement dans un hôpital psychiatrique, mon père avait disparu de la circulation sans que personne ne sache s'il était mort ou vivant, Pierre et moi devions nous marier et je ne voulais pas qu'ils fouillent dans ma vie privée.

— Mais pourquoi Eagle Bay ?

— Personne ne viendrait nous chercher ici, répondit-elle comme une évidence. Nous y étions restés quelques jours en voulant découvrir l'Alaska. Ton père et moi nous sommes tout de suite sentis bien ici. Pierre aimait la nature, et moi j'avais besoin de tranquillité pour écrire.

— Et tu ne voulais pas voir les gens, s'amusa Abby.

— Je ne le veux toujours pas !

Abby sourit.

— Vous vous êtes mariés en Alabama, n'est-ce pas ?

— Eh oui, en 1971 ! La belle époque.

Emma baissa la tête sur ses cordelettes, mais Abby releva brusquement la sienne de ses perles avec l'impression d'avoir vu passer quelque chose devant la fenêtre. Elle se dit d'abord qu'il s'agissait peut-être de William, mais il avait dit qu'il ne reviendrait que le lendemain. Quant à Jerry, il les aurait d'abord prévenues.

— Qu'est-ce qu'il y a ? demanda Emma.

Abby se leva pour regarder dehors à travers la vitre.

— J'ai eu l'impression de voir passer une ombre.

— Sûrement un aigle, ils se rapprochent beaucoup de la maison. Il y a même un couple de pygargues dans le grand pin derrière la tombe de ton père. Ils sont souvent là la nuit.

Pas aussi tranquille qu'elle l'aurait voulu, Abby décida d'aller voir de l'autre côté de la maison depuis la véranda où le citronnier s'épanouissait d'une quantité extraordinaire de fleurs blanches et odorantes. Son geste pour les toucher fut arrêté par la présence de Bill Cafferty dans le jardin. Le journaliste se tenait de dos devant la tombe de Pierre. Elle le reconnut sans problème malgré sa capuche, il portait la même doudoune trop grande pour lui et avec laquelle elle l'avait vu la première fois qu'elle lui avait adressé la parole. Abby sentit une bouffée de rage indéfinissable s'emparer d'elle. Elle prit une profonde inspiration et sortit de la maison comme une furie, sans répondre à Emma qui se demandait ce qui était en train de se passer.

— Comment osez-vous ? aboya-t-elle sans préambule, se moquant bien de la pluie qui l'avait trempée en une poignée de secondes.

Elle était à la fois furieuse de le voir fouiner ici malgré leurs avertissements, mais aussi parce qu'il venait d'interrompre un moment de confidence aussi rare que précieux entre elle et Emma. Chaque jour était compté, Abby n'acceptait pas d'en perdre un seul et c'était précisément ce que les forçait à faire cet individu.

Le journaliste rangea en vitesse son téléphone portable et donna l'impression d'être réellement surpris de la trouver là. Abby pensa qu'elle n'avait jamais rencontré un aussi piètre fouineur.

— Oh, mademoiselle Lompré, je suis désolé, je…

— Ne me faites pas croire que vous ne saviez pas que nous habitions ici, ça ne prendra pas ! Que faites-vous là ? Vous furetez ? Bien sûr que vous furetez ! s'emporta-t-elle. Sauf que vous êtes bien trop con pour avoir pensé le faire lorsque nous n'étions pas là !

Cafferty leva les mains en signe de reddition, les cheveux dégoulinants et les joues rosies par le froid. Avec le vent, il ne devait de nouveau pas faire plus de sept degrés.

— Je plaide coupable… Je suis venu faire un reportage sur ces nouveaux acheteurs en quête de vie sauvage et avoue avoir été poussé par la curiosité. Je me demande pourquoi quelqu'un d'aussi célèbre et riche qu'Emma Kart persiste à vivre ici, et aussi modestement, ajouta-t-il en embrassant la longère des yeux.

Abby avança de quelques pas menaçants.

— Je me fous de ce que vous vous demandez ou pas, vous dégagez !

Elle se tourna pour lui montrer la sortie et ne vit pas le 4 × 4 qu'on lui avait prêté.

— Comment êtes-vous venu ?

— Je suis garé plus loin.

Abby fulmina.

— Nom d'un chien, mais vous êtes un véritable roublard ! Vous ne laissez rien au hasard, n'est-ce pas ? Pas vu pas pris ? Je déteste les gens comme vous. Maintenant, fichez le camp avant que j'aille chercher le fusil pour vous passer l'envie de revenir. Et je vous préviens, si vous avez eu le malheur de prendre des photos et que je les retrouve dans la presse, je vous assignerai en justice pour violation de propriété privée et croyez-moi sur parole, je vous ferai bouffer votre slip !

— Laisse-le.

Abby se retourna sur sa mère, le souffle court. Depuis la terrasse, abritée sous un parapluie, Emma semblait demeurer d'un calme olympien.

— Pour quel média travaillez-vous, monsieur Cafferty ?

Le journaliste s'approcha, incertain.

— Switch Communication, madame. Un journal d'infos sur le Net.

— N'aimeriez-vous pas travailler pour un grand journal un jour ?

Déconcerté par la question, son regard passa plusieurs fois d'Abby à Emma.

— Eh bien, je… j'aimerais en avoir un jour l'opportunité, oui.

— Dans ce cas, suivez-moi.

Elle fit demi-tour avec son fauteuil et se dirigea vers la porte. Abby était sidérée. Elle l'invitait à entrer ? Chez elles ? Même Cafferty n'était pas sûr d'avoir compris tant sa proposition était inattendue. Quand il fit un pas en direction de la maison, Abby l'arrêta, toutes griffes dehors.

— Je vous interdis de bouger.

Elle courut jusqu'à Emma pour lui demander des explications.

— Maman, qu'est-ce que tu fais ?

— J'achète ma tranquillité.

— Tu vas répondre à ses questions ?

Emma ferma son parapluie et pénétra dans le salon.

— Oui. C'est le meilleur moyen d'être sûr qu'il ne dira pas n'importe quoi.

— Mais enfin ! Tu ne peux pas faire une chose pareille ! Il va comprendre ta situation, tout divulguer sur son site de débiles profonds et il en sera fini de ta tranquillité ! Les paparazzi vont se pointer ici et ne te laisseront pas une minute de répit. Tu le sais, ils l'ont déjà fait et j'étais là !

Emma fronça les sourcils, sensiblement irritée.

— Abigail, Regina Lompré, serais-tu en train d'insulter mon intelligence ? J'ai soixante-douze ans, je pratique les journalistes depuis bien avant ta naissance, je sais ce que je fais. Alors s'il te plaît, fais entrer ce monsieur dans mon bureau, apporte-nous du café et laisse-moi m'occuper de son cas.

Abby n'arrivait pas à croire ce qui était en train de se passer. Tout ce qu'elle avait voulu éviter allait se dérouler sous ses yeux, et Emma allait tout simplement céder, pleinement consentante.

— Maman !

Emma regarda sa fille d'une façon à la fois implacable et rassurante.

— Je te demande de me faire confiance. Tu veux bien ?

Abby serra les dents. Elle savait d'expérience qu'il ne servait à rien d'essayer de la faire changer d'avis. Sa mère était aussi opiniâtre que têtue. Elle abdiqua et hocha la tête. Emma rejoignit son bureau.

Jugulant le sentiment de trahison qui s'emparait d'elle, se battant pour garder à l'esprit qu'Emma était en droit de garder le contrôle sur sa vie, Abby sortit de la longère sous la contrainte pour retrouver Bill Cafferty qui n'avait pas bougé d'un centimètre et ressemblait davantage à un rat mouillé qu'à un homme.

— Vous pouvez entrer.

Cafferty resta deux bonnes heures en compagnie d'Emma sans qu'Abby ne puisse participer à l'échange. Elle dut se faire violence pour ne pas écouter à la porte. Elle serra les poings, elle en voulait à sa mère peut-être même davantage parce que celle-ci ne lui livra pas la moindre information, si ce n'est une certitude indiscutable : Cafferty allait enfin rentrer chez lui.

Emma avait toujours eu le don de manipuler ses lecteurs, lesquels n'y voyaient que du feu dans chacune de ses intrigues. Abby ne voulait pas montrer à sa mère combien elle était en désaccord avec ce qu'elle venait de faire, et espérait que le grain à moudre qu'elle avait donné au journaliste n'était qu'une démonstration de ses talents, et qu'il ne ferait pas de ce qu'elle lui avait confié un torchon indigne d'elle.

Cet esprit de protection qu'avait développé Abby était nouveau. Jusqu'à présent, elle ne s'était jamais battue à ce point pour personne. Alors, elle essaya de retrouver le moment où tout avait basculé et fut presque certaine de le pointer du doigt.

Les choses avaient changé lorsque le temps fut compté.

16

Sans voiture, Abby n'avait pas quitté la maison depuis plusieurs jours, la batterie neuve tardait à être livrée. Avec Emma, elles étaient restées en huis clos alors que le temps était infect, et ce fut difficile pour l'une comme pour l'autre. Emma avait besoin d'espace, dormait peu, refusait de prendre ses calmants, se réveillait plusieurs fois la nuit et se levait d'une humeur épouvantable.

Les lois intimes qui gouvernaient Abby étaient autant de sincérité que de paradoxes. Parce qu'elle était épuisée et que son énergie l'abandonnait peu à peu, Emma passait presque tout son temps à se plaindre. De la tête, du dos, d'épuisement, du soleil qui brillait trop fort, de la pluie qui faisait trop de bruit, du thé trop sucré, du café trop amer. Elle soupirait, claquait la langue, s'abîmait dans des silences pesants et ne savait plus rien apprécier… Elle ne voulait même plus sortir. Abby avait conscience que la situation d'Emma était difficile et combien elle ne ferait que s'aggraver, mais elle n'arrivait pas à contenir son irritation en voyant sa mère aussi négative, tout le temps, en la regardant s'amoindrir de corps et d'esprit sans se battre et s'enfoncer chaque jour un peu plus dans la fatalité. Mais contre quoi Emma aurait-elle bien pu se battre ? La mort ? La mort avait gagné d'avance et le problème était surtout Abby qui n'arrivait toujours pas à l'accepter. Alors elle montrait elle aussi des signes d'agacement et s'en voulait terriblement, essayait d'être une meilleure fille, une meilleure aidante.

Il fallut trois jours à Abby et Emma pour terminer l'attrape-rêve. Elles l'accrochèrent au-dessus de son lit un lundi, le premier jour de juillet, peut-être le signe d'un renouveau. Il était très beau et lumineux, tout de bleu, beige et doré, les couleurs préférées d'Emma.

Dès le matin, elle montra beaucoup plus de fatigue que d'habitude et se mit à renifler, à se moucher, à tousser et à montrer des signes de faiblesse évidents. William vint avec Jerry dans l'après-midi pour rapporter la voiture de Pierre, et lui donna un traitement à suivre. Il demanda à Abby d'être vigilante, il fallait éviter que l'infection descende sur les poumons, Emma devait se ménager le plus possible. Un simple rhume aurait pu l'emporter en quelques jours. Elle se mit à râler de plus belle, allant jusqu'à dire qu'elle ne les laisserait pas faire de son lit un tombeau. Parce qu'elle était épuisée, l'agressivité prenait le pas sur la rationalité et Abby avait bien du mal à ne pas s'en trouver affectée.

Emma accepta toutefois de rester couchée et sembla se sentir un peu mieux en début de soirée, mais lorsque Abby vint la voir vers 20 heures pour prendre sa température et lui demander si elle avait besoin de quelque chose, elle trouva Emma faible et tremblotante.

— Maman, tu as froid ?

— Un peu…

Le feu tournait déjà dans la cheminée alors qu'il faisait vingt degrés dehors. Abby déplia la couverture au pied du lit et l'étendit sur sa mère.

— Tu veux que je reste avec toi cette nuit ? lui demanda-t-elle d'une voix douce.

Emma hocha la tête sans rien dire, trop amoindrie pour amorcer l'ombre d'un sourire. Abby s'allongea à côté d'elle, tout habillée, se serra contre elle pour lui tenir chaud, et lui prit la main jusqu'à ce qu'elle s'endorme, son pouce caressant la finesse de sa peau.

Abby aussi sombra dans le sommeil sans en sentir les prémices, elle était épuisée.

Elle rouvrit les yeux avec le sentiment d'avoir soudain très froid, mais ce n'était pas la température qui lui avait glacé les veines, c'étaient les hurlements d'Emma. Elle s'agitait dans son sommeil, gémissait, grognait et se débattait, secouant les bras, la tête, balançant les poings en avant.

— Maman, je suis là, je suis là… chuchota Emma pour ne pas l'effrayer davantage.

— Laissez-moi, laissez-moi ! hurla-t-elle en se débattant.

Abby voulut lui mettre les mains sur les joues pour tenter de la calmer, mais Emma semblait être en transe, inconsciente de l'endroit où elle se trouvait vraiment.

— Laissez-moi sortir ! J'étouffe, j'étouffe !

— Maman, c'est Abby, calme-toi, tu es avec moi.

— Laissez-moi sortir !

Elle s'appuya soudain sur ses bras avec une force insoupçonnée et essaya de basculer hors du lit, de fuir ses ennemis imaginaires.

— Maman !

Abby la chevaucha de justesse pour l'empêcher de tomber et lui plaqua les mains au-dessus de la tête. Elle s'allongea à moitié sur elle pour lui parler à l'oreille.

— Chut… Je suis là. C'est Abby. Tu es dans ta chambre.

Elle répéta cette phrase plusieurs fois et Emma sembla se calmer. Son souffle devint plus régulier. Abby libéra sa prise et se redressa pour la regarder, Emma avait ouvert les yeux.

— C'est moi, maman, je suis là.

— Qui êtes-vous ?

Abby se tendit.

— C'est moi, Abby.

Emma la regarda comme si elle ne la reconnaissait pas.

— Ne les laisse pas m'emmener à l'hôpital. Je veux rester avec toi.

— Tu n'iras pas à l'hôpital, maman. On est là, dans ta chambre.

Elle ferma un instant les yeux et quand elle les rouvrit, elle délira complètement.

— Ton père nous a abandonnées, c'est un lâche ! Et maintenant ils veulent que je reste dans cet hôpital, je n'irai pas ! Emma, ne les laisse pas m'emmener, je ne suis pas folle…

Abby avala sa salive, un nœud dans l'estomac, et réalisa que dans sa divagation, Emma se prenait pour sa propre mère. Elle perdait toute notion de la réalité et c'était effrayant. À la fois de la voir se transformer ainsi, et aussi parce que Abby ne savait pas quoi faire. Ils n'avaient pas discuté d'une telle éventualité avec William, comment réagir face à une crise de delirium. Aussi Abby fit ce qui lui parut peut-être le plus fou, mais aussi le plus logique, elle s'installa à côté de sa mère, la prit dans ses bras et la berça comme une enfant. Elle se fit passer pour elle et joua la comédie.

— Je suis là, maman, je ne les laisserai pas t'emmener… On est toutes les deux. Personne ne te prendra.

La tête contre la poitrine d'Abby, Emma sembla peu à peu se calmer et ferma les yeux, enfin rassurée.

— Emma…

— Oui, maman, c'est moi. Je suis là.

Après cette scène, Abby n'avait plus fermé l'œil. La lampe de son téléphone allumée, elle avait regardé Emma dormir, bouger la main en sursaut et parfois grimacer pendant son sommeil. L'anxiété et la détresse s'emparaient d'elle de la plus horrible des façons, la faisant sortir d'elle-même au point où elle ne distinguait plus la réalité de ses angoisses. Emma avait peur de mourir et d'être seule au bout du tunnel, elle l'avait déjà dit, mais pour la première fois de sa vie, Abby l'avait vue exprimer les traumatismes de son passé, sa vie avec une mère dépressive qui faisait des séjours réguliers en maison de repos. Dans ses pires angoisses, tout se mélangeait, les douleurs de l'enfance, le présent, le futur dans la mort… Abby en avait l'estomac comprimé, l'impuissance le serrait dans un étau.

Au réveil, Emma avait un peu de température et commençait à tousser. Elle n'évoqua pas les terreurs qui l'avaient secouée pendant son sommeil, Abby n'aurait pas su dire si elle s'en souvenait, mais Emma réalisait avec acuité que son état était en train de s'aggraver.

— J'ai soif…

Emma but le verre d'eau qu'Abby porta à ses lèvres et prit ses médicaments sans rechigner. Emma était sans force, elle arrivait à peine à lever la main.

— Il faut appeler le Dr Taylor…

Abby essaya à plusieurs reprises, mais tomba systématiquement sur son répondeur. Emma toussait de plus en plus, elle ne pouvait pas la laisser comme ça. Contrariée, Abby crispa les mâchoires et consulta l'heure des marées sur son mobile, elles étaient en sa faveur, le temps aussi, il ne pleuvait plus.

— Tu te sens de rester seule pendant que je vais chercher William à Eagle Bay ? demanda-t-elle à Emma. J'en aurai pour une heure, grand maximum.

Emma souleva les paupières et hocha la tête faiblement.

— J'ai besoin de dormir. Laisse mon portable sur la table de chevet.

Abby s'exécuta.

— Le mien reste allumé et n'est pas sur silencieux. Tu m'appelles au moindre problème, promis ?

— Oui… sois prudente.

Abby tiqua, c'était peut-être la première fois que sa mère lui faisait cette demande. Comme si elle avait des centaines de kilomètres à parcourir. Abby comprit qu'elle avait terriblement peur de se retrouver seule, elle qui avait hurlé qu'elle n'avait besoin de personne lorsque Abby était revenue à Eagle Bay.

Elle remonta les couvertures sur sa mère, veilla à ce qu'elle ait de l'eau, que la chambre soit suffisamment chauffée et se dépêcha de monter dans le pick-up.

William n'était pas chez lui lorsque Abby frappa à sa porte, et son chien Rizzo non plus, aussi essaya-t-elle de le rappeler, sans parvenir à le joindre. Elle n'avait pas vu son bateau amarré à Labouchere Bay, et il n'était pas non plus devant chez lui. Désemparée, elle courut chez Mary et Jerry.

Il était à peine 7 heures, aussi furent-ils surpris de la trouver là.

— Un problème, ma grande ? demanda Jerry en la faisant entrer.

— Je cherche William…

— Il est parti pêcher avec son chien.

Abby ne parvint pas à retenir son stress. Elle sentait son rythme cardiaque s'accélérer.

— Il y a longtemps ?

— Une heure peut-être, que se passe-t-il ?

Abby avait passé une nuit horrible, elle s'inquiétait pour Emma, alors de stress, de fatigue et de colère, elle ne parvint pas à empêcher ses yeux de s'humidifier.

— Maman a besoin de lui…

Mary, qui était en train d'essuyer sa vaisselle, posa son torchon pour se rapprocher d'Abby et la prit par les épaules.

— Hé… Jerry m'a dit qu'elle était enrhumée. Nous savons qu'elle est fragile avec sa maladie, mais c'est pas la première fois, elle va se remettre.

Abby sentait toutes ses résistances céder. C'était trop pour elle.

— Vous ne comprenez pas… Elle est en sursis.

Mary et Jerry se regardèrent sans comprendre.

— Qu'est-ce que tu veux dire par là ? demanda Jerry.

— Elle est en train de mourir ! hurla Abby en éclatant en sanglots.

— Allons, allons, tenta de la calmer Mary, on ne meurt pas d'un rhume. Viens t'asseoir et calme-toi. Jerry, donne-lui un verre d'eau.

Abby se laissa faire, les épaules secouées de spasmes. Les vannes étaient ouvertes et elle n'arrivait plus à les refermer. Elle n'en pouvait plus de garder le secret pour elle, le poids était trop lourd à porter. Elle but quelques gorgées et essaya de se ressaisir.

— Son traitement ne fonctionne plus… Il lui reste un, deux mois à vivre, tout au plus.

Bien qu'assise, Mary manqua perdre l'équilibre et porta une main à ses lèvres.

— Qu'est-ce que tu racontes ? cingla Jerry que la situation était loin d'amuser. William l'a vue hier, il n'a rien laissé entendre de tel.

— Parce qu'elle ne veut pas que vous le sachiez…

— Mais… commença Mary qui n'arrivait pas à le croire. Depuis quand le savez-vous ?

— Elle l'a su avant la mort de mon père.

— Seigneur…

Jerry regarda sa femme et finit par se laisser tomber sur une chaise, le souffle coupé.

Abby devait faire vite, elle sécha ses larmes et se leva d'un coup.

— Il faut qu'on trouve William.

Elle sortit de la maison pour rejoindre le zodiac de son père. Il n'avait pas dû aller très loin, elle allait forcément le trouver.

— Abby, attends ! cria Jerry. On va y aller ensemble, je sais où il a ses habitudes.

Il prit la barre de son petit bateau de pêche et navigua environ cinq miles au sud, jusqu'à ce qu'ils aperçoivent le bateau de William en pleine mer. Il n'était pas du tout en train de pêcher, il tenait des jumelles, alors, Abby comprit qu'il était en train d'observer des rorquals qui s'ébattaient à une centaine de mètres devant lui. Elle aurait pu s'extasier de les voir s'amuser, faire jaillir de l'air par leurs évents et jouer à un jeu de séduction en présence du bateau, mais elle n'avait pas de temps à perdre. Lorsque William vit le zodiac arriver, il fit de grands gestes, signe qu'il fallait approcher plus lentement.

Jerry avança jusqu'à ce que les deux coques se retrouvent presque l'une contre l'autre.

— Ma mère ne va pas bien ! cria Abby.

William hocha la tête sans dire un mot, il avait compris.

— Doc, montez avec Abby, vous irez plus vite, je reviens avec votre barque. Et je ramène Rizzo à la maison. Mary va le gâter.

Tandis que Jerry maintenait à la main la barque de William, celui-ci s'exécuta, restant d'un calme olympien alors qu'Abby bouillait littéralement.

Ils demeurèrent silencieux dans le bateau, le bruit du moteur aurait couvert leurs voix. Mais lorsqu'ils arrivèrent à quai pour récupérer la mallette médicale de William, Abby embraya avec une agressivité qui ne lui ressemblait pas.

— Pourquoi n'étiez-vous pas chez vous ? Vous saviez que ma mère allait mal.

Abby sur ses talons, William ouvrit la porte de chez lui, se dirigea dans la cuisine pour se laver les mains et ouvrit une boîte à pharmacie dans laquelle il stockait tout un tas de médicaments. Il commença à en remplir sa valise.

— William, je vous parle, s'impatienta Abby. J'ai essayé de vous joindre plusieurs fois et suis toujours tombée sur votre messagerie.

Mon téléphone était éteint.

— Pardon ? Je ne vous apprends rien en vous disant que ma mère va bientôt mourir et que s'occuper d'elle est une responsabilité de chaque jour !

Il releva la tête et la regarda droit dans les yeux, sans ciller.

— Essayez de vous calmer.

— Que je me calme ? Elle tousse, elle a de la fièvre, elle a hurlé et déliré la moitié de la nuit, elle se prenait pour sa mère, avait peur qu'on l'enferme ou je ne sais quoi. Non, je n'ai pas du tout envie de me calmer ! Ne me faites plus jamais ce coup-là.

Abby ne semblait pas se rendre compte de la rudesse de ses mots. C'était comme si elle en voulait à la Terre entière pour la situation dans laquelle Emma se trouvait, et à William particulièrement qui était aussi impuissant qu'elle.

Cependant, il resta calme et posé.

— Je comprends vos angoisses, mais ne pas réussir à me joindre arrivera encore, parce que quelle que soit la situation dans laquelle les membres de la communauté se trouveront, je prendrai toujours du temps pour moi. C'est essentiel pour ne pas perdre pied et être efficace quand on a besoin de mes services. Allons-y, ma mallette est prête.

Ils montèrent sur le zodiac et parcoururent la distance jusqu'au ponton de Labouchere Bay dans un parfait silence.

William s'était complètement fermé et Abby admit qu'elle en était responsable. L'une des raisons pour lesquelles les gens s'installaient à Eagle Bay était de ne plus dépendre des autres ni les subir. Abby était encore sous l'influence du modèle dans lequel elle avait évolué ces vingt dernières années, une vie à cent à l'heure, l'habitude d'obtenir tout et tout de suite, l'individualisme, la déraison. Elle venait exactement de faire ce pourquoi William s'était éloigné de la société.

— Je suis vraiment désolée, finit-elle par dire avant que chacun grimpe dans son véhicule.

— Ainsi va le monde.

Sa réponse était froide et dénuée d'émotion.

— Vous êtes amer…

— Je suis réaliste. L'humain dispose, prend et est incapable de se satisfaire de ce qu'il possède. Il veut toujours plus, qu'importe que ce soit aux dépens d'autres.

— C'est comme ça que vous me voyez ?

— Vous n'êtes pas différente du commun des mortels.

Abby fut tellement blessée par cette remarque que son souffle se bloqua. Puis l'irritation d'être ainsi jugée prit le pas.

— Vous non plus vous n'êtes pas différent du commun des mortels, docteur Taylor, vous avez du mal à renoncer à votre zone de confort et faites barrage à toute forme de contrainte. Vous vous braquez devant celui ou celle qui empiète sur votre liberté et refusez de vivre en collectivité. Mais je vais vous dire, le fait que vous vous soyez isolé à Eagle Bay pour cette raison est une forme de lâcheté, laquelle fait partie intégrante des travers de notre société, celle que vous fustigez. Vous êtes partie prenante, que vous le vouliez ou non. Je vous ai déçu ? J'en suis sincèrement navrée, j'ai fait preuve d'égoïsme et ça arrivera encore, parce que je suis un animal social démuni, terrifié, et que j'ai besoin de vous.

Les secondes silencieuses qui s'écoulèrent furent assourdissantes. William ne la quittait pas des yeux.

— Je sais, finit-il par dire.

À quoi répondait-il ? Sa dernière phrase ou sa première analyse ? Abby n'en savait rien et n'eut pas envie de creuser davantage, le temps pressait. Elle se contenta de sa réponse, hocha la tête et monta dans son pick-up.

Ils arrivèrent à la longère où Emma dormait profondément et tenait entre les mains l'attrape-rêve. Abby baissa les paupières pour ne pas laisser transparaître ses émotions. Emma ne se souvenait peut-être pas de sa nuit passée, mais elle avait peur de ses songes. Elle se réveilla dès que William prit sa température pour constater qu'elle avait baissé, puis se mit à tousser, les yeux mi-clos.

— La toux est toujours sèche, mais à surveiller, diagnostiqua William. Vous allez continuer à prendre le traitement que je vous ai donné hier et vous reposer, dormir autant que nécessaire et vous alimenter sainement.

Il prit son temps pour ausculter Emma, rangea son matériel et donna quelques somnifères à Abby.

— Donnez-lui la moitié d'un comprimé avant de dormir pour lui éviter d'être trop agitée. Je ne vous promets pas que ça fonctionnera chaque fois, mais ça l'aidera à mieux dormir. Elle va se remettre de ce vilain rhume, j'en suis certain. Je dois vous laisser, Jerry m'attend à Labouchere, il a sûrement dû vous rapporter votre zodiac.

— D'accord. Merci d'être venu, doc, et s'il vous plaît, ne nous battons pas froid.

— Ce n'est pas mon genre ni le vôtre. Je repasse demain pour voir comment votre mère se sent. Mon téléphone restera allumé en cas de problème.

— Merci, William.

Il regarda Abby avec une douceur inattendue, elle y vit l'apaisement qu'elle souhaitait entre eux, de l'espoir et une promesse aussi.

— Je ne vous lâche pas. À demain, Abby.

Plus tard dans la journée, Abby retourna dans la baie pour acheter quelques pommes de terre et préparer une soupe à Emma. En sortant de l'épicerie, elle vit un hydravion amerrir tout près de la base. Sur le ponton, Bill Cafferty attendait avec ses bagages. Le journaliste avait eu ce qu'il voulait, il pouvait repartir sous le soleil de la Californie.

La porte de l'appareil s'ouvrit. Un homme d'une cinquantaine d'années et une femme bien plus jeune en sortirent. Une petite valise, un sac à dos : ils ne resteraient pas longtemps.

Ainsi allait la vie à Eagle Bay, des allées et venues de gens curieux, des souvenirs emportés et peu d'empreintes laissées.

Le vent se mit soudain à souffler, une rafale sans conséquence, une bise silencieuse. Puis plus rien.

Oui, ainsi allait la vie à Eagle Bay.

Et la mort aussi.

17

C'était prévisible, la nouvelle de l'état d'Emma se répandit comme une traînée de poudre au sein de la communauté. Mary et Jerry furent les premiers à lui rendre visite, suivis de beaucoup d'autres. Personne ne pouvait faire comme s'il n'était au courant de rien. Chaque fois ce fut un moment d'une déchirante tendresse. Tous les habitants fondateurs d'Eagle Bay aimaient profondément Emma et tenaient à ce qu'elle le sache. Les conversations furent parfois longues et poignantes, d'autres fugaces et pudiques tant les mots étaient durs à trouver.

Abby savait que sa mère aurait préféré qu'elle se taise, mais elle était tout aussi certaine qu'Emma était suffisamment intelligente pour comprendre que si elle avait craqué, c'était parce qu'elle ne parvenait plus à porter seule un tel fardeau. Lorsqu'elles furent seules et qu'elles en discutèrent, Emma lui confia qu'elle s'était souvent demandé combien de temps elle tiendrait.

Abby eut l'impression qu'en ayant révélé son secret, Emma était peut-être plus armée pour l'affronter. Elle ouvrait plus souvent les vannes de l'angoisse qu'elle verbalisait, avec des mots durs parfois. Elle parlait beaucoup de la mort, bien moins de la vie, et davantage de sa peur d'être incinérée. Parfois, elle regardait Abby comme si elle cherchait en elle des certitudes, une vérité, un indice sur la lumière qui finirait par s'éteindre. Impuissante et inutile, Abby en était chaque fois bouleversée, avait du mal à dormir et finissait par peu se nourrir elle aussi.

— Si vous n'êtes pas capable de l'entendre, dites-le-lui, lui avait conseillé William, vous devez vous protéger.

Mais en restant ici, Abby avait embrassé un devoir de soutien, un sacerdoce, elle s'était engagée à être là pour sa mère, jusqu'au bout, et quel qu'en soit le prix.

Le soir, Emma s'endormait, son attrape-rêve entre les mains, épuisée par ses propres pensées et questionnements. Elle lui confiait ses craintes les plus profondes et se réfugiait dans des espoirs métaphysiques qui ne lui avaient jamais effleuré l'esprit jusque-là. Ce qu'elle trouvait ridicule et irrationnel auparavant devenait ce à quoi elle s'accrochait. Elle qui n'avait jamais cru en un quelconque dieu espérait que les esprits l'entendent et prennent soin de son âme. Comment imaginait-elle, espérait-elle l'au-delà ? Abby n'osa jamais lui poser la question.

La maladie d'Emma progressait de jour en jour, mais lui laissait des moments de répit déstabilisants. Aussi, un matin, elle décida de se lever, de prendre une longue douche, de se laver les cheveux, de mettre une jolie robe et de se coiffer. Elle avait recouvré une énergie soudaine, le ciel était clair et elle avait faim.

Abby lui prépara des crêpes au sirop de bouleau, Emma l'avait toujours beaucoup aimé et le trouvait bien plus raffiné que le meilleur des sirops d'érable. C'était un produit rare, et celui-ci était fabriqué ici, dans la forêt de Wooden Wheel Cove, par Bonnie elle-même, ce qui le rendait encore plus précieux.

Troublée, Abby regarda sa mère manger. Elle avait les joues roses et les traits détendus, malgré les quelques kilos supplémentaires qu'elle avait perdus qui lui creusaient davantage le visage. À la voir comme ça, personne n'aurait pu se douter qu'elle était en train de parcourir les derniers kilomètres de sa vie. Elle mangea comme quatre, but deux grands cafés, et de voir que l'appétit lui était revenu lui donna autant d'énergie qu'à Abby. Laquelle n'arrivait presque plus rien à avaler depuis des jours.

— Mange, toi aussi, exigea Emma. Tu n'as que la peau sur les os.

Abby sourit.

— Je mange, regarde, dit-elle en picorant un morceau de crêpe.

— Ton père les réussissait moins bien que toi.

Abby n'en revint pas. Un compliment !

— Eh bien merci, c'est gentil. Et encore, tu n'as pas goûté à mes gaufres !

— Bonnie a un appareil en fonte qu'on peut poser sur les braises de la cheminée. Demande-lui de nous le prêter. J'aimerais manger des gaufres à la crème fouettée et à la confiture de baies sauvages. Ma grand-mère m'en faisait quand j'étais petite.

Ce n'était pas un vœu pieux. Abby le ferait. Dès le lendemain, elle s'empresserait d'aller chercher le gaufrier chez Bonnie.

Repue, Emma demanda à s'installer dans la véranda. Elle voulait toucher les feuilles de citronnier et regarder le jardin. Dehors, les arbres et la végétation n'avaient jamais été aussi épanouis. Juillet les rendait plus beaux, plus riches, plus forts.

Abby lui apporta une tasse de thé au jasmin, lui mit une couverture sur les épaules et s'assit à côté d'elle sur le vieux fauteuil en rotin.

— Je rêve beaucoup de ma mère, annonça Emma.

Bien sûr, Abby le savait, mais elle fit comme si elle le découvrait.

— Et de quoi rêves-tu ?

— De toutes les fois où elle m'abandonnait pour aller à l'hôpital. Ma grand-mère s'occupait de moi, ma mère ne s'est jamais remise du départ de mon père.

Emma avait envie de parler de son passé, c'était si rare qu'Abby fit silence pour écouter.

— J'ai très peu de souvenirs de lui, dit-elle en prenant soudain la main d'Abby, je sais juste qu'il vendait des voitures et qu'il est parti en Californie avec une autre femme. Au début, il m'envoyait des cartes postales de plages, de cocotiers. J'avais quatre ans. Et puis un jour, je n'ai plus eu de nouvelles et je l'ai oublié. Tu as eu de la chance d'avoir le tien.

— De vous avoir tous les deux, la reprit Abby alors qu'elle n'avait encore jamais eu l'occasion ni l'envie de formuler une telle phrase.

Emma tourna la tête vers sa fille

— Tu le penses vraiment ?

— Maman… toi et moi n'avons jamais été aussi proches l'une de l'autre que depuis que je suis revenue. Si tout ce que nous avons traversé devait nous mener de nouveau à ta main dans la mienne, alors je referais tout depuis le début. Je t'aime, maman.

Le regard d'Emma se brouilla et le bleu de ses iris parut plus clair encore. Elle serra très fort les doigts de sa fille, furtivement, et ce geste signifia bien plus pour Abby que n'importe quel aveu. Sans un mot, elles penchèrent la tête l'une contre l'autre, les yeux fixés de longues minutes sur le jardin et l'écureuil qui venait faire sa ronde au pied de la tombe de Pierre.

— Et si nous allions nous promener ? suggéra soudain Emma.

— Je ne sais pas si c'est raisonnable, tu te remets à peine de ton rhume…

— Quand je serai morte, ce sera trop tard.

C'était tranchant, douloureux, mais Emma avait pourtant raison.

— Où veux-tu aller ?

— Au bord de l'eau, comme la dernière fois.

Abby hocha la tête et réfléchit. Il faisait beau, les températures étaient clémentes, toutefois, le vent soufflait fort. Retomber malade pourrait emporter Emma plus tôt que prévu, et ça, Abby ne voulait le risquer. Mais qui était-elle pour la priver de ce plaisir si c'était ce qu'Emma voulait ?

— J'ai une idée. Et si nous prenions plutôt le pick-up pour faire un tour sur l'île ? Allons à l'est, les chemins sont en terre, tu seras un peu secouée, mais la vue y est exceptionnelle, tu te souviens ? Ce serait plus sage et tu pourrais en profiter tout en étant bien installée et protégée du vent, qu'en penses-tu ?

Emma hocha la tête avec un léger sourire, donnant l'impression que tout ce qu'elle voulait, c'était finalement sortir un peu de la maison.

— Super ! Je vais préparer la voiture. Habille-toi chaudement surtout.

Abby n'avait encore jamais utilisé le système que Pierre avait mis au point pour soulever le fauteuil roulant d'Emma et lui permettre de monter dans le pick-up. Mais elle n'était plus aussi inquiète à l'idée de s'en servir, elle avait vu comment William s'y prenait pour aider sa mère à s'asseoir correctement sur le siège. Une fois sur le rebord, Emma soulevait les accoudoirs de son fauteuil, utilisait la force de ses bras pour mieux s'installer, et plaçait elle-même ses jambes pour qu'elles soient bien droites devant elle. Emma n'avait plus autant de forces que lorsqu'ils avaient voyagé sur l'île Annette, mais Abby saurait se débrouiller pour l'aider.

Elle récupéra la plateforme dans le garage et la positionna au bon endroit, essayant d'abord de la faire lever afin de s'assurer qu'elle fonctionnait toujours. Soulagée, elle vit que c'était le cas, les deux crics étaient en parfait état. Abby décida ensuite de nettoyer l'intérieur du véhicule, de ranger ce qui traînait pour faire un maximum de place à Emma. Elle était en train de tirer les tapis de sol, lorsqu'un bruit de moteur lui fit relever la tête. C'était Jerry, et contrairement à d'habitude, il se gara au bout du chemin, à une vingtaine de mètres de la longère.

Abby sortit du pick-up en plissant les yeux. Jerry descendit du sien et, de toute évidence, il n'était pas seul à bord. Deux personnes se trouvaient à l'avant. Abby était un peu trop loin, et eux étaient bien assez abrités sous l'habitacle pour qu'elle les reconnaisse, mais elle eut l'impression qu'il s'agissait des deux personnes qu'elle avait vues descendre de l'hydravion une semaine plus tôt et ça l'intrigua.

— Hé ! lança-t-elle à Jerry. Un problème ?

Alors qu'elle allait à sa rencontre, il se mit à courir vers elle pour la devancer. Abby en fut si stupéfaite qu'elle s'arrêta net.

Il se posta devant elle, un peu essoufflé et le visage aussi grave que le jour où il lui avait annoncé qu'Emma venait d'avoir un accident.

— Jerry ? Que se passe-t-il ? Un problème avec Mary ?

Le regard troublé, le géant d'Eagle Bay se passa une main dans les cheveux et se frotta nerveusement la barbe.

— Non. Il y a quelqu'un qui veut voir ta mère.

— Quelqu'un ? demanda Abby en se décalant un peu pour regarder en direction du pick-up.

— Des gens. Un père et sa fille.

Abby fronça les sourcils.

— Voyons, Jerry, depuis quand tu ramènes « des gens » ici ?

Jusqu'à présent et depuis toujours, la communauté tout entière avait fait preuve de pudeur concernant Emma. Les curieux qui avaient voulu soutirer des informations sur la célèbre romancière n'étaient pas rares, mais ils avaient chaque fois écopé d'une fin de non-recevoir. Ici, pratiquer la discrétion et la solidarité était une règle de survie au même titre que la chasse ou la pêche.

— C'est un peu différent cette fois-ci… tenta d'expliquer Jerry. Je ne sais pas comment te le dire…

— Le plus simplement du monde, répondit Abby. Mais vas-y, parce que tu commences à me faire paniquer.

— OK… L'homme dit qu'il est son fils.

Abby écarquilla les yeux, convaincue d'avoir perdu le fil de la conversation.

— Pardon ? Le fils de qui ?

— De ta mère.

Cette fois, Abby dut se faire violence pour ne pas éclater de rire nerveusement. Emma avait bien assez à gérer pour qu'une situation abracadabrante vienne s'ajouter. Elle n'eut pas l'indélicatesse de dire à Jerry que sa naïveté la décevait, mais elle le pensait tout de même suffisamment pour que son agacement en témoigne.

— Jerry… par pitié. Combien de fois vous a-t-on fait le coup à Eagle Bay ? « Je suis un cousin », « Je suis un vieil oncle » ? Ma mère n'a jamais eu de fils, elle n'a même plus du tout de famille à part moi, tu la connais depuis assez longtemps pour en avoir la certitude, non ?

— Oui, c'est vrai mais…

Il se tut et se retourna lorsque la porte de son pick-up claqua et que l'homme en question en descendit.

L'une des raisons pour lesquelles Abby était devenue avocate résidait dans son caractère : elle avait toujours su faire preuve d'un sang-froid exceptionnel. Mais cette fois, elle fut non seulement prise au dépourvu par l'arrivée de cet étranger, mais elle fut aussi plus déstabilisée que jamais et comprit ce qui avait tant perturbé Jerry.

L'homme qui avançait vers eux avait l'exact regard d'Emma.

Le souffle court, Abby dévisagea l'inconnu et jusqu'à ce qu'il se poste devant elle, Abby ne tourna pas la tête.

Ses traits étaient en réalité très différents de ceux d'Emma, mais ses yeux et la façon dont il relevait la tête avec assurance rendaient frappante leur ressemblance pour peu qu'on connaisse leur filiation. Il devait avoir une cinquantaine d'années. Des cheveux poivre et sel coupés court, un peu dégarni, une peau claire et une allure sportive.

— Bonjour, dit-il d'une voix posée. Je suis Philippe Monnier.

Son anglais était impeccable, mais pas assez pour qu'Abby ne repère pas qu'il était français, aussi lui répondit-elle dans sa langue maternelle.

— Bonjour, Abigail Lompré, je suis la fille d'Emma Kart.

Il hocha la tête.

— Je souhaiterais lui parler.

Emma fronça les sourcils. Parfois, entre l'assurance et l'arrogance, il n'y avait qu'un pas, que cet homme venait de franchir. Il semblait certain de ne pas faire face à un refus. Or, entre la surprise et la méfiance, la distance était tout aussi courte. Abby ne cilla pas.

— Monsieur, je ne vais pas vous demander à quel sujet, Jerry vient de me dire qui vous prétendez être.

— Je ne prétends pas, mademoiselle, l'interrompit-il, je suis l'enfant que votre mère a abandonné il y a cinquante ans.

— Qu'est-ce que vous racontez ? C'est dc l'argent que vous cherchez ? Vous ne serez pas le premier à essayer, mais sachez que personne n'a jamais eu gain de cause.

Mais au fond d'Abby, quelque chose résonnait très fort. Cet homme était français, et cinquante ans plus tôt, précisément, c'était en France qu'Emma avait choisi de faire son stage de fin d'études, c'était aussi durant cette période qu'elle avait rencontré Pierre.

Ses propres parents ? Abby eut beau se dire que rien n'était fondé, elle en eut un haut-le-cœur puissant.

— Je ne cherche pas à m'enrichir, mademoiselle, avoir été abandonné à la naissance ne m'a pas empêché de réussir ma vie. Ce que je veux, ce sont des réponses.

Qu'elle fût vraie ou non, cette annonce était d'une violence intolérable. Mais cet homme se tenant droit devant elle semblait déterminé et certain de ne pas se tromper. Il avait traversé la moitié du globe par certitude et volonté de comprendre pourquoi on n'avait pas voulu de lui. Emma et Pierre étaient-ils responsables ? Abby eut le sentiment que le sol se dérobait sous ses pieds. Elle ne pouvait le croire.

Elle chercha de l'aide dans le regard de Jerry qui, par discrétion, s'était éloigné, mais elle n'y trouva rien d'autre que de l'impuissance. Il pinça les lèvres, puis porta son attention par-dessus l'épaule d'Abby, aussi se retourna-t-elle.

Assise dans son fauteuil, blottie dans une veste épaisse en laine, Emma se tenait dans l'embrasure de la porte.

Elle avait tout entendu.

18

— Vous avez accouché sous X à la Pitié-Salpêtrière, un 24 septembre 1969, d'un garçon petit mais en excellente santé. Vous l'avez abandonné et vous ne vous êtes jamais souciée de lui. Vous ne lui avez même pas donné de prénom.

Bref, concis, froid. Philippe Monnier exposait les faits et faisait tout exploser autour de lui. Le passé, le présent, l'avenir, tout ce qu'avait toujours cru Abby, tout ce sur quoi son enfance avait reposé. Elle avait les oreilles qui bourdonnaient et le cœur pris dans un étau. Elle dévisageait sa mère, attendait une réaction, un battement de cils, n'importe quoi, mais Emma demeura impassible, comme si les mots de cet homme qui prétendait être son fils glissaient sur elle sans l'atteindre. Elle ne bougeait pas, son regard ne brillait pas, jamais Abby ne l'avait trouvée aussi opaque, comme jamais la grande pièce du salon ne lui avait paru aussi étriquée et glaciale.

Les murs détenaient désormais un secret et semblaient se resserrer autour d'eux comme un tombeau. Abby étouffait et aurait donné n'importe quoi pour ne jamais avoir à vivre une telle scène. Elle avait envie de hurler à sa mère de démentir immédiatement, de se défendre, de dire à cet homme qu'il se trompait, qu'il s'agissait de quelqu'un d'autre, qu'elle n'avait rien à voir avec ça, mais Emma fit tout le contraire.

— Vous avez raison, c'est bien ce qui s'est passé.

Le cœur battant à un rythme effréné, Abby cessa de respirer. Le couperet était tombé. Comment était-ce possible ? Comment ses parents avaient-ils pu lui cacher une telle vérité ? Pourquoi avaient-ils abandonné un enfant ? Comment avaient-ils pu la faire vivre dans un tel mensonge ? Elle avait mille questions, parce qu'elle avait un frère et qu'elle ne l'avait jamais su.

— Maman…

Ce fut tout ce qu'elle parvint à dire, la voix brisée par des émotions toutes plus contradictoires les unes que les autres. La colère, la pitié, la honte, la curiosité… Ses yeux brillaient de larmes qui ne couleraient pas. Elle regarda l'homme qui se tenait en face d'elles et se demanda pourquoi. Pourquoi maintenant ? Pourquoi, s'il ne voulait pas d'argent ? Par quel hasard avait-il choisi de rencontrer Emma maintenant alors qu'elle était sur le point de mourir ? Pourquoi l'Univers s'acharnait-il à ce point ?

— Pourquoi ? demanda-t-il à son tour en regardant Emma.

Laquelle resserra son châle autour de ses épaules et releva la tête.

— Parce que j'étais jeune, que je n'avais pas terminé mes études, que je commençais à me faire connaître comme romancière et que je n'avais pas les épaules pour devenir mère.

— Mais vous l'étiez déjà, à l'instant même où vous avez accouché, lui reprocha-t-il.

— Être et devenir sont deux choses bien différentes. La biologie faisait de moi une mère, mais mon esprit était incapable de s'y plier. Je n'aurais pas su vous élever parce que je n'en avais pas envie.

Les mâchoires de Philippe Monnier se crispèrent. Sans doute aurait-il préféré entendre autre chose, même si c'était un mensonge. Qu'Emma l'avait immédiatement aimé, mais que sa situation financière ne le permettait pas et que leur séparation fut une déchirure ? Qu'elle était jeune et fragile, perdue et sans aucun sens des responsabilités ? Qu'elle regrettait son acte ? Mais ce n'était pas ce que disait Emma. Elle était aussi tranchante que cet homme pouvait l'être quand il lui parlait et l'accusait, Emma était en train de dire, avec un calme déroutant, que désirer et accepter d'être mère, ce n'était pas intrinsèque à la génétique. Elle assumait ses actes et rien que ses actes, comme si le reste ne lui appartenait pas. Abby en fut profondément ébranlée et ne sut dire qui d'elle ou de Philippe Monnier était le plus perturbé par cette réalité.

— Vous auriez pu y réfléchir avant, lui reprocha-t-il.

— Je n'en avais pas eu l'occasion.

Leurs regards s'affrontèrent dans un silence pesant. Amer pour l'un, sur la défensive pour l'autre, et entre les deux, Abby dont la tête allait exploser.

— Avez-vous eu une bonne vie ? demanda Emma.

Il darda sur elle un regard clair dont il était impossible de savoir s'il était mâtiné d'amertume ou de reconnaissance.

— J'ai eu la chance d'être adopté avant mes deux ans. Mes parents vont avoir quatre-vingts ans et ce sont des gens aimants et généreux. Ils m'ont dit la vérité très tôt, peut-être trop, il a fallu me construire en ignorant mes racines, mais parce qu'ils ont toujours été honnêtes et droits, je les respecte plus que quiconque.

Peut-être espérait-il perturber ou culpabiliser Emma, mais elle sembla rester maîtresse de ses émotions, alors qu'Abby, elle, bouillait de ne pouvoir taper du poing sur la table et se mêler à cette conversation qui ne lui appartenait pas.

— Je suis heureuse de l'apprendre, dit Emma sans émotion.

Se rendait-elle seulement compte du traumatisme qu'avait dû vivre cet homme en étant enfant ? De la douleur qui avait dû se propager dans les pans de sa vie jusqu'à ce qu'il fonde lui-même une famille ? Emma n'en donnait pas l'impression, mais c'était en réalité toujours cette attitude déshumanisée qu'elle arborait pour cacher ce qu'elle ressentait vraiment. Or, Philippe Monnier n'en avait aucune idée, tout ce qu'il voyait était ce qu'Emma voulait bien lui montrer.

— Qui était mon père ?

— Mon mari est mort, répondit-elle du tac au tac.

Et sa réponse ne souffrait aucune précision. Pourtant, l'homme qui se tenait avec courage devant elle en voulait.

Abby se leva d'un coup. Elle avait l'impression d'être comme un lion en cage. Elle aussi avait mille questions à poser à sa mère, mais elle ne pouvait le faire en présence de Philippe Monnier. Emma éludait et gardait volontairement pour elle les détails de cet épisode de sa vie. Peut-être estimait-elle qu'elle ne lui devait rien de plus, mais Abby, elle, avait le droit de savoir et de comprendre.

— Je vais vous laisser discuter, décida-t-elle. Monsieur Monnier, vous avez fait un long trajet pour parler à ma mère, j'imagine que vous avez beaucoup de choses à vous dire, mais elle est malade, elle est pour ainsi dire mourante. Je vous demanderai donc la plus grande précaution. Si vous avez besoin de moi, je suis à l'étage.

Abby tourna les talons sans un regard à Emma. Elle avait le cœur lourd.

Devant l'une des fenêtres de sa chambre d'adolescente, Abby regardait la tombe de son père. Pierre avait toujours aimé les enfants, il avait même un jour confié à Abby qu'il aurait voulu en avoir bien plus tôt. Alors comment avait-il accepté d'abandonner leur premier-né ? C'était insensé, Abby avait l'impression de ne finalement jamais avoir connu ses parents. Elle se repassa en boucle ses souvenirs de gosse, leurs vacances, leurs Noëls, les anniversaires… Rien n'aurait pu la laisser imaginer qu'ils avaient un jour fait un tel choix. Mais Abby songea à Emma et à ses angoisses venues de l'enfance. Son propre traumatisme n'avait-il pas été la peur de l'abandon chaque fois que sa mère était internée en hôpital psychiatrique ? N'avait-elle pas souffert de ce vide immense que l'absence d'un père sait créer ? Emma avait peut-être eu peur d'aimer aussi mal et peur d'être aussi faible que l'avaient été ses parents. Abandonner son fils aurait-il été une manière de le sauver ? Sans doute était-ce la raison pour laquelle elle n'avait aucun regret.

Abby pensa à la relation chaotique et houleuse qu'elle avait eue avec Emma. Il lui sembla si évident que ses angoisses d'enfant avaient été la raison pour laquelle sa mère avait eu tant de mal à se rapprocher de son unique fille… Abby était triste que les ravages de la vie ne les aient pas épargnées.

La fin des hostilités fut marquée quand Abby descendit pour ouvrir parce qu'on frappait à la porte. Jerry avait dit que Philippe Monnier était venu avec sa fille et c'était elle qui se tenait sur le palier. Une grande brune au regard bleu azur, le même que celui de son père, le même que celui d'Emma.

Sa nièce. Le penser parut si étrange à Abby.

— Bonjour, mon père est chez vous.

— Entrez, je vous en prie.

Elle pénétra dans le salon et salua Emma d'un simple hochement de tête. Mais à la vue de sa petite-fille qui devait avoir au moins vingt-cinq ans, Abby sentit qu'Emma fléchissait un peu. Peut-être réalisait-elle que son sang coulait déjà à travers deux générations, peut-être se disait-elle qu'elle en aurait quand même vu les fruits avant de mourir.

— Papa, s'interposa la jeune femme, c'est l'heure.

Il acquiesça, posa un long regard silencieux sur Emma et se leva.

— Merci de m'avoir reçu, lui dit-il.

Au tour d'Emma de faire un simple mouvement de tête.

Il rejoignit sa fille et se tourna une dernière fois vers la mère qui l'avait un jour abandonné.

— Je vous souhaite beaucoup de paix, dit-il avec une sincérité indéniable.

Puis il quitta la longère avant sa fille.

Abby s'attarda sur la jeune femme qui n'avait pas bougé, les yeux fixés sur Emma, le regard si froid qu'elle en ressentit des picotements au creux du ventre.

— Vous lui avez pourri la vie, dit-elle à Emma. S'il n'en avait tenu qu'à moi, nous n'aurions pas fait un si grand voyage pour si peu. Moi, je ne vous souhaite pas beaucoup de paix, mais de souffrir autant que mon père a souffert.

— Ça suffit ! s'interposa Abby.

Jusque-là, Emma était restée de marbre, mais cette jeune femme la déstabilisait, elle était blême. Abby prit sa « nièce » par le bras sans ménagement et la conduisit à l'extérieur, furieuse que cette situation ait pu exister, mais sans savoir à qui en vouloir exactement.

— À quoi vous attendiez-vous ? vociféra la jeune femme. À ce que je vienne sauter sur les genoux de ma grand-mère ? Elle n'est rien à mes yeux, rien du tout. Je n'ai pour elle aucune compassion.

— Taisez-vous, l'avertit Abby en serrant les dents.

— Non, je ne me tairai pas !

— Rachel ! gronda son père. Je ne suis pas venu pour chercher querelle, mais pour trouver des réponses.

Elle jeta un regard mauvais en direction de la maison.

— Tu es trop bon, papa. Cette femme a bousillé ton enfance, elle t'a rendu malheureux, laissé croire que tu n'étais pas assez bien pour elle. Elle ne mérite pas ta clémence ni ton respect !

— Rachel, assez !

Elle regarda son père, hors d'elle, et tourna les talons en direction de Jerry qui attendait debout devant son pick-up, incertain de savoir quelle attitude adopter.

— Excusez-la, dit Philippe Monnier.

Abby, qui avait été toute sa vie en guerre froide contre sa mère, rejetait de toutes ses forces les paroles de cette jeune femme. Qui était-elle pour savoir, comprendre l'enjeu psychique qui avait secoué Emma du haut de ses vingt-deux ans ? Qui pouvait juger en étant certain que dans la même situation, il n'aurait pas fait la même chose ? Emma avait été responsable, mais pas coupable de ne pas avoir réussi à être mère. Et même quatorze ans plus tard, lorsqu'elle avait donné naissance à Abby, elle n'y était jamais vraiment parvenue. Abby prit une profonde inspiration.

— Pourquoi aujourd'hui ? demanda-t-elle à Philippe Monnier. Pourquoi avoir attendu si longtemps ? Vous n'auriez pas pu tomber plus mal…

— Il m'a fallu du temps pour trouver le courage, répondit-il d'une voix douce, comme s'il comprenait ce qu'Abby était en train de ressentir. Nous sommes arrivés à Eagle Bay il y a huit jours et, jusqu'à ce matin, je n'avais pas réussi à me décider à venir lui parler, alors qu'elle n'avait jamais été aussi près. Même si ce que je vais vous dire ne sera pas pour vous un soulagement, je suis heureux d'avoir pu la rencontrer. La célèbre Emma Kart… Je la lisais sans savoir, lorsque j'étais gamin.

— Comment avez-vous découvert que c'était elle votre mère ?

— J'ai eu toute la vie pour ça, et rencontré les bonnes personnes… Je dois vous laisser, mademoiselle, notre hydravion arrive dans moins de deux heures.

Abby se sentit pâlir.

— Tout ça pour ça ? Vous venez, vous jetez une bombe, vous foutez le bordel dans notre vie et vous repartez ? s'emporta-t-elle sans pouvoir se retenir. Je ne peux pas croire que vous fassiez une chose pareille, c'est dégueulasse.

— Qu'attendez-vous de moi ? Que je reste pour la voir mourir ? Que je lui offre un moyen d'expier son péché pour peu qu'on considère que c'en est bien un ? Votre maman n'est pas ma mère. La mienne, celle qui m'a élevé et vu grandir, m'attend dans le Berry avec mon père. Je suis désolé que votre mère soit aussi malade, mais ce n'est pas mon combat, c'est le vôtre, et je vous souhaite de le mener ensemble de la meilleure des façons.

Abby essuya rageusement une larme qui lui coulait sur la joue.

— C'est ça, partez ! Et vous pouvez être satisfait, votre petite intervention surprise va la faire souffrir jusqu'à la fin de ses jours. Oh, par chance, il lui en reste peu ! ajouta-t-elle avec amertume.

Philippe Monnier la regarda avec pitié et ce fut insupportable à Abby.

— Jerry ! hurla-t-elle à son attention. Rallume le moteur, ces gens s'en vont. Adieu, monsieur Monnier.

Elle tourna les talons sans attendre sa réponse, elle n'en avait aucune envie, et quand elle entra dans la maison et rejoignit sa mère, elle la découvrit face à la bibliothèque. Immobile.

Emma ne pleurait jamais. Sauf cette fois.

19

Il s'était soudain mis à pleuvoir au-dessus de Labouchere Bay et les températures étaient descendues d'un coup. La pluie battait sur la toiture et résonnait dans toute la maison. Sans dire un mot, Abby alluma un feu dans la cheminée, mit de l'eau à chauffer dans la bouilloire et fit de son mieux pour que son cœur retrouve un rythme normal. La colère, l'amertume, la peur aussi que cette situation détruise plus vite Emma, l'avaient totalement submergée, elle ne se reconnaissait plus. Sa vie ressemblait désormais à des montagnes russes dont les pentes étaient aussi impressionnantes à descendre qu'à monter. Chaque étape paraissait plus difficile à traverser. Elle en avait le souffle coupé, se demandant si elle serait capable d'affronter la suivante. Elle craquait, perdait ses moyens, s'effondrait parfois sans savoir se retenir, puis elle se ressaisissait.

Quand elle revint dans le salon, Emma s'était positionnée devant la cheminée, les épaules baissées et le teint blafard, le regard perdu dans les flammes.

Abby s'approcha de sa mère avec une tasse de thé. Emma tremblait, elle parvint à peine à la porter à ses lèvres. Elle qui face à Philippe Monnier avait été capable de se cacher derrière un sang-froid déconcertant, se retrouvait soudain dévorée par un abattement auquel elle était incapable de résister... Que se passait-il dans sa tête ? Abby ne pouvait que l'imaginer.

— Maman...

— J'ai besoin d'être seule, dit-elle sans lever les yeux.

Abby dut rassembler toute la sagesse dont elle était capable pour remettre cette conversation à plus tard. Elle avait pourtant tant de questions à poser, mais Emma était faible. Son passé avait ressurgi et lui avait explosé au visage. Tout était allé tellement vite, telle une tornade dévastatrice que personne n'aurait pu prévoir et dont les stigmates creusaient de profonds dommages. Emma, qui avait retrouvé un regain d'énergie le matin même, avait de nouveau perdu toutes ses forces et se traînait comme une âme en peine dans son fauteuil.

Le cœur en bandoulière, Abby quitta le salon, attrapa sa parka et sortit de la maison. Devant le pas de la porte, elle offrit son visage au ciel et reçut les gouttes de pluie sans bouger, imaginant qu'elles avaient le pouvoir de laver ses pensées les plus sombres, d'effacer cette horrible journée. Abby ne jugerait pas sa mère pour ses choix passés, elle n'en avait pas le droit, mais elle ressentait autant de souffrance que de colère.

Elle baissa la tête et ferma les yeux un instant. En voulait-elle vraiment à Philippe Monnier d'être venu et de repartir aussi tôt ? Non... Comment aurait-elle pu ? Il ne pouvait pas savoir qu'Emma était en si mauvais point, et quand bien même… S'il n'était pas venu à la longère ce matin-là, il n'aurait peut-être jamais eu l'occasion de la rencontrer. En ne désirant pas rester davantage à Eagle Bay, il avait été cohérent avec lui-même, parce qu'il avait obtenu ce qu'il cherchait depuis de nombreuses années, des réponses pour comprendre, s'accomplir et retrouver une identité.

Lorsqu'elle était montée dans sa chambre, Abby n'avait pu s'empêcher de redescendre quelques marches et s'asseoir dans l'escalier pour écouter leur conversation. Avant qu'elle ne remonte, honteuse de violer ce qui ne lui appartenait pas, elle avait entendu Philippe Monnier parler du vide intérieur qu'il avait ressenti toute sa vie, de ne pas savoir de qui il était né, de ne pas pouvoir mettre de visage sur celle qui lui avait donné la vie et de ne pas connaître ses origines. Ce qu'il avait fait était très courageux, parce qu'il était prêt à tout entendre. C'était un homme bien et ils n'avaient même pas échangé leurs coordonnées.

Cette réalité agit sur elle comme un électrochoc. Elle avait un frère, une nièce, elle ne savait rien d'eux et ne les reverrait jamais. Abby se sentit presque étouffer à cette idée, et nonobstant toute la colère qui s'était emparée d'elle lorsque Philippe Monnier avait annoncé qu'il quittait l'île sans attendre, elle fut alors convaincue qu'elle ne pouvait pas le laisser partir ainsi. Elle voulait qu'il reste quelque chose de sa venue qui ne pouvait pas être le fruit d'une simple fatalité. Elle voulait le connaître, parce qu'elle réalisait qu'après la mort de sa mère, elle n'aurait plus aucune famille.

Abby avait pourtant l'habitude de peser le pour et le contre, d'élaborer des stratégies complètes pour mener ses batailles de front, mais pas cette fois. Emma avait besoin d'être seule et le pick-up était déjà dehors. Abby se rua à l'intérieur, démarra, roula en trombe et courut jusqu'au zodiac. Ignorant la pluie et le vent, elle rejoignit Eagle Bay.

Elle se rendit directement chez Jim, supposant que c'était là que Philippe Monnier et sa fille avaient séjourné. Janice blanchit en la voyant arriver, trempée comme une soupe et les yeux débordant d'émotion.

— Abby ? Un problème avec Emma ?

— Non. Tes locataires sont encore là ?

— Les Monnier ?

Abby acquiesça.

— Ils sont en train préparer leurs affaires pour partir, mais vu le temps qu'il fait, je crois bien que leur vol sera annulé et qu'ils devront le remettre à demain. Tu veux que j'aille les chercher ?

— Non, non… Tu verrais un inconvénient à me dire où se trouve la chambre de Philippe Monnier ? J'ai besoin de lui parler en tête à tête.

Janice parut surprise qu'elle le connaisse, et pour cause, lui et sa fille étaient là depuis une semaine et jamais elle ne les avait vus en présence d'Abby.

— Il y a quelque chose qui ne va pas ? Il t'a ennuyée ?

Abby sourit pour la rassurer.

— Non, au contraire, M. Monnier est quelqu'un de très important pour moi.

Comme Abby restait secrète, Janice haussa les sourcils, fit la moue et leva les mains.

— Bon, bon, bon… Comme on le dit chez nous : « Ce qui se passe chez les autres doit rester chez les autres ! » Chambre 3 au premier étage, à gauche en haut de l'escalier.

— Merci !

Abby ne perdit pas de temps et monta les marches deux par deux et frappa à sa porte.

La surprise se peignit sur le visage Philippe Monnier lorsqu'il la découvrit.

— Mademoiselle Lompré ?

— Pardonnez-moi, c'est votre chambre, mais… puis-je entrer ?

Il regarda derrière lui, sa valise était déjà faite et attendait devant un petit bureau en pin.

— Eh bien, avec ce temps, j'allais descendre pour m'assurer que le vol n'était pas annulé, mais je vous en prie, j'ai encore quelques minutes.

Abby descendit sa capuche, ses cheveux étaient trempés. Il désigna la chaise pour qu'elle s'y assoie, s'installa sur le rebord du lit et attendit.

— Avez-vous eu les réponses que vous attendiez ?

Philippe Monnier la regarda d'une étrange façon, comme s'il avait imaginé qu'ici, personne ne lui poserait jamais la question. Il passa la main dans ses cheveux et répondit sans laisser transparaître autre chose que de la fatalité.

— J'ai eu les réponses dont je me doutais.

— Mais pas celles que vous auriez voulues.

— Non.

— Qu'auriez-vous aimé ?

Il fronça les sourcils.

— Je ne comprends pas, en quoi est-ce important pour vous ?

— Parce que… jusqu'à il y a un peu plus d'une heure, je n'avais aucune idée de votre existence. Vous ne comptiez pas.

— Et maintenant c'est différent ?

— Oui… Parce que nous ne faisons pas partie de la même famille, mais nous avons la même mère biologique. Je ne pourrai désormais pas faire comme si je ne vous avais jamais rencontré.

— Je ne souhaite pas tisser de liens, dit-il d'un ton un peu sec.

— C'est trop tard, en venant ici, vous l'avez déjà fait.

Il plissa les yeux comme pour imprimer les mots d'Abby.

— Être élevée par la célèbre Emma Kart a sans doute aiguisé votre esprit de persuasion, dit-il avec un très léger sourire.

— À n'en point douter. D'où venez-vous, Philippe ? Êtes-vous resté à Paris ? Que faites-vous dans la vie ?

Il soupira.

— Abigail… vos questions sont tout à fait légitimes et vous honorent, mais en théorie je prends l'avion dans moins d'une heure. Si je vous réponds maintenant, vous n'aurez qu'un souvenir furtif de cette conversation.

Abby baissa la tête.

— Vous avez raison…

— Je vais quand même vous répondre sur un point, dit-il alors qu'Abby levait les cils. J'aurais aimé lire du regret dans ses yeux, et il n'y en avait aucun.

— Je suis désolée…

— Ne le soyez pas, vous n'y êtes pour rien.

— Non, mais je connais par cœur ce que vous ressentez…

Ils s'observèrent de longues secondes sans rien dire, jusqu'à ce que le silence soit interrompu par deux coups donnés à la porte.

— Papa ? Il semblerait que l'hydravion soit arrivé. Il dit qu'il n'y a pas de problème pour partir, mais qu'il ne faut pas qu'on tarde.

— Donne-moi une minute ! Je te rejoins en bas.

Abby se leva, un peu gauche, elle aurait aimé que leur conversation dure plus longtemps.

— Abigail…

Il fouilla dans la poche intérieure de sa parka et en sortit un portefeuille duquel il prit une carte de visite, et la tendit.

— Le combat que vous menez avec votre mère n'est pas le mien, mais lorsque vous aurez passé le cap et que vous vous sentirez prête, contactez-moi. Alors nous parlerons avec toute l'attention et le temps que nous méritons vous et moi.

— Merci d'accepter, dit-elle en prenant la carte sans se donner le temps de la lire.

— Vous m'avez l'air d'être quelqu'un de bien.

Elle lui sourit timidement.

— Vous aussi, Philippe, vous avez l'air d'être quelqu'un de bien.

— Abigail, me permettez-vous de vous demander votre âge ?

— Je vous en prie. J'ai trente-cinq ans.

Il hocha brièvement la tête, le regard triste.

— Quinze ans plus tard, elle était enfin prête…

L'amertume qui pesait dans cette phrase était difficile à ignorer, mais il se trompait.

— Je suis certaine que toute sa vie elle a pris l'ampleur de son acte, lui dit Abby.

— Vous essayez de me rassurer ?

— Non… Je le sais, parce qu'elle n'a jamais réussi à être une bonne mère pour moi.

Abby ne parvint pas à lire sur son visage ce qu'il ressentait, mais dans son regard, elle devina de la compassion.

— Papa ! cria la voix de sa fille derrière la porte.

— J'arrive, Rachel !

Abby referma le zip de sa parka et remit sa capuche.

— Merci d'avoir accepté de me parler. J'espère que nous nous reverrons.

— Laissons les planètes s'aligner, répondit-il en souriant.

Puis il ouvrit la porte. Sa fille dévisagea Abby d'un air surpris.

— Faites un bon voyage, leur dit-elle en s'éloignant.

— Abigail !

Elle s'immobilisa en haut des escaliers et se retourna vers lui.

— Je suis heureux de vous avoir rencontrée.

Elle hocha la tête en souriant et s'en alla.

Lorsque Abby se retrouva dans le pick-up de son père, elle sortit la carte de visite de ce frère presque tombé du ciel. Il travaillait à Paris.

Elle ferma les yeux et se laissa aller contre l'appuie-tête. Ils avaient passé dix-sept ans dans la même ville et ne s'étaient jamais rencontrés.

L'esprit embué, Abby mit le contact et démarra. Sa mère l'attendait.

Emma n'avait pas bougé, elle était toujours devant la cheminée, recroquevillée dans son fauteuil, les bûches étaient presque consumées.

— Maman ?

Emma ne bougea pas, alors Abby s'approcha. Elle était d'une pâleur inquiétante.

— Maman, est-ce que ça va aller ?

— Je suis fatiguée…

— Tu veux que je t'aide à aller te coucher ?

— Non… je veux juste me reposer là, répondit-elle en désignant le canapé.

Alors Abby l'aida à s'allonger, déposa un plaid sur son corps frêle, remit du bois dans l'âtre puis s'assit sur le rebord du coussin. Elle repoussa de la joue d'Emma une longue mèche de cheveux échappée de son chignon.

— Merci… dit Emma d'une voix minuscule, éteinte et faible.

Jamais Abby ne l'avait vue avec les joues aussi creusées, le corps aussi ratatiné, la couverture en patchwork posée sur elle paraissait presque l'engloutir tant elle avait maigri. C'était encore plus frappant aujourd'hui.

— Je suis là, maman… murmura Abby sans même s'en rendre compte.

Emma ouvrit les yeux sur sa fille, trouvant à peine la force de lui sourire. Elle s'accrocha à son regard comme s'il avait le pouvoir de tout changer.

L'orage et le vent, le bruit de la pluie qui retentissait dans la maison, le souffle heurté d'Abby et Emma… Se rendaient-elles compte que le monde semblait se rétrécir autour d'elles pour les réunir et ne plus les laisser échapper aux secrets qui les avaient tant éloignées ?

Emma dut le sentir et respira profondément.

— Je n'ai pas la force de parler… Sous mon lit… Les carnets… Prends-les.

Sa voix fut comme un murmure.

— Les carnets ?

— 1969… Lis-le, je t'y autorise…

Emma ferma les paupières et se laissa emporter par l'épuisement.

Lorsque son souffle se fit régulier et qu'Abby fut sûre qu'elle s'était endormie, elle veilla à ce qu'elle soit bien couverte, lui déposa un baiser sur le front et quitta la pièce, poussée par la curiosité.

Sous le lit d'Emma se trouvait un tiroir en osier dans lequel étaient rangés une dizaine de vieux carnets à la couverture élimée, maintenus par une cordelette. Elle la dénoua et découvrit qu'une date était annotée sur chacun d'entre eux.

Abby se souvint que lorsqu'elle vivait encore à Eagle Bay, sa mère tenait ce qu'elle appelait un carnet d'humeur. Elle y notait ses états d'âme, ses coups de gueule, les faits qu'elle trouvait suffisamment marquants pour en conserver la trace. Les rares fois où Abby était passée par-dessus son épaule pour essayer d'en lire les lignes, elle découvrait une écriture nerveuse, illisible, comme s'il s'agissait d'aligner les mots sans en distiller leur réalité brute. Pierre, très amusé, en bénissait le procédé. Il disait que ça lui évitait de se faire engueuler.

La tenaille au ventre, Abby chercha celui de 1969. Il n'était pas très épais, bleu clair, comme rongé aux quatre angles, et l'écriture déliée de la couverture ne laissait pas présager la violence de ce qui allait se passer cette année-là.

1er janvier 1969

Hier soir, j'ai couché avec un homme que je ne connaissais pas. Je me suis réveillée chez lui ce matin. On a fait la fête avec les autres stagiaires et j'ai un peu trop bu…

Je ne sais même pas comment j'ai fini dans son lit, je ne me souviens de rien... J'ai mal à la tête.

Abby expira tout l'air contenu dans ses poumons. Elle comprit immédiatement que Philippe Monnier n'était pas le fils de Pierre... Elle s'empressa de lire la suite.

3 février 1969
Je suis allée à mon cours de français à la fac et j'ai rencontré un garçon. Il s'appelle Pierre. Il est venu dans l'amphi juste pour manger son sandwich parce qu'il pleuvait dehors. Il est très drôle. Le coup de foudre existe, je ne m'en doutais pas.

Pierre savait ? Est-ce que Pierre savait ? Abby ressentit presque le froid courir dans ses veines.

18 février 1969
Pierre vit chez sa mère. Fait chier.

Abby continua à lire. Les jours défilaient, se ressemblaient aussi. Emma parlait d'elle, de Pierre, de cette folie qui les avait tous les deux surpris. Elle évoquait les moments doux, le plaisir, la transgression, mais jamais Emma ne revenait sur cette nuit qui avait profondément marqué sa vie et ses choix. Se pouvait-il qu'Abby fasse erreur et que cet homme ne l'ait jamais mise enceinte ? Tentée de tourner les pages pour aller plus vite, elle s'obligea cependant à les lire une par une.

5 mars 1969
Pierre m'a présentée à sa mère, ses oncles, ses cousins. Ils sont intrigués par l'Américaine qui écrit des livres. Des

gens curieux, simples, joyeux. Une vraie famille, je crois que ça ressemble à ça.

Abby nota qu'Emma pouvait passer des semaines sans écrire la moindre ligne. Parfois il n'y avait qu'un mot, « merde », « vivement demain », « fatiguée », puis certains jours, elle était plus prolixe, poignante à fendre l'âme.

18 avril 1969

Chaque fois que nous raccrochons, je m'aperçois combien il est difficile de discuter avec ma mère. Elle simule une fausse joie de m'entendre et parle d'elle sans s'arrêter. Aujourd'hui j'ai essayé de lui raconter un peu ma vie, de lui parler de Pierre, elle a fait semblant de m'écouter dans un silence presque figeant, puis elle m'a interrompue au milieu d'une phrase pour me demander de penser à lui envoyer de l'argent pour ses médicaments. Ma mère vit dans un monde qui n'est celui de personne. Elle est malade et elle me rend malade.

Emma n'avait jamais aimé parler de sa mère, alors le peu de choses qu'Abby savait depuis longtemps et les quelques autres qui s'étaient échappées durant ce mois et demi passé, avaient montré toute la violence traumatique qu'Emma avait vécue durant son enfance. Inconsciemment, Abby avait manqué de cette connaissance qui lui aurait peut-être permis de mieux comprendre sa mère. Il lui avait fallu vingt ans d'absence pour se rendre compte à quel point les blessures d'un passé qui ne la concernait finalement pas avaient pu retentir en elle et faire autant de dégâts.

29 avril 1969

Régine dit qu'elle m'aime parce que je rends son fils heureux. J'ai l'impression d'être devenue un membre de la famille. Une famille normale. Je n'ai pas l'habitude. Ça me fait presque peur.

3 août 1969

Je suis enceinte de sept mois et je ne le savais pas. Régine et Pierre m'ont emmenée aux urgences, je me tordais de douleur. Les médecins ont dit que je faisais un déni de grossesse. J'ai à peine grossi, mes cycles sont réguliers. Le garçon avec qui j'ai couché m'a mise enceinte, je n'arrive pas à le croire…

Abby eut l'impression de prendre une gifle. La situation, dont elle commençait à voir se dessiner les contours, était pire qu'elle l'avait imaginée.

4 août 1969

Je suis sortie de l'hôpital aujourd'hui, ils ont dit que j'allais devoir mener ma grossesse à terme. J'ai l'impression qu'on m'a implanté une chose dans le ventre à mon insu. Pourquoi mon corps m'a-t-il trahie ?

10 août 1969

Pierre m'aime autant que je l'aime. Il veut que je garde l'enfant et que nous l'élevions ensemble, il dit qu'il l'aimera comme si c'était le sien, qu'il est prêt à devenir père. Comment lui dire que je ne veux pas de cette vie avec lui ? Je ne veux pas d'enfant. Jamais.

Le couteau déjà planté dans le cœur d'Abby se mit à tourner sur lui-même et elle en ressentit une douleur aiguë. « Je ne veux pas d'enfant. Jamais. »

C'étaient les mots d'une jeune femme de vingt-deux ans, pourtant, ils sonnaient déjà comme une certitude profonde qui, tout au long de sa vie, ne l'avait pas quittée.

Abby se souvint de cette conversation qu'elle avait eue avec Emma en arrivant à Eagle Bay. Elle lui avait dit qu'elle n'avait pas été programmée pour être mère et n'y avait pris aucun plaisir. Lorsque Abby lui avait demandé pourquoi elle l'avait mise au monde, Emma avait répondu qu'elle aurait tout donné à Pierre.

Comme Philippe Monnier, Abby n'avait jamais été désirée.

22 août 1969

Je suis à cinq semaines du terme. Régine est complètement obsédée par cette naissance. Elle partage le même avis que Pierre et dit que l'essentiel n'est pas d'avoir un père biologique, mais un père qui aime son enfant. Elle veut devenir grand-mère, est convaincue que ce sera merveilleux et que nous formerons une famille exceptionnelle. Je n'ai même pas mis ma propre mère au courant…

26 août 1969

Régine a préparé la chambre du bébé. Je vais devenir folle.

29 août 1969

Je ne veux pas de cet enfant et je ne sais pas comment leur dire. Ils m'en parlent tous les jours comme d'un miracle, mais pour moi, c'est un cauchemar. Je ne veux pas être mère et qu'il soit de Pierre ou non n'y changera rien. Ça me dégoûte. Je veux qu'on m'enlève cette chose du ventre.

1er septembre 1969
J'ai voulu me jeter dans l'escalier pour mettre un terme à cette grossesse, mais je n'y suis pas arrivée.

À ce stade, Abby faillit arrêter sa lecture et descendre pour jeter ce maudit carnet au feu, tant les mots d'Emma se superposaient à sa propre venue au monde. Elle aurait voulu hurler à sa mère tout le mal qu'elle lui avait fait, lui dire combien ce non-désir d'enfanter avait fait d'elle un bourreau, punissant sans cesse sa fille pour le simple fait d'être là. Mais la souffrance d'Abby se tut, parce que ce sentiment de n'avoir jamais été attendue n'était pas nouveau, il rejaillissait à la lecture de ces quelques lignes. Sous cette impulsion, même si elle hurlait à l'intérieur, elle n'irait pas gâcher toutes ces semaines à essayer de rattraper le temps perdu avec sa mère.

5 septembre 1969
Les médecins se foutent de ce que je dis. Ils n'entendent rien, ne comprennent rien. Ils disent qu'une femme ressent toujours le désir maternel. J'ai vu un psychiatre aujourd'hui. Il m'a dit que je souffrais d'« ambivalence du désir d'enfant ». Comment leur faire entrer dans le crâne que pour moi, il n'y a aucune ambivalence. Je ne veux pas de ce bébé.

10 septembre 1969
À l'hôpital, ils m'ont dit que le cœur du bébé battait bien et que j'avais assez grossi. Je ressemble à une vache, je suis difforme. La sage-femme a demandé à me rencontrer.

11 septembre 1969
Elle et moi avons beaucoup parlé. C'est la première fois que quelqu'un m'écoute. Elle m'a demandé si j'étais prête

à accueillir cet enfant, je lui ai dit que non, que je n'en voulais pas. Je pourrai accoucher sous X. C'est légal. Le bébé sera remis au Service social de l'enfance en danger et il ne saura jamais que je suis sa mère biologique.

14 septembre 1969

Ma décision est prise, j'ai rempli tout un tas de papiers à l'assistance. Quand le bébé sera né, ils viendront le chercher et je n'entendrai plus jamais parler de lui. C'est mieux pour tout le monde, chacun a le droit d'être aimé et lui, je ne l'aimerai jamais assez pour le rendre heureux.

J'ai expliqué la situation à Pierre, je crois que je l'ai déçu, mais il accepte ma décision.

Régine est devenue folle, elle m'a accusée de la priver du bonheur d'être grand-mère. Elle m'interdit de revoir son fils. On se verra dans ma chambre de bonne au-dessus des toits et bientôt, nous partirons aux États-Unis, tous les deux.

Il s'écoula quinze jours sans qu'Emma n'écrive une ligne. Comme si avoir parlé l'avait libérée d'une certaine façon. Emma n'évoquait pas non plus ses livres, pas un mot en plusieurs mois. Toute son attention avait été centrée sur le drame qu'elle était en train de vivre.

30 septembre 1969

Il est né le 24 septembre et je n'ai pas voulu le voir quand les sages-femmes ont voulu me le montrer. Je ne connais pas son nom. Mon ventre est vide, je suis de nouveau moi et je ne regrette rien. Cet enfant trouvera une famille aimante, une mère qu'il méritera et sa vie sera belle, c'est ce que je lui souhaite.

Je pars pour l'Alabama dans dix jours, Pierre vient avec moi. Nous allons nous marier.

Le cœur ne parvenant pas à calmer sa course, Abby referma le carnet sans en lire les dernières pages. Désormais, elle savait ce qu'il y avait à savoir, pourquoi Philippe Monnier avait été abandonné, pourquoi ses parents étaient venus s'isoler ici, pourquoi Régine détestait autant Emma.

Abby s'était demandé pourquoi Pierre l'avait laissé partir aussi facilement à Paris, pourquoi elle n'avait jamais manqué à sa mère pendant ce temps. Les quelques lignes qu'elle venait de lire étaient limpides, Emma était allée contre sa nature en acceptant de faire un enfant à Pierre et il le savait. Comme il savait aussi que clouée dans un fauteuil, rompue de certitudes qui la limitaient de jour en jour, Emma ne serait plus capable d'être la mère qu'elle avait essayé d'être jusque-là. Abby avait déjà compris tout ça. Ce qu'elle découvrait, c'était qu'Emma avait assumé sa vie et ses choix comme on assume un emprisonnement pour avoir commis une erreur, elle avait fui les journalistes et s'était privée de tout pour se racheter une liberté.

Abby ne se positionnerait pas en juge, elle n'aurait sans doute elle-même pas été capable d'en faire autant.

Abby aurait pu pleurer longtemps sur ce pan si dramatique de sa vie, mais elle n'en fit rien. Désormais, elle ne voulait rester fixée que sur ce qui était véritablement important : durant ce mois et demi passé aux côtés l'une de l'autre, Emma et Abby avaient appris à mieux s'aimer.

Elle quitta la chambre, entra dans le salon et s'immobilisa. Emma ne dormait plus, elle l'attendait. Le carnet qu'Abby tenait plaqué contre sa poitrine formait un dernier rempart entre elles. Elles se regardèrent de longues secondes sans rien dire, tout l'amour gâché, sacrifié et ressuscité passa à travers cet échange silencieux.

— Me pardonneras-tu d'avoir été une si mauvaise mère ? demanda Emma d'une voix que l'émotion avait brisée.

Le souffle d'Abby se transforma en un sanglot qu'elle étouffa. Elle avança près de sa mère, s'installa à ses côtés et la serra contre son cœur.

Ces années de souffrance, Abby ne les oublierait jamais, mais elle lui avait tout pardonné.

20

Un an plus tard

Lorsque septembre arrivait, le vert profond de l'été entamait son grand sommeil. La plupart des touristes étaient rentrés chez eux et Wooden Wheel Cove et sa couronne de pins retrouvaient le calme et se paraient d'or éphémère, de rouge et d'orangé. Les feuilles s'envolaient au gré du vent, s'élevaient vers le ciel et disparaissaient au-delà de la ligne d'horizon du Pacifique Nord. La mer revêtait des couleurs métalliques cristallisées par le froid au petit matin, qu'un rose enveloppant avalait à chaque coucher du soleil. Au loin, les montagnes aux pics blanchis par les premières neiges semblaient davantage s'imposer et prenaient possession du paysage, alors que la forêt se clairsemait et que la faune se préparait aux longues nuits de l'hiver. En automne, né de l'éclat grandiose du ciel et de la nature qui semblait s'embraser de toutes ses forces, l'Alaska était peut-être bien le plus bel endroit du monde.

Au milieu de ce paysage et de cette vie, Abby avait le cœur en paix. Elle ne regrettait rien, pas plus d'être revenue ici que d'avoir tout abandonné pour y rester. Les jours ne ressemblaient en rien à Paris, à ses humeurs et son ardeur, à ses contradictions et ses aspérités. Ici, tout paraissait plus évident, naturel, authentique et Abby retrouvait le besoin de vivre pour le meilleur. Elle avait beaucoup appris, s'était redécouverte, avait remis de l'ordre dans ce qui était important. Abby n'avait pas changé, elle était redevenue elle-même dans ce qu'il y avait de plus gratifiant. Elle était chez elle ici.

Romy allait partager la garde de son fils, et de toutes les victoires d'Abby, celle-ci serait la plus belle, comme le symbole irrécusable de son utilité sur l'île.

Elle sourit en ratissant le sol pour rassembler les feuilles mortes. Il y en avait partout autour de la longère et il y en aurait autant le lendemain et les jours suivants, la forêt était impitoyable.

— Je suis sûre que ça vous amuse beaucoup de me voir faire, dit-elle en se tournant pour faire face à la tombe de ses parents. Vous n'auriez jamais parié là-dessus, pas vrai ?

Emma avait rejoint Pierre un an plus tôt, une nuit dans son sommeil. Elle avait lutté de toutes ses forces, mais son corps ne parvenait plus à résister. C'était le lendemain d'un jour très particulier, une veille comme un avant-signe. Emma voulait revoir Eagle Bay une dernière fois. Elle était frêle, épuisée, ne parlait presque plus, elle avait froid tout le temps, alors que septembre s'échappait sous des températures plus clémentes que d'habitude. Abby l'avait enveloppée dans trois épaisses couvertures, et

Emma avait admiré avec émotion la baie, ses maisons en bois parfois brinquebalantes, Jim's Place et sa grande antenne rouge et blanche, le petit chemin qui serpentait le long de l'anse sous les arbres, les goélands hurlant au-dessus des bateaux de pêche, le petit port, tranquille, les phoques sur leur éternelle bouée de signalisation. Elle avait senti l'air iodé, l'odeur de poisson fraîchement pêché, celle des pins qui s'abandonnaient déjà à l'automne, puis un phénomène extraordinaire s'était produit. Les phoques s'étaient jetés dans l'eau, loin de leur perchoir, et avaient rejoint la rive sans tarder.

Non pas comme un hasard, mais comme un cadeau que lui offrait le village où elle avait passé quarante-cinq ans de sa vie, un groupe d'orques résidentes du sud de l'Alaska s'était aventuré dans la baie. Elles étaient cinq, curieuses, joueuses et opportunistes, bien décidées à s'emparer du butin des pêcheurs pris dans leurs filets de traîne. C'était un moment exceptionnel. Ces animaux, craints comme admirés, semblaient être venus pour lui souhaiter un bon voyage.

Emma était partie comme elle avait vécu, pleine de cette île, de ce village et de cette nature qui l'avaient accueillie toutes ces années.

Abby regarda la tombe de ses parents sur laquelle elle avait fait graver « *Together for eternity*[1] ». Une phrase simple, lue des millions de fois, mais si proche de la réalité qu'ils avaient vécue. Elle se pencha pour caresser la stèle de la main lorsque, soudain, le petit écureuil qui ne manquait jamais de descendre de son arbre quand elle était dans les

1. Ensemble pour l'éternité.

parages, la rejoignit et attendit au pied du tronc, assis sur ses pattes arrière, qu'elle lui jette de quoi justifier sa présence.

— Toi, tu ne perds jamais le nord, pas vrai ? Toujours là au bon moment !

Elle fouilla dans la poche ventrale de sa salopette et lui jeta quelques noisettes qu'elle avait pris l'habitude de ramasser au bord de la route, le long de la forêt. Le petit animal se précipita dessus, engouffra les cinq dans la bouche et remonta dans son arbre pour enrichir son stock de provisions pour l'hiver.

Elle se redressa lorsqu'elle entendit une voiture entrer dans la cour et attendit.

— J'étais sûr que je te trouverais là ! lui dit William en la rejoignant.

Il se plaça derrière elle, lui déposa un baiser dans le cou, et lui encercla la taille jusqu'à ce que ses mains rencontrent son ventre légèrement arrondi.

— Tu ne t'es pas tuée à la tâche ? demanda-t-il en remarquant la griffe de jardin.

— Penses-tu ! Il est arrivé ?

— Oui, viens avec moi.

William la prit par la main et la conduisit jusqu'à son 4 × 4 dans lequel il attrapa un colis soigneusement emballé. Abby savait précisément de quoi il s'agissait. Une semaine qu'elle l'attendait.

Ils se hâtèrent d'entrer dans la maison. Le cœur d'Abby bondit en découvrant un paquet rectangulaire : le dernier livre d'Emma Kart. Elle ne l'ouvrit pas tout de suite et décacheta la grande enveloppe qu'elle trouva avec. À l'intérieur, un exemplaire du *New York Times* dans lequel se trouvait l'interview qu'Emma avait accepté de donner à Bill Cafferty.

Même dans la mort, Emma contrôlait tout. Ce livre était officiellement paru la semaine précédente et avait fait l'objet de l'incroyable organisation de son autrice, que le notaire avait révélée à Abby.

Elle sourit.

Durant les deux derniers mois de sa vie, Emma avait légalement prévu et défini la façon dont il serait publié. L'article de Bill Cafferty paraîtrait dans le *New York Times* précisément le jour de la sortie de son nouveau roman, et tous deux ne seraient disponibles qu'un an après sa mort, jour pour jour.

Rien n'avait été laissé au hasard. Lorsqu'elle mourrait, la presse se déchaînerait sur l'événement et les lecteurs se jetteraient sur ses livres. Puis la vague redescendrait inexorablement, jusqu'à ce qu'on oublie celle qui avait fait frémir des millions d'Américains. Or, ce qu'Emma voulait plus que tout, c'était assurer un avenir tranquille et confortable à son unique fille. Un an après sa mort, la presse parlerait de nouveau d'elle en même temps que paraîtrait son dernier roman. Bill Cafferty, avide de célébrité, ne pouvait refuser une telle offre, elle lui avait été servie sur un plateau. Et l'éditeur devait se frotter les mains.

Emma Kart avait toujours été plus rusée qu'un renard.

Abby lut le gros titre en première page :

« Interview inédite et exclusive
de la romancière Emma Kart.
Elle vous raconte comment elle a vécu
les derniers mois de sa vie. »

C'était certes racoleur, mais efficace. Elle l'avait reçu avec une semaine de retard, les livraisons à

Eagle Bay obligent, mais elle était certaine que cet article avait déjà été lu et traduit dans plusieurs pays du globe.

Abby déposa le journal sur la table, encore plié, comme s'il s'était agi d'un document précieux. Ce qu'il était pour elle, assurément. Les confidences qu'elle y trouverait auraient la voix de sa mère et l'écho de ses pensées. Ce serait comme si elle était là.

— Tu ne le lis pas ? s'étonna William.

— Plus tard…

Elle avait les mains qui tremblaient un peu.

William lui frôla les cheveux.

— Abby ?

— Ça va.

Elle prit une profonde inspiration et ouvrit le paquet qui contenait le livre.

The Haunted Forest.

Emma avait toujours aimé les titres remplis de mystères à l'évocation surnaturelle. La seule chose qu'Abby avait réussi à soutirer d'Emma au sujet de cette histoire, était qu'elle se déroulait ici, à Wooden Wheel Cove, sur cette île, dans ces bois. Alors elle sourit. Une forêt hantée par quoi ? Le brame des cerfs ? Le grondement de l'ours brun ? Le cri de l'aigle royal ? Le hurlement du loup ? Mais Abby y voyait tout autre chose. Wooden Wheel Cove était peut-être hantée par le Kushtaka ou quelque autre esprit amérindien, mais plus que tout, la forêt conserverait l'âme et l'esprit de celle qui l'avait chérie au-delà des mots.

Elle ouvrit le livre et lut.

À ma fille.

Note de l'autrice

Eagle Bay n'existe pas, mais cette petite communauté, au nord de l'île du Prince-de-Galles, m'a été soufflée presque trait pour trait par le village de Port Protection, lequel a connu son heure de gloire lorsque *National Geographic* lui a offert un reportage télévisé de plusieurs saisons. J'ai pris de trop grandes libertés pour en conserver le nom d'origine, mais j'ai cependant essayé de vous offrir le meilleur de ce qui m'a fait vibrer.

Pour le lecteur et la lectrice qui suivent mes écrits, il ne leur aura pas échappé que *Sous le ciel d'Eagle Bay* m'a été inspiré par la nouvelle que j'ai écrite aux éditions J'ai lu en 2021, *Ici ou là-bas,* dans le recueil *Vite de l'air, vite du vert !*

Remerciements

Il est des histoires qui ne vous laissent pas indemne et qui gravent en vous les sillons contradictoires de la souffrance et du plaisir. J'ai souffert avec Emma et Abby quand elles se sont perdues et j'ai pris plaisir à les voir se retrouver, envers et contre tout, j'ai aimé parcourir cette nature exceptionnelle que nous offre l'Alaska.

Pour écrire *Sous le ciel d'Eagle Bay*, j'avais besoin de force, de courage et de patience, aussi ai-je été épaulée bien au-delà de ce que j'avais imaginé.

Virginie, Ava Lone, pour cet échange à Bruges, dans un café au bord de l'eau. Il a posé les premières pierres du fondement de cette histoire, et pour ce titre que nous avons trouvé ensemble dans une brasserie du Touquet en mangeant un dessert indécent ! C'est acté, je ne peux plus me passer de toi !

Ludivine, pour ta patience et toutes tes réponses à mes questions médicales. Elles m'ont été précieuses, comme chaque fois. Tu es une chouette amie.

Carène, pour ces conversations à bâtons rompus, pour ta relecture, ta pudeur, ton respect et ton estime, et pour l'immense foi que tu mets en l'être humain. En moi.

Aurélie, pour m'avoir lue dans un moment de doute et rassurée en me disant qu'il fallait que je continue coûte que coûte. On se refait un concert quand tu veux ! Du moment que la chanteuse chante faux !

Stéphanie, pour cette lecture de dernière minute qui m'a rassurée sur plusieurs points. Vivement nos prochaines papotes !

Sandy, si précieuse… tes encouragements n'ont pas leur pareil. Tu me relis depuis longtemps et sais me faire tenir dans le creux de ta main pour souffler sur moi comme sur une fleur de pissenlit, et me permettre d'aller très loin. Tes mots justes, dans le meilleur comme dans le pire, m'ont fait aimer ce que j'ai écrit.

Maxime... Je sais combien ce roman t'a été difficile à lire, l'année où tu as perdu un être cher. Tu aurais pu me dire « je ne peux pas, je n'y arriverai pas », mais tu es resté à mes côtés. Tes conseils ont été criants de vérité et de tout ce qu'il faut de justesse, de courage et de sagesse pour que je réussisse à écrire. C'est toute ma gratitude que je grave dans ces quelques lignes.

À vous tous qui m'avez entourée, vous êtes des êtres merveilleux.

Merci.

La communauté Charleston a aimé !

Chez Charleston, nous sommes convaincus que loin d'être une aventure solitaire, la lecture est une invitation au partage. Nous échangeons constamment avec nos lecteurs et lectrices, et nous sommes fiers de la belle communauté d'amoureux des livres que nous formons tous ensemble. Chaque année, nous choisissons au sein de cette communauté vingt lectrices et lecteurs qui nous accompagnent tout au long de l'année et découvrent nos romans en avant-première. Voici leurs avis !

« Sophie Jomain possède le talent remarquable d'aborder des thèmes délicats avec bienveillance. »

@_polyme_books_

« Sophie Jomain m'a touchée en plein cœur avec ce roman plus émouvant que jamais, que je ne suis pas près d'oublier. »

@lisez_en_moi

« J'ai absolument tout adoré dans ce livre. Un roman émouvant, sans tabou et dépaysant. »

@the_pumpkin_library

« Magnifique ! Un roman bouleversant, une écriture toute en émotion. »

@alice_au_pays_des_livres

« Un récit très visuel : je me suis retrouvée immergée en plein cœur de l'Alaska. »

@coconlitteraire

« Sophie Jomain a le don de nous conter des histoires réalistes, humaines, difficiles mais emplies d'espoir. »

@_leslecturesdemanon_

« En plein cœur de l'Alaska, un roman émouvant, et bienveillant qui vous touchera forcément. »

@monprochainlivre

« Cette lecture a été pour moi une magnifique parenthèse, un moment de calme et d'apaisement. »

@aufil.despages

« Au cœur de cette nature sauvage qui invite le lecteur à la contemplation, Abby et Emma nous apportent une parenthèse hors du temps et des sentiers battus. »

@viedelivres

DE LA MÊME AUTRICE

Retrouvez le nouveau roman de Sophie Jomain

Lorsque Marnie rencontre Fran, elle est loin de se douter qu'être mal dans sa peau sera bientôt de l'histoire ancienne.
Fran s'est réconciliée avec son propre corps il y a longtemps, et à son contact, Marnie va découvrir qu'il est possible de ne rien s'interdire.
Le défi est lancé : du Mont-Saint-Michel jusqu'aux frontières de la Belgique, les deux amies vont entreprendre un road trip durant lequel Marnie devra réaliser tout ce qu'elle n'a jamais osé faire.
Avec son lot de surprises, de secrets bien gardés, et de destins qui s'entremêlent, *Et viva la vida !* est une histoire entre rires et larmes pour aller à la reconquête de soi.

Parution en février 2024

Et découvrez aussi

« Julien est parti il y a trois mois. Il ne nous a pas quittées, il a démissionné de lui-même. L'annonce de son départ a été un cataclysme. Il s'en est allé un matin, laissant une longue lettre dans laquelle il expliquait que tout était sa faute, qu'il nous aimait, mais qu'il nous rendait malheureuses, Pauline et moi. Dix-neuf ans de mariage, comment a-t-on pu en arriver là ? »

Une nouvelle vie commence pour Claire, et c'est grâce à sa fille qu'elle avancera pas à pas, dans son regard qu'elle puisera une force insoupçonnée.

Avec tendresse et émotion, *M'asseoir cinq minutes avec toi* nous plonge dans la réalité d'une famille que seul l'amour saura renforcer.

« Un roman courageux et bouleversant. » *Public*

« Beau, intense, doux, engagé et lumineux. Un roman d'une réalité poignante et touchante. » Aurore Raou, librairie Grangier, Dijon

Et découvrez la série « Il était une fois »

En librairie

En librairie

Parution en mars 2024

PEFC PEFC/14-38-00277

Cet ouvrage est composé de matériaux issus
de forêts gérées durablement certifiées PEFC™.
Le Programme de reconnaissance des certifications forestières (PEFC™) est le plus grand organisme mondial indépendant de contrôle pour une gestion durable des forêts. Pour en savoir plus, consultez le site www.pefc-france.org

Achevé d'imprimer en décembre 2023
par Novoprint
Dépôt légal : janvier 2024
Imprimé en Slovaquie